KB045970

6

어서 오세요 실력지상주의교실에

키누가사 쇼고 지음
토모세 슌사쿠 일러스트
조민정 옮김

하세베 하루카

미야케와 마찬가지로 다른 사람과 별로 어울리지 않는 자칭 '고독조' D반 여학생. 사람을 금방 별명으로 부르는 버릇이 있다.

유키무라 게세이

D반에서 학력이 최상위권에 있는 남학생. 태도가 다소 부드러워졌고, 반에 공헌하기로 생각이 바뀌기 시작했다.

"내가 가르치는 만큼
반드시 중간고사보다
훨씬 높은 점수를
받아야 해."

미야케 아키토

평소 조용하고 누구와 어울리는
모습이 별로 보이지 않는 D반 남
학생. 궁도부에 소속되어 있다.

**"아야노코지도
말할 줄
아는구나?"**

**"모처럼 동아리도 쉬는데 몇 시간이나
공부에 시간을 빼앗기고 싶지는 않아.
다 끝내면 돌아갈 수 있지?"**

한없이 올곧고, 늘 성실하고 정직한
이치노세의 눈동자가 처음으로 흔들
리는 것을 나는 보았다.

"그건…… 그건 **과대**평가야. **호리키타.**"

긴장해서 얼굴이 노골적으로
새빨갛게 달아올라 있었다. 동
공지진이 일어나서 그런지 안
경이 이상하게 비뚤어졌는데
도, 당황한 나머지 전혀 알아차
리지 못했다.

"나, 나, 나도
아야노코지의 그룹에 끼워줘!"

6

어서 오세요 실력지상주의교실에

어서 오세요 실력 지상주의 교실에

어서 오세요
실력지상주의 교실에
6

키누가사 쇼고 지음 | **토모세 슌사쿠** 일러스트 | **조민정** 옮김

어서 오세요 실력지상주의교실에 ⑥

c o n t e n t s

○쿠시다 키쿄의 독백

사람은 누구나 자신이 꿈꾸는 대로 살아가고 있을까. 나는 그렇다. 이상적인 내 모습이 되어있다.

동성 중에서도 특히 빼어난 외모라는 것을, 나는 분별력이 생길 무렵부터 이미 이해하고 있었다. 남들보다 기억력이 좋아서 공부도 잘했다. 운동도 잘했고, 말솜씨에도 자신있다.

손재주도 좋고, 돌발 상황이 닥쳤을 때 유연하게 대처하는 현명함도 가지고 있었다.

자, 그럼 나는 완벽한 인간일까?

그렇게 물어본다면 대답은 No다. 나보다 귀여운 아이는 당연히 있고, 머리가 좋거나 운동신경이 뛰어난 아이 역시 세상에 차고 넘친다. 그건 당연하다. 그렇다, 당연한 일이다.

하지만 사람은 누구나 많든 적든 남에게 절대 지고 싶지 않은 부분이 있다고 생각한다.

그게 외모든 공부든, TV 게임이든 노래 실력이든 뭐든 좋다.

그렇게 자신이 뛰어나다고 생각하는 부분을 남에게 지면 분한 마음이 싹트기 마련이다.

모든 것이 평균 이상인 내게는 커다란 콤플렉스가 있었다.

나는 가까이에 있는 누군가에게 지면 감정이 마구 요동치는 인간이었던 것이다. 한 번 질 때마다 마음속에 조금씩 균열이 생겼다. 격심한 스트레스 때문에 구토한 적도 있다.

현실은 비정하다. 나는 평범한 인간은 아니지만, 결코 천재도 아니다.

그래도 어렸을 때는 괜찮았다. 작은 과제를 해내기만 해도 주위에서 마구 치켜세워 주었다.

천재다 신동이다 하면서 마구 찬양해 주었다. 기분이 좋았다. 가슴이 떨렸다.

뭘 해도 반에서 1등이었다. 영웅이자 아이돌이었다.

그런 나도 중학교에 올라가니, 각 분야마다 나를 뛰어넘는 사람들이 등장하기 시작했다.

이기지 못하는 상대에게는 절대 못 이긴다. 그 현실은 내 마음을 무겁고 깊게 억눌렀다.

그래서 나는 도망칠 길을 찾았다. 이 고통으로부터 벗어나기 위하여.

누구에게도 지지 않는 무기를 원했다. 동경과 선망을 원했다. 하지만 공부와 운동으로는 안 된다. 이길 수 없다.

그렇게 해서 내가 찾아낸 답은—— 누구보다도 많은 '신뢰'를 얻는 것이었다.

나는 그 누구보다도 많이 사랑받아 우월감을 얻기로 결심했다.

쳐다보기도 싫은 징글징글한 남자에게도, 배알이 꼴릴 정도로 사람 열 받게 하는 못난이에게도 내가 먼저 손을 내밀었다. 감정을 최대한 억누르고 가짜 미소, 가짜 친절을 베풀었다.

그렇게 해서 나는 인기인이 되었다. 같은 반 아이들, 선후배, 선생님을 비롯한 보호자들, 동네에서 마주치는 잘 모르는 사람들.

그 모두에게 사랑받아, 다른 사람에게 지지 않는 존재가 될 수 있었다.

솔직히 그때는 하루하루 행복했었다.

그러면서 알게 되었다. 신뢰란 어느 무엇과도 바꾸기 힘든 맛좋은 술이라는 사실을.

그리고 신뢰라는 우월감의 뒷면에는 '비밀'이라는 존재가 있다는 사실도 이해했다.

사람은 진심으로 믿을 수 있는 상대를 찾아내면 혼자 속으로 감춰두었던 이야기를 털어놓는다.

반에서 가장 인기 있는 남자애가 속으로 누구를 좋아하는지도, 반에서 제일 똑똑한 아이가 가진 의외의 고민이 무엇인지도, 신체의 중대한 비밀에서부터 세세한 비밀까지 나는 모든 것을 장악했다. 정보를 손에 넣었다. 친하지 않으면 털어놓을 수 없는 고민을 들어줄 때마다 나는 가슴이 떨렸다.

상대의 목숨이나 다름없는 중요한 정보를 거머쥘 때마다 환희에 전율했다.

나는 그 누구보다도 신뢰받고 있구나. 그러한 생각이 내 존재 의의가 되었다.

　하지만 나는 몰랐다.
　그 신뢰는 거짓으로 점철된 생활 아니면 거머쥘 수 없다
는 사실을 말이다.
　나는 속으로 어마어마한 스트레스를 품은 채 하루하루를
보냈다.

　그리고…… 그 사건이 일어났다. 아니, 일어나고야 말았
다──.

　하지만 그건 어쩔 수 없는 일.

　그도 그럴 게, 모두 나를 거절했는걸.

　별수 없잖아.

　남에게 상처를 줬으니, 상처 받아도 불평할 수는 없다.

　당하면 그만큼 갚아주는 것.

　당연한 거 아니야?

하지만 그렇게 해서 모두가 알았던 '나'라는 이상적인 인간은 한번 무너져 내렸다.

동경과 선망은 사라지고, 두려움과 증오심으로 변해버렸다.

그건 내가 원하던 바가 아니다.

내가 바라는 것은 오직 하나.

모두에게 신뢰받는 존재가 되는 것.

다시 한번 그 '우월감'을 맛보는 것.

그래서 그런 일은 두 번 다시 되풀이하지 하겠노라고 맹세했다.
그래서 새로 시작될 학교생활에 나는 가슴이 설렜다.
그래서 이번이야말로 성공시킬 것이다.
그래서 그렇게 결심했다.
그런데…….
그런데, 그런데, 그런데…….
나에게 그 첫걸음이 될 입학식은 최악의 날이 되고 말았다.
학교로 향하는 버스 안에서, 호리키타 스즈네와 재회했기 때문이다.

그 사건을 아는 단 한 사람의 존재.

그 녀석이 있는 한, 내게 진정한 평온은 찾아오지 않는다.

이름	유키무라 테루히코
반	1학년 D반
학적번호	S01T004708
동아리	무소속
생일	7월 11일

평가

학력	A
지성	A−
판단력	C
신체능력	D−
협조성	D−

면접관 코멘트

면접과 필기시험 모두 우수한 성적을 거두었지만, 초등학교와 중학교 시절 소통에 어려움을 느껴 친구가 없었으며, 동아리 활동이나 봉사활동 등도 일절 하지 않았다. 사회에서 학력이 필요한 것은 사실이지만, 학력만으로 사람을 판단하는 경향은 개선을 기대하는 바다.

담임 메모

수업에 임하는 자세가 성실하고 별다른 문제점이 없다. 다만 교우관계에 진전이 없어 그 부분을 계속 지켜보고자 한다.

○변해가는 D반

체육대회도 끝나고, 공기가 점점 차갑게 느껴지는 10월 중순.

차기 학생회를 맡을 임원을 결정하는 총선거가 치러졌고, 벌써 신구 학생회의 교대식이 열렸다. 전교생을 체육관에 모아 치르는 대대적인 학교 행사였는데, 1학년 대부분은 아무래도 상관없는 시간이기도 했다. 졸린다는 듯 서 있으면서도, 교사를 비롯해 선배들에게 걸리지 않도록 숨을 죽였다.

"그럼 지금부터 호리키타 학생회장의 마지막 인사말이 있겠습니다."

사회자의 말과 함께 호리키타 마나부가 무대에 설치된 마이크로 천천히 걸어왔다.

예전의 호리키타…… 아, 지금은 동생을 말하는 건데, 아무튼 그녀였다면 오빠의 등장만으로도 잔뜩 위축되었을지도 모른다.

하지만 지금은 오빠의 용퇴를 지켜보겠다는 듯, 피하지 않고 직시하고 있었다.

"약 2년 동안 학생회를 이끌어온 것을 자랑스럽게 생각하며, 동시에 감사드립니다. 그동안 정말 감사했습니다."

너무도 짧게 인사를 끝낸 호리키타의 오빠는 조용히 뒤로 물러나 원래 있던 자리로 돌아갔다.

감동적인 문구 하나 없이, 엄숙한 태도로 한 의무적인 인사라고 할 수 있다.

은퇴 행사는 아무래도 이것으로 끝인 모양이었다.

단상 위에 있던 학생회 임원들은 흐트러지지 않고 딱딱한 자세를 계속 유지했다.

"호리키타 학생회장, 지금까지 수고 많았습니다. 그러면 이번에는 새로 학생회장에 취임하는 2학년 A반 나구모 미야비 학생의 인사말이 있겠습니다."

그렇게 이름이 불리자 새 학생회장의 자리에 오른 나구모가 성큼성큼 걸어가 마이크 앞에 섰다.

그의 모습을 단상에서 따뜻하게 지켜보는 학생회 임원들 중에는 1학년 이치노세도 있었다.

"2학년 A반 나구모입니다. 호리키타 학생회장님, 오늘날까지 엄격하면서도 따뜻했던 가르침, 정말 감사했습니다. 역대 학생회장 중에서도 손꼽히는 리더십을 발휘했던 최고의 학생회장을 모실 수 있었던 점을 영광으로 생각하며, 경의를 표하고자 합니다."

그렇게 말하고 호리키타 마나부를 향해 깊이 고개 숙였다. 그리고 다시 전교생 쪽으로 몸을 돌렸다.

"그럼 다시금 제 소개를 하겠습니다. 저는 나구모 미야비입니다. 이번에 고도 육성 고등학교의 학생회장에 취임하게 되었습니다. 앞으로 잘 부탁드립니다."

체육대회 때 살짝 드러났던 태도와는 딴판으로 무척 예의 발랐다. 체육대회 때 보여준 표정과 태도는 온데간데없었다. 하지만 그렇게 느낀 것도 한순간.

평온했던 분위기를 확 바꾸듯 나구모가 희미한 미소를 지었다.

"바로 본론으로 들어가겠습니다만, 우선 저는 학생회의 임기와 임명, 총선거의 방식을 변경할 것을 공약합니다. 호리키타 전 학생회장이 예년 12월에 치렀던 총선거를 10월로 바꾼 것은 하나의 시도였다고 생각합니다. 빠른 단계에서 다음 세대로 넘어갈 수 있게 한 배려는 일정 효과를 만들어냈습니다. 그래서 새로운 학생회는 새로운 단계로 나아갈 시기라고 판단하여, 학생회장 및 학생회 임원의 임기를 재학 중 무기한으로 변경하여 졸업할 때까지 계속 일할 수 있도록 하려고 합니다. 동시에 총선거 제도와 규정 인원수의 제한을 철폐하고 언제든지 학생회 임원을 받아들이는 체제를 만들겠습니다. 즉 학생회에 필요한 인재는 언제든지, 몇 명이든 상관없이 학생회 임원으로 활동할 수 있게 됩니다. 또, 만일 임기 중 부적격 판단을 받은 임원은 회의에서 다수결을 거쳐 제명하는 규약도 만들겠습니다. 이를 시작으로 하여 여기에 모인 학생, 선생님, 그리고 전 학생회장이 이끌었던 학생회 여러분에게 선언합니다. 저는 앞으로 학교를 만들어 나가기 위해…… 우선은 역대 학생회가 지켜온 학교의 이상적인 모습을 완전히 무너뜨릴 계획입니다."

강력한 선언이었다. 뒤에 서 있는 전 학생회의 공적을 모조리 부정하는 발언이었다.

"원래라면 지금 당장이라도 제가 생각한 신체제대로 움직이게 하고 싶습니다만, 안타깝게도 그렇게 하기는 힘듭니다. 새로운 학생회장을 향한 여러 가지 견제도 많은 탓에."

나구모가 호리키타 전 학생회장을 쳐다보았다. 그리고 곧바로 전학생들에게 시선을 돌렸다.

"조만간 대혁명을 일으킬 것을 약속합니다. 실력 있는 학생은 철저히 위로, 실력 없는 학생은 철저히 아래로. 이 학교를 진정한 실력지상주의 학교로 바꿔 나갈 테니 부디 앞으로 잘 부탁드립니다."

그 선언에 체육관이 일순 정적에 잠겼다. 하지만 곧바로 2학년 전원이 환희의 함성을 지르며 흥분했다. 우리 1학년은 모르는 상급생들의 전쟁이, 2학년과 3학년 사이에 있었던 건지도 모른다. 그런 느낌이 들게 하는 사건이었다.

1

그런 하나의 이벤트가 끝을 고하고, 2학기도 중반에 접어든 어느 방과 후.

내 주위에는 조금씩이지만 작은 변화가 일어나고 있었다. 무인도 서바이벌, 체육대회라는 큰 행사를 치른 D반은 느리기는 해도 점점 단합심이 생겨났던 것이다. 좁았던 친구의 범위도 서서히 넓어져서, 처음에는 마음을 열지 않을 거라고 생각한 아이들끼리도 점차 친해졌다.

수업 태도 역시 몰라보게 나아졌다. 그 큰 요인은 지각에 졸기, 잡담, 폭력 등 온갖 불안요소를 다 갖추었던 문제아 스도가 변화를 보여주었기 때문이리라.

체육대회가 끝난 지 아직 얼마 지나지 않았는데도 전반적으로 개선을 보였다. 이따금 졸린다는 듯 억지로 수업을 청하기는 했지만, 격렬한 농구 연습 때문에 그렇겠지. 수업 중에는 아무리 졸려도 반드시 노트 필기를 했다. 나중에 호리키타가 한꺼번에 확인해주는 임시체제가 영향을 주는 것인지도 몰랐다.

또한, 이케와 야마우치 등을 대할 때도 폭력적인 행동이 사라지고 한결 부드러워졌다.

있는 대로 성질부리는 한심한 모습에, 좋아하는 상대인 호리키타의 평가가 내려가는 것을 바라지 않기 때문인가. 사람이 변하는 동기라는 건 대체로 그러하니까.

어쨌든 스도는 차근차근 성장해서 주위의 평가를 높이기 시작했다.

한편 그런 변화는 스도 뿐 아니라 나에게도 찾아왔다.

그것을 좋게 받아들여야 할지 나쁘게 받아들여야 할지는 상당히 아슬아슬한 경계선에 있지만.

"혼자네?"

내 근황을 정리하고 있는데 옆에서 말을 걸어온다.

"혼자가 어때서?"

피식 비웃는 옆자리의 주인 호리키타를 살짝 노려보았다.

"네 소중한 친구 이케와 야마우치. 너보고 놀자고 하는 게 극단적으로 줄었네."

"……그런가?"

굳이 '극단적'이라는 단어를 붙이는 면이 짓궂은 성격을 그대로 반영해준다.

"어머, 내 착각이니? 요즘 들어 점심도 혼자 먹는 것 같고, 방과 후에도 보시는 대로."

이케와 야마우치는 박사를 데리고 교실을 나갔다. 케야키 몰에라도 가려는 걸까.

부처님처럼 이성적으로 굴 생각이었는데, 호리키타는 전부 꿰뚫어 본 모양이다.

그렇다. 그 점이 내게 찾아온 변화 중 하나다. 체육대회 이후로 그나마 친구에 가장 가까웠던 두 사람이 나를 별로 찾지 않게 되었다. 아니, 전혀 상대도 하지 않았다.

"어쩔 수 없지. 다 똑같은 바보 집단으로 똘똘 뭉쳤다고 생각했을 텐데, 알고 보니 너는 높은 신체 능력을 갖추고 있었던 거니까."

"높은 신체 능력은 무슨. 그냥 달리기만 좀 빠를 뿐인데."

"어쨌든 빠르잖아. 특히 학생치고 말이야. 그러면서 지금까지 있었던 일을 다시 한번 돌이켜본 건 아닐까? 악력 측정 수치가 평균보다 높았던 것도 떠올렸겠지. 게다가 너도 알고 있을 텐데? 사람은 자기보다 뛰어난 사람을 기본적으로 싫어하는 경향이 있어. 하물며 넌 뛰어난 부분을 지금까지 감춰왔으니."

그런 것쯤 굳이 말해주지 않아도 잘 안다. 하지만 명확하게 이해하지는 못했다는 걸 인정할 수밖에 없다. '단순히 다리가 빠를 뿐'이라는 의식을 가지고 있었던 건 사실이다.

"그럼 느긋하게 싱글 라이프를 즐기렴."

일부러 기분 나쁘라는 듯 한마디를 남긴 호리키타는 어디갈 예정이 있는지 긴 머리카락을 휘날리며 교실을 뒤로했다.

늘 혼자인 주제에 당당한 저 태도에는 살짝 존경심이 들 정도다.

그녀의 뒷모습을 눈으로 배웅하고 있는데 아직 교실에 남아 있던 카루이자와가 묘한 시선을 보냈다. 하지만 시선이 교차하는가 싶더니 별로 나를 볼 생각이 없었다는 듯이 자연스레 눈을 피했다. 분명 의도적인 눈빛 같았는데, 딱히 아무 말도 하지 않고 호리키타보다 조금 늦게 교실을 나갔다. 펄럭이는 짧은 스커트 자락이 신경 쓰인다. 다른 아이들보다 조금 더 짧은 길이다. 1, 2센티미터 오차 범위의 세계에서 전력을 다해 살아가는 것 같다.

"뭐야, 저 녀석…… 상관은 없지만."

"저기, 아야노코지."

이제 어떻게 할지 고민하고 있는데 뜻밖의 인물이 내게 다가왔다.

카루이자와와 같은 그룹에 속한 갸루계 여학생 사토였다.

성만 알고 이름은 모른다. 이케, 야마우치와도 친한 여자애로 나와 같이 그룹채팅에 들어 있지만 접점은 거의 없다.

같은 반이면서도 말해본 적이 전무하다시피 한 상대다.

남자와도 거리낌 없이 지내는 여자애여서 쿠시다처럼 인기가 있을 법도 하지만, 이성에게 인기는 그리 많지 않았다.

이케의 말에 따르면 이미지가 가벼우니 틀림없이 남자에 대해 잘 알 것이다, 그런 문란한 애는 사양이다, 라는 것 같았다.

나를 찾아온 타이밍을 봤을 때 내가 혼자 있기만을 기다린 것인지도 모른다.

사토는 어딘지 불안한 모습으로 주위를 두리번거렸다.

"무슨 일이야?"

흔치 않은 상황이어서 그렇게 물어볼 수밖에 없었다.

"응, 그게 말이야. 여러 가지로."

대답이 모호했다. 안타깝게도 그 내용을 추측하기란 불가능했다.

사토라는 아이에 관한 정보가 너무 없다.

"저기 말이야. 나 좀 잠깐 볼래? 너한테 좀 할 얘기가 있어서 그래."

이것 역시 드문 경우다. 나는 살짝 경계했지만, 그 제안을 거절할 만큼 담력이 크지는 않았다. 거절보다 받아들이는 쪽이 더 용기를 내기 쉽다.

"여기서 말하기는 좀 그런데, 어때?"

내가 대답하기도 전에, 사토는 내가 거절하지 않을 거라고 판단했는지 장소를 바꾸자고 했다. 나는 그녀를 뒤따랐다.

"아……."

교실을 나갈 때 사쿠라가 뭔가 말하고 싶은 게 있는지 입을 열었지만 결국 말을 걸어오는 일도 뒤따라오는 일도 없었다.

우리는 교실을 나가 체육관으로 이어진 연결 복도까지 다다랐다. 점심을 먹고 시간이 남으면 체육관에 가서 놀거나 연습을 하는 학생들이 이곳을 통해 이동하기 때문에 북적대는데, 모두가 점심을 먹고 있을 지금은 학교 내에서도 손꼽히게 인기척이 없는 곳이었다. 대화를 나누기에 최적의 장소인지도 모른다.

특별히 다른 누군가와 합류하는 일 없이 사토가 걸음을 멈추고 뒤돌아보았다.

"질문이 이상할지도 모르겠지만…… 아야노코지, 너 누구 사귀는 사람 있어?"

"으음, 그게 무슨 의미지?"

"있는 그대로의 의미인 게 뻔하잖아. 여자 친구가 있냐고. ……응?"

있는지 없는지 둘 중 하나로 대답하라고 말한다면 없다 이외의 선택지는 존재하지 않는다.

인기 없다는 것을 어필하는 느낌이어서 싫었지만, 거짓말을 해봐야 소용없으니 솔직히 대답하기로 했다.

"없는데……."

"흐음. 그렇구나……. 그럼, 지금 여자 친구 모집 중이라고 받아들여도 돼?"

사람을 놀리는 것도, 동정하는 것도 아니라 조금 기쁜 듯 사토의 입꼬리가 올라갔다.

이쯤 되면 나라도 이야기의 흐름이 무엇인지 이해할 수 있다.

나를 함정에 빠트리기 위한 덫인가? 일단 주위를 경계했지만, 당황해서 허둥거리는 내 모습을 숨어서 지켜보는 사람은 없는 것 같았다. 당연히 교실을 나온 뒤로 내 뒤를 미행하는 사람도 없었고.

그렇다면 사토 아니면 그녀와 가까운 친구 중에 나를 남자 친구로 삼아도 좋다고 생각하는 애가 있다는 말이 된다. 이런 타이밍에 갑자기 왜?

이 역시 호리키타가 말했던 '그래도 달리기가 빠르다'는 점 때문일까.

"친구부터여도 좋으니까…… 저기, 나랑 전화번호 교환하자."

아무래도 사토의 친구, 가 아니고 사토 본인이 희망자인 듯했다.

설마 여자에게 이런 제안을 받는 날이 올 줄은 꿈에도 생각 못 했다.

이것은── 고백 직전이나 다름없다.

"일단 알겠어."

연락처를 교환하는 걸 굳이 거절할 이유는 딱히 찾을 수 없다.

사귀고 말고 하는 문제는 훨씬 나중의 이야기이다. 지금 나는 그냥 전화번호 교환을 부탁받았을 뿐이다.

"응. 이렇게 하면 끝, 이네."

휴대폰에 등록 완료 메시지가 떴다. 여자애의 연락처가 늘어나는 것은 역시 기쁘군.

사토와의 짧은 대화를 마치고 나니 왠지 묘한 정적이 흘렀다.

"숙맥 같은 질문이긴 한데, 내 전화번호는 왜 갑자기 물어보는 거야?"

사토가 살짝 뺨을 붉히며 시선을 피했다.

"그건…… 체육대회 릴레이 때. 아야노코지의 모습이 굉장히 멋있었달까. 지금까지 쭉 이렇게 가까운 곳에 있었는데도 전혀 모르고. 히라타가 반에서 1등이라고 생각하지만 카루이자와의 남자 친구니까 어쩌지 못하잖아?"

그렇게 말한 사토는 나를 올려다보더니 순간 당황해서 말을 덧붙였다.

"아, 그렇다고 아야노코지가 히라타보다 못하다는 뜻이 아니라. 솔직히, 자세히 뜯어보면 히라타보다 더 잘생긴 것 같기도 하고, 어른스럽고 다정해 보이고…… 아, 아무튼 그런 거!"

속으로 수치심이 점점 커져갔는지, 마지막 어미인 '야'는 잘 들리지 않았다. 바람처럼 지나간 사토와의 일에 사고가 따라가지 못해, 멍청하게 서 있는 나.

생각지도 못한 장소에서 생각지도 못한 타이밍에, 생각지도 못한 상대에게 고백 받고 말았다.

한 치 앞도 모르는 게 인생이라더니, 말도 안 되는 일이 일어났다. 이 사태를 어떻게 해야 좋단 말인가. 사토는 좋지도 싫지도 않은, 그저 순수하게 친근한 반 친구로만 생각해왔다. 그럼 고백을 거절하는 게 정답일까?

아니, 그러기에는 사귀자고도 나를 좋아한다고도 말하지 않았다. 그저 여자 친구의 유무와 전화번호를 물어보았을 뿐. 하나 덧붙이자면 친구부터 시작하자며, 연락처를 교환하고 싶다고 말했을 뿐이다. 그런데 경솔하게 거절했다가는 무슨 착각을 하고 있냐며 따질지도 모른다. 그런 일이 일어난다면 너무 부끄러울 것 같다.

제삼자의 입장에서 고백을 하거나 받는 상황을 지켜보는 것은 좋지만, 막상 당사자가 되고 보니 어떻게 대처해야 할지 난감하다. 사쿠라가 예전에 야마우치에게 고백 받았을 때의 기분을 이제는 잘 알 것 같다.

너무도 복잡한 심경으로 돌아오던 중, A반의 카츠라기와 야히코를 만났다.

딱히 대화를 나눌 필요는 없다고 생각했는데, 카츠라기가 발걸음을 멈추고 야히코에게 말했다.

"미안한데 먼저 가. 아야노코지랑 할 얘기가 좀 있어서."

야히코는 순간 경계심을 높였지만, 카츠라기의 지시여서 금세 받아들였다.

"호리키타는 옆에 없군."

"항상 같이 다닐 리 없잖아."

뭐랄까, 여자에 비하면 남자는 대화를 나누기 편하다.

그렇게 생각하니 친구 사귀는 것을 힘들어하던 내가 바보처럼 느껴진다.

"하긴 그렇지. 그것보다도, 지난번 체육대회 때 마지막 릴레이를 보고 솔직히 좀 놀랐어. 아마 다른 반 애들도 다 예상 못 했을 거야."

당연히 그런 종류의 이야기겠지. 나는 놀라지도 않고 담담히 말했다.

"D반도 당하고만 있지는 않아."

"그렇군. 하지만 너희 반 애들도 거의 다 놀란 표정이던데. 한 사람도 빼놓지 않고 모두 그렇게 연기를 잘할 리는 없으니까, 네가 빠르다는 사실을 알았던 애는 극히 드물었던 거겠지."

과연 카츠라기라고 평가해둘까. 그 소란한 분위기 속에서도 세심히 관찰했군.

보통은 주자인 나와 호리키타의 오빠를 주목할 텐데, 그는 우리까지 포함해 모든 반을 자세히 살폈다.

"무엇을 상상하든 자유지만, 난 아무 말도 할 수 없어."

"상관없어. 너한테 억지로 이야기를 캐낼 생각은 없으니까."

"적대하는 반이면 조금이라도 더 정보를 얻고 싶어 해야 하는 거 아니야? 아니면 결국 A반한테 우리 D반은 상대할 가치도 없다는 증거인가."

살짝 곤란한 표정을 지은 카츠라기가 창가로 다가가 밖을 쳐다보았다.

"난 지금 여러 가지 성가신 안건을 떠맡고 있어. 다른 반을 신경 쓸 여유가 없을 뿐이야."

"호리키타한테 말했다며. 류엔을 조심하라고."

내가 가진 정보를 카츠라기에게 들이밀었다.

"녀석은 이기기 위해서라면 무슨 짓이든 서슴없이 저지를 거야. 때로는 공갈, 폭력 같은 수단도 쓰겠지."

하지만 실제로 카츠라기가 경계하고 있는 건 류엔뿐만이 아니리라. 오히려 A반에 숨어 있는 사카야나기에 대해 경계심을 높이고 있을 터다. 하지만 굳이 그 이야기는 언급하지 않았다.

사카야나기 아리스는 내 과거를 알고 있는, 수수께끼 같은 학생이다. 함부로 들쑤셨다가는 긁어 부스럼만 되겠지.

"공갈, 폭력이라. 학교에 알리면 무사하지 못할 것 같은데."

"그걸 교묘한 방법으로 휘두를 수 있는 남자라는 거야. 호리키타한테 앞으로도 녀석을 가볍게 보지 말라고 충고해 줘. 적을 도와주는 행동이니 날 경계할지도 모르겠지만, 류엔은 A반과 B반, 그리고 D반에 공공의 적이니까."

C반은 모든 반을 적으로 돌려 싸우고 있으니, 사실 맞는 말이리라. 하지만 카츠라기는 류엔과 한번 손을 잡았던 전적이 있다. 무턱대고 믿어도 될지 어떨지.

그렇게 생각하고 있는데, 카츠라기가 내 불신감을 알아차린 모양이었다.

"못 믿겠어?"

그 질문에 나는 살짝 짚고 넘어가기로 했다.

"솔직히 말하면 믿을 수 없는 부분도 있어. 네 말을 호리키타에게 그대로 전할지 말지 미묘한 부분이야. 정보원은 말할 수 없지만 너와 류엔이 한때 손을 잡은 적 있다는 소문이 있는데, 그건 헛소문인가?"

"……그걸 어디서 들었어? 아니, 깊이 파고들 것도 없나?"

곧바로 답에 도달했는지, 카츠라기는 평정을 잃지 않고 말을 이었다.

"지금은 후회하고 있어. 아무리 마음에 여유가 없었다고는 해도, 녀석과 손을 잡아서는 안 되는 거였는데. 그러니까 경험에서 나온 충고라고 생각해줬으면 좋겠다. 녀석과 얽히면 저주를 받아."

어떤 장단점이 있었는지는 몰라도, 카츠라기 역시 몸소 체험했다는 뜻일까. 이야기의 신빙성은 모르겠지만 묘하게 설득력이 있다.

"처음부터 알고는 있었지만. 녀석과 손을 잡는 게 얼마나 위험한지는."

"그걸 감수할 만큼의 제안이 있었다는 거지? 손을 잡으면?"

카츠라기가 자조하듯 살짝 웃었다.

괜한 오지랖이라는 건 알지만, 카츠라기의 얼굴에 여유가 하나도 없었다. 초조하고 불안한 걸까. 나는 다시 한번 살짝 더 깊이 파고 들어가 보기로 했다.

"류엔을 경계하는 건 잘 알겠는데 문제는 A반과 B반 쪽 아니야? 10월에 공개된 반 포인트를 봤어."

카츠라기의 입술이 굳게 닫혔다. 그 부분을 걱정하지 않는 건 아닌 모양이다.

A반은 무인도 종료 시점까지는 1,124 반 포인트까지 늘려 쾌조를 보였었는데, 선상 특별시험과 체육대회에서 포인트를 크게 잃어 현재는 874 포인트까지 떨어진 상태였다. 반면 A반을 바짝 추격 중인 B반은 753 포인트. 처음에 똑같이 출발선상에 섰던 때를 제외하고 가장 많이 좁혀져 있었다.

참고로 C반은 542 포인트. 그리고 우리 D반은 262 포인트였다.

"과연 좋은 상황이 아니라는 건 인정할 수밖에 없겠군. 학교가 짜놓은 것에 휘둘리고 있어. 반 포인트의 구조를 완벽하게 파악하지 못한 것도 한 가지 요인이야."

역시 부주의하게 사카야나기의 화제를 다루지는 않나.

그렇다고는 해도 카츠라기의 말처럼 이 학교의 포인트 제도에 문제가 있는 것도 사실이었다.

심플해 보이지만 의외로 이해하기 어렵고 모호한 구석이

많다.

돌이켜 생각해보면 알아차리기 쉬운데, 입학 직후에는 지각과 결석, 수업 태도를 엄격하게 심사했었다. 실제로 우리 D반이 그 영향을 많이 받아서, 반 포인트를 몽땅 잃어버렸던 기억이 마치 어제 일처럼 선명하다.

하지만 지금은 그러한 수업 태도 등이 반 포인트에 반영되고 있는 느낌이 없다.

물론 우리가 성실하게 수업을 듣고 있어서 그런 것도 있지만, 마이너스가 전혀 없어졌다고 생각하기는 어렵다.

지금 생각해보면 그것이 최초의 '특별시험'이었던 건지도 모르겠다.

"난 원래 지방 중학교 출신인데, 내가 상상했던 고등학교 생활과 너무 다른 곳이야, 여기는."

카츠라기가 그렇게 말하며 살짝 불만스럽게 팔짱을 꼈다.

"알고는 있었지만, 이 학교는 이해하기 힘든 불가사의한 구조야. 그걸 최근 들어서 새삼 느껴. 원래 같은 학년 학생들끼리는 친하게 지내는 게 보통이잖아? 절대 서로 적대하지 않지."

일반적인 학교생활과 다르다는 것만은 틀림없다. 학생들끼리 화기애애하게 지내기 힘든 구조로 되어 있다. 서로 경쟁하는 규칙이 세워져 있다고 할까. 경우에 따라서는 서로 밀쳐낼 정도의 증오심이 생기기도 한다. 그런 학교다.

다만 그만큼 자기편…… 자기 반의 결속력이 기본적으로

높다.

뭐, 그 결속력이라는 것도 B반을 제외하면 아무래도 수상쩍지만.

하나로 똘똘 뭉치기보다 각자 따로국밥인 D반에 독재 정권인 C반. 그리고 권력 싸움으로 양분화된 A반 등, 아무래도 미묘한 상황이다.

"너는 당혹스럽지 않아? 아야노코지."

"솔직히 난 전혀. 사고방식의 차이일 뿐이고, 이 학교가 좋은지 나쁜지에 대한 판단에는 영향을 받지 않아. A반으로 올라가야만 한다는 그 틀만 없으면 감동적일 만큼 매력적인 학교잖아. 어느 정도 노력만 하면 입고 먹고 자는 데 불편하기는커녕, 학교에서 주는 포인트로 오락거리도 즐길 수 있어. 학교 안에 있는 그 어떤 시설도 더할 나위 없어서 불만을 표할 여지가 없지."

그 부분은 이 학교에서 생활하는 모든 사람이 공통으로 생각하는 사항이리라. 신선처럼 극단적인 산 생활을 선호하는, 지나치게 한쪽으로 치우친 사람이라도 아닌 이상에야 지금 환경을 환영하지 않는 사람은 없다. 카츠라기도 반박하지 못했다.

"동의해. 불만을 말한다면 환경이 지나치게 완벽하다는 거겠지. 고등학교 1학년이 받을 법한 대우라고 생각하지 않아. 특별히 어려운 시험을 통과하고 온 것도 아닌데. ……쓸데없는 이야기가 너무 길어졌군. 어쨌든 류엔에 대해서는 호리키타에게 말 좀 잘 전해줘."

과묵한 남자가 해주는 충고에 나는 그렇게 하겠노라고 약속했다.

실제로 류엔은 D반에 착실히 공격을 가해, 때려 부수려고 하고 있었다.

"평화롭게 지내고 싶은 것뿐이겠지, 너도. 고생이 끝도 없구나…… 너나 나나."

그렇게 중얼거리지 않을 수 없었다.

2

그날 밤, 방에서 노닥거리고 있는데 카루이자와에게서 전화가 왔다. 연락처를 교환하기는 했어도 직접 전화를 걸어온 것은 처음이라 살짝 놀라면서 받았다.

"좀 물어보고 싶은 게 있어."

통화 버튼을 누르고 휴대폰을 귀에 대자마자 카루이자와가 대뜸 그렇게 말했다.

"대답해줄 수 있는 거면 좋겠군."

"너, 사토한테 고백 받았지?"

예상치 못한 질문에 말문이 막혔다. 어째서 그걸 알고 있는 거지.

"미리 말해두는데 우리 반에 몇몇 여자애들은 이미 알고 있으니까."

"도대체 그 정보망은 얼마나 빠른 거야. 인터넷보다 더 빠르잖아? 정보원은 누군데?"

"누구긴, 사토 본인이지. 오늘 고백할 거라는 거 미리 알고 있었어."

내부자거래(회사 관계자가 자신의 지위로 얻은 미공개 정보를 이용해 부당이익을 취하는 행위) 같은 건가. ……아니, 뭔가 다르다.

"그래서 낮에 나를 그렇게 쳐다봤던 거야?"

"……역시 눈치챘어?"

"누가 누구한테 고백하는지 같은 건 아무래도 상관없지만, 왜 그걸 서로 보고하는 거야?"

"여자들은 원래 그래. 나중에 쟁탈전이라도 벌어지면 귀찮으니까."

소유물에 이름을 써두는 것과 비슷하다고 할까.

남자들 사이에도 비슷한 현상이 있으니까 이상한 일은 아니지만…….

그래도 의구심이 드는 부분이 있다.

"쟁탈전이고 뭐고, 좋아하는 상대가 같으면 미리 선언하나 안 하나 똑같은 것 아닌가?"

"전혀 다르지. 갑자기 사귄다고 선언이라도 하면, 그때는 정말 엄청나게 빈축을 살 수도 있어. 아, 아무튼 그게 중요한 게 아니고. 내가 알고 싶은 건 네 대답이야."

아니, 그렇게 물어봐도 곤란한데.

"내 대답이 너랑 무슨 상관이라고."

"그야 그렇지만……. 그래도 전혀 관계가 없는 건 아니랄까. 네가 나를 협박해서 이것저것 많이 시켰으니까 아무래도 마음에 걸린단 말이지. 여자는 네트워크가 넓을수록 쓸데없는 소문이 돌기라도 하면 곤란하다고. 내가 귀찮은 일에 휘말리게 될 위험도 커지고. 내 말뜻 알겠니?"

그러니까 내가 사토와 사귀면 카루이자와에 대한 정보를 함부로 발설할 위험이 있다. 혹은 사토만 신경 쓰다가 카루이자와를 지키는 데 소홀해질 수 있다. 그런 것을 걱정해서 전화를 걸었다는 얘기다. 아무리 봐도 너무 과한 생각이다.

말이 되는 것 같으면서도 그만큼 말이 되지 않는다. 카루이자와는 외모와 언동에 어울리지 않게 논리적인 사고를 하는 편인데, 이번에는 지나치게 억지스럽군.

"여하튼 걱정할 필요는 없어."

"고백을 받아줄 생각이구나?"

"그렇게는 말 안 했는데."

"내 귀에는 그렇게 들리거든? 거절할 거라고 확실하게 말을 안 하잖아. 아아, 네 속마음을 다 봤다는 느낌? 어차피 고백도 해왔겠다, 야한 생각이라도 하는 거 아니야? 남자란 그런 동물이니까."

굉장히 비약적인 발상이다. 운동회에서 1등 한 아이에게 커서 올림픽에 나가라고 치켜세우는 부모만큼이나 지나치게 비약적이다.

"남자가 원래 그런 동물이라고 해도, 적어도 지금의 나한테 그런 감정은 없어."

"그럼 증명해. 거절하지 않는 이유를."

"증명이고 뭐고, 난 고백 받지 않았어. 그냥 친구부터 시작했으면 좋겠다는 말을 듣고 연락처를 교환했을 뿐이야."

"……그렇구나. 그런 느낌이었구나."

내가 왜 카루이자와에게 이런 설명을 해야 하지. 창피한 것도 정도가 있다.

"그러니까 고백을 받아들이고 말고 할 것도 없다고. 전화번호를 교환하고 끝이라고."

"흐음……. 뭐, 아무튼 오늘 일은 그런 걸로 알아둘게."

참으로 오만한 태도다.

여하튼 기왕 전화를 받은 김에 확인하던 것을 마저 끝마쳐둘까.

"나도 하나 물어보고 싶은 게 있는데, C반 마나베 무리는 그 이후로 아무 짓도 안 했어?"

"……응. 그건 아직까지는 괜찮아."

목소리 톤이 몇 단계 내려갔다. 카루이자와로서는 다루고 싶지 않은 화제일 테지.

"대책을 세워두기는 했지만, 혹시라도 무슨 일이 생기면 바로 말해. 설령 말하지 말라고 강한 협박을 받았다고 해도 나한테 말하면 반드시 해결해줄 테니까."

수화기 너머로 카루이자와가 숨을 삼키는 것이 느껴졌다. 내 표현이 너무 셌나?

"……나도 알아. 나야말로 도움을 못 받으면 안 되니까……."

이 학교에서 살아남기 위해, 카루이자와는 지금의 지위를 반드시 지켜야 한다.

그러기 위해서는 진실을 아는 인물을 완전히 봉인해둘 필요가 있었다.

다만, 마나베 같은 아이들은 진실이 무엇인지 이해조차 못하고 있겠지만 말이다. 문제는 그 뒤에 서 있는 류엔이리라. 상황에 따라서는 그 부분을 때려야겠지.

아니, 분명 그렇게 해야 할 순간이 점점 다가오고 있다.

"아무튼 이야기가 옆길로 샜는데, 사토 일은 어떻게 할 셈이야? 전화번호를 교환했다는 건 그다음 단계로 진행할 가능성도 있는 거잖아?"

"보류 중, 이랄까. 적어도 난 사토에 대해 아무것도 몰라. 앞으로 그쪽에서 연락이 올 거라고 확신할 수도 없고."

"그럼 사토가 더 이상 적극적으로 다가오지 않으면 거절할 거네?"

"거절이고 뭐고, 그냥 연락처만 교환했을 뿐이라니까. 내가 먼저 나설 일은 없겠지."

당당히 데이트 신청을 할 만한 담력은, 하물며 고백하는 방향으로 나아갈 자신은 내게 없다.

"그래. 알았어, 그럼 끊을게."

카루이자와는 납득했다는 듯 통화를 끝내려고 했다.

"카루이자와."

"왜."

이미 늦었을지도 모른다고 생각했는데, 이름을 부르니 전화를 끊지 않고 대답했다.

"나랑 통화한 내역은 지워."

"이미 그렇게 하고 있어. 문자 메시지도."

"역시 대단하군."

내가 지시하지 않아도 카루이자와는 잘하고 있는 것 같다.

"용건이 그것뿐이면 이만 끊을까?"

"응."

그런 대화를 마지막으로 통화가 끝났다.

사실은 하나 더 말해줘야 하나 고민했지만 그만두었다.

지금 단계에서 앞일에 대한 가정을 말해봐야 카루이자와의 부담만 늘어나리라 판단했기 때문이다.

그때가 오더라도 카루이자와라면 최소한의 대처는 하겠지.

그리고── '물리적'인 대응이 요구되는 건 피할 수 없다.

이름	사토 마야
반	1학년 D반
학적번호	S01T004739
동아리	무소속
생일	2월 28일

평가	
학력	D–
지성	D–
판단력	D–
신체능력	C
협조성	C–

면접관 코멘트

초등학교 시절에는 성실하고 성적도 비교적 높은 편이었으나, 중학교에 올라가고 나서는 친구와 놀러만 다니면서 1,2학년 대부분을 지각 혹은 결석했다. 3학년을 기점으로 회복 조짐을 보였지만, 현재까지 학력에 진전이 없다. 밝고 긍정적인 점을 키워 능력 향상을 목표로 하길 바란다.

담임 메모

남녀 가리지 않고 거리낌 없이 대하는 성격을 무기로, 교우관계를 잘 형성해나갔으면 하는 바람이다.

○페이퍼 셔플

어느 날. D반은 무거운 공기에 휩싸여 있었다.

다만 결코 비관적인 것이 아니라 적당한 긴장감이 흐르는 분위기였다.

가장 먼저 그 공기를 알아차린 사람은 담임 차바시라 선생님이었다.

"자리에 앉아라—— 사전 준비가 꽤 잘 되어 있는 것 같구나."

그녀가 교실에 들어오자 그 보이지 않는 공기가 더욱 무거워지며 급속도로 얼어붙었다.

원래 그래야 할 모습. 당연한 반 풍경. 그 상식적인 분위기에 차바시라 선생님은 놀라움을 숨기지 않았다.

"준비도 다 되어 있고 표정들이 진지하네. 도저히 내가 알던 D반 같지가 않아."

"그야 오늘이 중간고사 결과 발표일이니까 그렇잖아요?"

살짝 긴장한 얼굴로 이케가 말했다. 차바시라 선생님이 그를 보며 씨익 웃었다.

"네 말이 맞아. 중간고사와 기말고사에서 낙제점을 받으면 즉시 퇴학. 예전에 너희에게 말했던 걸 생생하게 기억하고 있겠지. 긴장감과 불안감을 느끼는 것도 당연하다. 하지만 너희는 지금까지 그 당연한 마음가짐조차 제대로 갖추지 않았었지. 성장하는 모습을 볼 수 있어 기쁘구나."

지금까지 본 적 없는 학생들의 새로운 일면에 감동받은 차바시라 선생님이었는데, 그렇다고 해서 시험 점수가 좋아질 리는 없다. 어디까지나 마음가짐을 잘 갖추게 된 것에 불과하다.

그 당연한 말을 차바시라 선생님은 굳이 입에 담았다.

"그러나 결과는 결과니까. 낙제점을 받았을 경우에는 각오를 단단히 하는 게 좋아. 그럼 지금부터 중간고사 결과를 붙이도록 하겠다. 자기 이름과 점수를 꼼꼼히 확인하도록."

그 경고가 진짜였기 때문에 거듭 당부했다. 만약 결과를 받아들이지 않고 난동을 피운다면 학교 측은 강경수단도 불사하리라. 교실을 빈틈없이 비추고 있는 감시 카메라가 항상 학생들을 예리하게 감시하고 있으니까.

"역시 시험 점수를 전부 공개하나요?"

"물론이지. 이 학교의 규칙이 그러니까."

개인정보를 지키고 싶어 하는 학생의 의사와 상관없이 칠판에 D반 전원의 성적이 붙었다. 거기에 프라이버시란 일절 존재하지 않았다. 꽁꽁 감추는 것 없이 적나라하게 드러나는 결과. 마치 영업사원의 실적 달성표가 회사 게시판에 그대로 공개되는 것처럼, 공부 잘하는 인간과 공부 못하는 인간이 여실히 드러났다.

이럴 때 눈에 확 띄는 것은 성적이 월등히 높은 인간과 월등히 낮은 인간이다. 많든 적든 괴로운 쪽은 하위권으로, 주위에서 멋대로 보내는 압박과 멸시를 받게 된다.

"전 과목 평균 합격점은 40점 이상이 기준이라고 생각하면 될 거다. 거기에 못 미치는 점수를 받은 사람은 필연적으로 퇴학 처리가 되겠지."

지금까지의 시험과 거의 다르지 않은 낙제 커트라인이었는데, 상황이 조금 달라졌다.

"지금부터 발표하는 점수에는 체육대회 결과도 반영되어 있어. 체육대회에서 활약한 사람 중에는 결과적으로 점수가 100점 넘는 학생도 있는데, 일괄 만점으로 처리된다."

지난번에 치렀던 체육대회에서 결과를 남기지 못한 하위 10명은 중간고사 점수에서 10점을 깎는 방침이 정해져 있었다. 소토무라는 체육대회에서 학년 최하위 중 한 사람이었기 때문에, 모든 과목에서 다른 학생보다 10점 더 많이 획득해야만 했다.

그렇다고는 해도, 페널티를 받지 않은 이케와 스도 등의 표정도 잔뜩 굳어 있었다. 낙제점을 받으면 즉시 퇴학이라는 제도는 그만큼 학생들의 심신에 엄청난 부담을 가했다.

서서히 칠판에 펼쳐지는 시험 결과를, 마른 침을 삼키며 지켜보는 학생들.

하지만 내 옆에 있는 호리키타에게서는 초조함을 조금도 찾아볼 수 없었다.

"오, 오오옷?! 거짓말이지?!"

결과가 나열된 순서는 점수가 나쁜 사람부터였다. 그러니까 1학기 중간고사와 기말고사에서 부동의 최하위를 기록

한 스도의 이름이 당연히 제일 위에 적혀 있을 거라고 아이들 대부분이 생각하고 있었다. 그런데 가장 위에 적힌 이름은 '야마우치 하루키'와 각 과목의 점수. 이어서 '이케 칸지'. 그리고 이노가시라, 사토, 소토무라의 이름이 뒤를 잇고 있었다. 원래는 조금 더 높아야 할 소토무라의 등수가 이 정도로 내려간 것은 체육대회 때 받은 페널티의 영향 같았다.

"맙소사! 내가 꼴찌라니 진짜야?!"

다행스럽게도 모든 과목이 40점을 넘었는데, 영어는 43점으로 아슬아슬하게 저공비행이다. 평균점은 50점에 약간 못미쳤다. 결과를 받은 야마우치는 순간 살아 있다는 느낌이 들지 않았으리라. 식은땀을 엄청나게 흘리고 있다.

그보다도 놀라운 것은 스도다. 지금까지 꼴찌가 지정석이었는데, 이번 시험에서는 밑에서 12번째로 순위가 급상승했다. 체육대회에서 획득한 점수가 있다고는 하나 그래도 놀라운 결과다. 아이들도 놀라서 수군덕거렸다. 평균 점수는 57점이다.

"단숨에 자기 기록 대폭 갱신! 봤냐?! 심지어 평균 60점이 바로 코앞이라고!"

자신의 이름과 점수를 본 스도가 기뻐서 환호성을 터트렸다. 심지어 덩실덩실 춤까지 췄다.

"그 점수 가지고 호들갑 좀 떨지 마. 넌 체육대회로 모은 점수도 있었잖아. 보기 흉해."

"윽, 으, 으응."

호리키타가 한마디 쏘아붙이자, 스도는 한풀 꺾여 냉정함을 되찾고 자리에 앉았다.

꼭 충견 같군. 주인의 명령에 즉각 반응해서 수행한다.

"저 스도가 평균 57점이라니. 스터디 효과가 큰 것 같네."

취약한 영어도 52점이라는 훌륭한 숫자를 기록했다.

이번 중간고사를 대비해 호리키타가 스도를 비롯한 낙제조에게 공부를 가르쳐주었다는 것은 들었다. 나보고는 가르치라고 하지 않았는데, 그도 당연하리라. 다른 학생들이 보기에 나는 머리 좋은 부류에 들어가지 않았으니까. 호리키타 역시 내 학력에는 회의적일 것이다.

"물론 스터디 효과도 크긴 했어. 만약 그냥 시험을 쳤다면 무조건 낙제점을 받았겠지. 하지만 이번에는 그것보다 다른 요인이 더 큰지도 몰라. 중간고사 자체가 비교적 간단한 문제로 구성되어 있었다는 점도 다행이었어."

"그럴지도 모르겠군."

이번 중간고사가 평소 시험에 비해 수준이 조금 낮았다는 것은 틀림없는 사실이다. 나 역시 학교 측이 문제를 잘못 낸 게 아닌가 하는 의심이 들 정도의 문제가 몇 개나 있었으니까. 그런 것도 고려해서, 낙제조가 확실하게 낙제 커트라인을 넘었다는 것을 확신했기 때문에 호리키타가 불안해하지 않은 것이다. 반면 꼴찌를 기록한 야마우치는 상당한 격차로 스도에게 졌다는 것이 분해서 어쩔 줄 모르는 모습이었다. 낙제점을 받을까 불안한 학생에게 공부를 가르친 것은 예전과 똑같았지만, 스도는 휴식까지 반납하고 호리키타에게 일대일로 배웠다. 사랑의 힘이란 무서운 것이어서, 조금씩이지만 학력이 향상되기 시작했다.

"너는 평균 64점. 참으로 절묘하게 평범한 라인이네. 이제 그만 진짜 실력으로 쳐보는 게 어때?"

"열심히 친 게 그건데."

평소에 50점 언저리인 내가 갑자기 100점을 받으면 또 성가신 일에 휘말릴 게 뻔하다.

이럴 때는 위험하지 않은 선에서 해두면 된다고 내 마음대로 생각하고 있다.

그래도 스도의 약진을 생각하면 조금 더 점수를 따놓길 잘했군.

"네가 바보를 연기한다는 걸 안 다음부터는 네 말을 있는 그대로 받아들일 수가 없어."

"네가 언제는 내 말을 있는 그대로 받아들인 적이 있었는지도 의문인데."

"그것도 그렇지만."

그건 순순히 인정하는구나…….

그나저나 이번 중간고사, 문제가 아무리 간단했다지만 상위권에 드문드문 만점자가 보인다. 그렇다는 건 다른 반에도 고득점자가 많이 나왔을 게 틀림없다.

"이번 중간고사에서 퇴학생은 보다시피 0명이다. 무난하게 시험을 통과했구나."

학생들을 있는 그대로 칭찬하는 차바시라 선생님. 과연 비난할 부분이 하나도 없어서 그런지 태도도 가벼웠다.

"당연하죠. 오우오우! 다음 달 프라이빗 포인트를 기대할게요, 선생님."

잔뜩 들뜬 스도가 책상 위에 팔꿈치를 괴고 당당하게 말했다.

차바시라 선생님은 그런 태도도 관대하게 받아들이고 미소를 무너뜨리지 않았다.

"그렇구나. 체육대회도 특별한 문제가 없었어. 11월에 지급될 프라이빗 포인트는 어느 정도 기대해도 좋을 거다. 내가 이 학교에 부임한 3년 동안, D반에서 지금 이 시기까지 퇴학생이 한 명도 나오지 않은 건 이번이 처음이야. 정말 잘했다."

차바시라 선생님이 아이들을 높이 평가하며 칭찬했다. 지금까지 이런 적은 한 번도 없었던 만큼, 우리를 자랑스러워하는 모습에 오히려 거부감을 느끼는 학생도 적지 않은 것 같았다.

"왠지 오글거리는데요, 칭찬받으니까."

평소에 칭찬과 거리가 먼 아이일수록 더 멋쩍어했다.

다만 호리키타만은 지금도 방심하지 않았다. 물론 낙제점이 나오지 않은 것은 기뻐할 일이지만, 차바시라 선생님이 칭찬만 하고 끝낼 인물이 아니라는 것을 알기 때문이었다.

태도가 나긋나긋할수록 더 꺼림칙하다.

하나로 묶은 포니테일 머리가 불길하게 흔들렸다. 차바시라 선생님이 조용히 걸음을 옮기기 시작했다.

교실 안을 한 바퀴 돌 셈인지, 책상과 책상 사이를 천천히 지나갔다.

그리고 이케의 옆에 도착했을 때 갑자기 발걸음을 멈췄다.

"무사히 시험 하나를 통과한 지금, 이 학교에 대해 어떤 느낌이 들지? 다시 한번 그 평가를 듣고 싶구나."

"그야…… 좋은 학교죠. 잘만 하면 용돈도 잔뜩 받을 수 있고. 밥도 맛있고 방도 깨끗하고."

그렇게 대답한 이케는 손가락을 하나하나 접으며 말을 추가했다.

"게임기도 팔고. 영화관이랑 노래방도 있고, 여자애들도 귀엽고……."

마지막 말만큼은 이 학교와의 관계성이 이상했지만.

"저기…… 제가, 뭐 잘못 말한 거라도 있나요?"

아무 말 없이 듣기만 하자 견딜 수 없어졌는지 이케가 차바시라 선생님을 올려다보며 물었다.

"아니야. 학생들에게는 틀림없이 멋진 환경이겠지. 교사인 내가 봐도 이 학교는 혜택이 넘쳐. 상식적으로 생각하기 힘든 좋은 대우를 해주고 있으니까 말이야."

차바시라 선생님은 다시 걸음을 떼더니 가장 뒷자리를 지나 이번에는 내 쪽으로 걸어왔다.

마치 수업 중 문제 풀이를 시킬 때의 느낌이다. 나한테는 말 걸지 마세요, 제발.

내 소망이 다행히 통했는지 차바시라 선생님이 이번에 걸음을 멈춘 곳은 히라타의 옆이었다.

"히라타, 이 학교에 잘 적응했나?"

"네. 친구도 많이 사귀었고, 충실한 학교생활을 보내고 있습니다."

히라타는 모범적이면서도 분명하고 야무지게 대답했다.

"단 한 번의 실수로 퇴학이 될지도 모르는 위험을 안고 있는 것에 불안은 없고?"

"그때마다 모두 함께 극복해나갈 생각입니다."

항상 반 친구를 생각하는 히라타에게서 망설임이란 보이지 않았다.

교실을 한 바퀴 돈 차바시라 선생님은 다시 교단 위로 올라갔다.

그녀가 무엇을 확인하고 싶었는지, 그건 잘 모르겠다.

내 멋대로 추측해본다면, 반의 사기와 분위기를 좀 더 자세히 알고 싶었을 수도 있다. 앞으로 찾아올 시련에 맞설 수 있을지, 그 확인이라고 보는 게 좋을까.

"너희도 알고 있겠지만 다음 주, 2학기 기말고사에 대비해 8과목 문제를 섞은 쪽지시험을 치를 예정이다. 이미 시험공부를 시작한 학생도 있을 거라고 생각하는데, 다시 한 번 전달해둔다."

"으헉! 중간고사가 이제 막 끝나서 마음 푹 놓고 있었는데! 또 시험이라니!"

날씨가 점점 서늘해지면서 공부에 약한 학생들이 시달리는 시기가 이어졌다. 학생인 이상 피할 길이 없는 시험의 폭풍우다. 특히 2학기는 시험의 간격이 짧았다.

"아니 쪽지시험까지 일주일밖에 안 남았다니! 난 금시초문인데!"

그렇게 소리치는 이케였지만, 각 과목 담당 선생님들이 쪽지시험을 치를 예정이라고 거듭 고지한 바 있다. 그 부분을 학습하지 않은 이케의 말에 나도 모르게 한숨이 나올 것만 같았다.

"듣지 못했다는 말은 통하지 않아, 라고 말하고 싶지만 안심해라, 이케."

구원의 실을 내려주듯, 차바시라 선생님이 미소 지었다.

하지만 그것이 단순한 친절이 아님을 우리는 이제 경험으로 알고 있다.

"진짜예요?! 선생님. 안심해도 된다고요?! 살았다!"

경험으로 알고 있……을 터인데. 차바시라 선생님은 이케에게서 시선을 떼고 말을 이었다.

"우선 첫 번째로 쪽지시험은 총 100문제에 100점 만점인데, 그 내용은 중학교 3학년 수준이다. 말하자면 기초를 잘 기억하고 있는지 재확인을 겸한 시험이라는 얘기야. 게다가 1학기 쪽지시험과 마찬가지로 성적에는 일체 반영되지 않는다. 0점을 받든 100점을 받든 상관없어. 어디까지나 현재 실력을 확인하기 위한 쪽지시험이니까."

"오, 오옷. 진짜요?! 살았다!"

"하지만── 물론 쪽지시험 결과가 아무 의미도 없는 건 아니라는 걸 미리 말해두지. 어쩌면 이 쪽지시험의 결과가 다음 기말고사에 큰 영향을 미칠 수도 있기 때문이다."

역시 그렇게 되는 건가.

체육대회가 끝나고 얼마 지나지도 않았는데 벌써 다음 과제가 시작되려고 하고 있었다.

"뭐죠, 그 영향이란 게? 더 이해하기 쉽게 좀 설명해 주세요."

스도가 그렇게 따지고 싶은 것도 이해가 된다. 차바시라 선생님은 일부러 반에 불안감을 부추기는 듯한 말투를 써서, 본론으로 들어가는 걸 자꾸 미루고 있었다.

"나도 네가 이해하기 쉽게 설명해줄 수 있으면 좋겠는데, 스도. 다음 주에 치르는 쪽지시험의 결과를 바탕으로 『반의 누군가와 2인 1조인 팀』을 이루게 된다."

"팀, 이라고요?"

시험과는 거리가 먼 단어에 히라타가 의문을 제기했다.

"그래. 그리고 그 팀은 연대책임으로 기말고사에 임하게 된다. 총 8과목으로 각 100점 만점, 과목당 50문제씩 총 400문제야. 그리고 반드시 넘지 않으면 낙제가 되는 점수가 이번에는 두 종류다. 하나는 지금까지와 비슷하게 전 과목 커트라인이 60점으로 설정되어서, 60점 미만인 과목이 하나라도 있으면 두 사람 모두 퇴학이 결정된다. 이 60점이라는 건 팀을 이루는 두 사람의 점수를 더한 합계를 가리킨다. 예를 들어 이케와 히라타가 팀이라고 가정하면 이케가 0점이고 히라타가 60점이어도 된다는 소리야."

학생들에게서 경악의 목소리가 새어나왔다. 우수한 파트너와 팀이 되면 상당히 편한 시험이 되겠군.

그런데 낙제 점수가 두 종류라는 건 무슨 소리지.

학생들의 반응을 무시하고 차바시라 선생님은 또 다른 낙제점에 대해 설명하기 시작했다.

"그리고 이번에 새로 추가된 퇴학 기준은 총점으로도 낙제 여부를 판단하게 된다는 점이다. 가령 8과목 전부 60점 이상이라고 해도 총점이 커트라인에 미치지 못하면 불합격이 되는 거지."

"그것도 팀의 총점인가요?"

"맞아. 총점은 팀 합계로 정해진다. 요구되는 커트라인은 아직 정확한 수치가 나오지 않았는데, 예전에 필요했던 총점은 700점 전후였어."

연대책임이라는 말은 곧 점수를 공유하는 팀원이 둘 다 탈락한다는 건가.

700점이라는 건 두 사람 합해서 총 16과목이니까 한 과목당 못해도 평균 43.75점 이상을 받아야 한다는 얘기다.

호리키타나 유키무라처럼 학력에 정평이 난 학생도, 어떤 아이와 팀이 되느냐에 따라 상당한 위험을 껴안게 된다.

"커트라인이 아직 불명확한 이유는 뭐죠?"

"너무 서두를 것 없다, 히라타. 총점 커트라인에 대해서는 다음에 다시 자세히 설명하지. 기말고사는 하루에 네 과목씩 이틀에 걸쳐 치러진다. 각 과목 순서는 추후에 통보하마. 만일에 아파서 결석할 경우에는 학교 측이 결석의 정당성을 물어서, 어쩔 수 없는 사정이 확인되면 과거에 친 시험으로 추산한 예상 점수를 부여하겠지만, 그렇지 않을 경우에는 결석한 시험 모두 0점 처리되니 주의하도록."

절대 피할 수 없는 시험이라는 거군. 건강관리도 실력이라는, 규정노선이다.

"그나저나 너희도 조금은 이 학교 학생다워졌구나. 예전 같으면 시험 내용을 들은 단계에서 비명을 마구 질렀을 텐데."

"……그야, 적응할 때도 됐죠. 여러 가지 일이 많았으니까요."

이케가 별로 놀라지 않고 대답했다. 거기에는 희미하게나마 자신감도 엿보였다.

"믿음직스러운 발언이구나, 이케. 아마도 이 중에는 너와 같은 생각을 하고 있는 학생이 적지 않을 거야. 그래서 딱 하나만 충고하마. 고작 1학년 1학기를 마친 것으로 이 학교의 모든 것을 파악했다고 생각하지 않는 게 좋아. 앞으로 너희는 지금보다 훨씬 힘든 시험을 수차례 통과해야 하니까."

"무, 무서운 말씀 하지 마세요, 선생님."

여자애 중 하나가 겁에 질린 듯 말했다.

"사실이니까 어쩔 수 없어. 이를테면, 예년에는 이 특별시험······ 통칭 페이퍼 셔플은 한 조 혹은 두 조의 퇴학생을 냈다. 그리고 그 대부분이 D반이었어. 절대 겁을 주는 게 아니라 진짜 있었던 이야기야."

지금까지도 왠지 낙관적이었던 반에 긴장감이 감돌았다.

새로운 특별시험의 등장. 그런데 페이퍼 셔플이라니 그게 무슨 뜻이지?

"총점이 커트라인에 못 미치는 팀은 예외 없이 퇴학이야. 내 말이 그냥 겁박으로 들린다면 선배들에게 물어봐도 좋아. 너희도 이제 슬슬 어느 정도 인맥이 형성되기 시작했을 테니."

그나저나 이렇게 가혹한 시험 내용임에도 불구하고 퇴학생이 보통 한 팀에서 두 팀밖에 안 나왔다는 건가. 그건 그거대로 조금 기묘하다는 생각도 든다. 조합에 따라 궤멸이라는 결과가 나올 수도 있는데 말이다.

요컨대 '그런 것'일까.

"마지막으로 시험의 페널티에 관해서다. 당연한 말이지만 시험 도중에 부정행위는 절대 금지야. 부정행위를 저지른 사람은 발각 즉시 실격 처리되고, 파트너와 함께 퇴학당한다. 이건 이번 시험뿐 아니라 모든 중간고사와 기말고사에 해당하는 내용이지만 말이지."

부정행위는 곧 퇴학이라는 건 언뜻 무거운 처벌처럼 보인다. 다른 일반적인 고등학교라면 전 과목을 0점 처리하거나 엄중 주의, 심해야 정학 처분이 고작이다. 하지만 낙제점을 받으면 즉시 퇴학인 이상, 필연적으로 부정행위가 퇴학으로 이어지는 것은 피할 수 없는 운명인가. 여기서 굳이 경고해두는 의미는 학생들이 초조한 마음에 일찌감치 실수를 범하는 것을 막기 위해서라는, 차바시라 선생님 나름의 배려라고 받아들여야겠다.

그러나 문제는 팀 제도 시험이라는 것이다.

"가장 중요한 팀 결정 방법은 쪽지시험 결과가 나온 이후에 알려주마."

그 말을 들은 직후 나는 조용히 펜을 쥐었다. 그와 거의 동시에 옆자리의 주인도 펜을 쥐고 칠판에 붙은 종이를 보며 뭔가를 쓰기 시작했다.

나는 그 모습을 곁눈질하고는 펜을 다시 책상에 내려놓았다.

굳이 내가 행동에 나설 필요가 없음을 실감했기 때문이다.

"쪽지시험 후라니, 그게 뭐야. 꼴찌랑 파트너가 되면 엄청난 민폐잖아."

"으헥, 켄이 나를 모욕하다니! 반드시 공부해서 역전해주마!"

"무리하지 마라. 넌 항상 말뿐이잖아. 난 더 열심히 공부할 거다."

야마우치가 분해서 못 견디겠다는 듯 괴로워하며 책상에 엎드렸다. 스도도 말은 거칠게 했지만 호리키타만 있으면 정말로 착실하게 공부를 계속할 것 같으니, 다소 설득력이 있었다.

뭐, 중요한 건 그게 아니다. 학교 측이 현재 시점에서 팀 결정 방법을 가르쳐 주지 않는다는 부분이다. 즉, 그걸 알려주면 파트너가 달라질 수 있다는 사실을 내포하고 있을 가능성이 상당히 높다. 지금까지 특별시험과 필기시험에 도전한 학생 중 몇 명인가는 이미 눈치챘으리라. 옆에서 펜을 놀리고 있는 호리키타까지 포함해서.

"그리고 또 하나, 기말시험은 다른 측면으로도 과제에 도전하게 될 거다."

"또 하나라니, 아직도 뭐가 남았다는 말씀이세요?"

아이들이 조금씩 동요하는 가운데, 이야기를 정리하듯 히라타가 나서서 물었다.

"그래. 먼저 기말고사에 출제되는 문제는 너희가 직접 만든다. 그리고 그 문제는 소속된 반 이외의 세 반 중 한 반에게 할당된다. 즉 다른 반을『공격』할 수 있다는 거야. 그러니까 그 문제를 받는 반은『방어』하는 형태가 되겠지. 자기 반의 총점과 상대 반의 총점을 비교해서 이긴 반이 진 반으로부터 포인트를 빼앗아올 수 있다. 반 포인트로 50 포인트."

학교가 준비한 낙제 커트라인인 각 과목당 60점 이상을 팀끼리 유지하면서, 예년의 700점 전후가 되는 총점 커트라인을 넘겨야 한다. 게다가 반의 총점이 상대 반의 총점을 웃돌아야 할 필요가 있다, 그 말인가.

"조합에 따라서 포인트 차이가 크게 벌어질 가능성이 없나요? A반이 B반을 공격하고, D반이 A반을 공격한다고 할 때 A반이 공격과 방어 모두 성공했다고 가정한다면 각 반에서 50점을 가져와 총 100포인트를 얻죠. 그런데 만약 A반이 D반을 공격하고 또 D반이 A반을 공격할 경우에는 한번에 이미 결론이 나잖아요?"

"거기에 관해서는 명백한 규칙이 있다. 직접 대결이 되었을 경우에는 반 포인트가 한번에 100 포인트 변동하게 되어 있으니 걱정하지 않아도 돼. 또, 굉장히 드문 일이지만 총점이 같을 경우에는 무승부가 되어서 포인트 변동이 일어나지 않아."

"우리가 다른 반에 문제를 내다니…… 듣도 보도 못한 이야기예요. 그런데 그건 혹시 성립하나요? 도저히 답할 수 없는 문제를 내면 난이도가 상당히 높은 시험이 되어버릴 것 같은데요……."

"맞아요, 맞아. 안 배운 부분에서 낸다거나 말도 안 되는 함정 문제라든가! 무리예요, 무리!"

속수무책으로 당할 거라며 이케 무리가 두 팔을 들었다.

"당연히 학생들에게만 맡기면 그렇게 되겠지. 그래서 완성된 문제는 우리 교사들이 엄정하고 공평하게 확인할 예정이다. 지도 영역에서 벗어난 문제나 출제 내용에서 답할 수 없는 문제가 있을 경우에는 수정을 거치게 될 거야. 그 확인 작업을 마친 후에 문제와 정답을 작성해서 최종 시험지가 완성된다. 방금 너희가 말한 성가신 사태로 이어지지는 않을 거다. 이케, 잘 이해했나?"

"으음, 그럭저럭……."

차바시라 선생님이 잘 구슬렸지만 말처럼 그리 간단한 이야기가 아니다.

"문제를 400개나 내야 한다니…… 꽤 빠듯한 스케줄이 될 것 같네요."

기말고사까지 앞으로 남은 기간은 한 달 남짓. 혼자 문제를 만든다고 치면 하루에 10문제에서 15문제 정도를 만들 필요가 있다. 인원수를 늘리면 늘릴수록 편해지겠지만, 그렇게 하면 문제의 퀄리티가 들쑥날쑥하게 될 것이다. 수정과 변경도 거쳐야 한다는 점을 감안하면 좀 더 빠른 속도로 문제를 만들 필요가 있어 보인다. 게다가 D반이 껴안고 있는 '결점'을 고려하면 문제 작성이 상당히 아슬아슬하다. 히라타도 그것을 알고 있는지 당황하는 표정이었다.

"만일 문제와 정답이 완성되지 않았을 경우에는 구제 조치도 남아 있어. 기한 종료 후, 학교 측에서 미리 만들어둔 문제로 전부 대체되는 거지. 하지만 주의해야 할 거다. 학교 측이 준비한 문제의 난이도는 낮다는 걸 미리 알아두는 게 좋아."

구제 조치라는 말은 듣기에는 좋아도 실질적으로는 패배나 다름없는 것이었다.

어쨌든 무조건 기한 내에 문제를 완성해야 한다. 반을 이끄는 실력자는 자기 공부는 물론이고 다른 반이 풀 문제도 출제해야만 한다. 상당히 고된 시험이 될 것 같다.

"문제를 만들 때 너희끼리 정하든 교사와 상의하든 다른 반

혹은 다른 학년 학생과 상의하든 인터넷을 활용하든 그건 전적으로 자유야. 특별한 제한은 없다. 학교 측이 용인할 수 있는 문제만 내면 그게 쉽든 어렵든 내용은 묻지 않아."

"우리가 치를 시험도 당연히 다른 반이 내는 문제겠죠?"

"맞아. 너희가 지금 제일 신경 쓰이는 부분은 아마도 가장 중요한, 어느 반이 걸리느냐── 일 테지만. 그건 단순명쾌해. 희망하는 반 하나를 학생이 지명하면 담임이 위에 보고하는 거야. 그렇게 해서 다른 반과 희망이 겹쳤을 경우에는 대표자를 불러내서 제비뽑기를 한다. 반대로 겹치지 않았을 경우에는 그대로 확정되고 그 반에 문제를 출제하게 돼. 어느 반을 지명할지는 다음 주에 실시될 쪽지시험 전날에 듣도록 하겠다. 그때까지 신중하게 고민해보도록."

원래는 학교 측을 상대하는 시험이지만, 이번에는 실질적으로 어느 한 반과의 일대일 대결이라는 이야기인가.

이렇게 되면 팀 총점을 얼마나 받을 수 있는가라는 의문과 더불어 복잡한 구조가 마구 얽히게 된다.

"이상으로 쪽지시험과 기말고사의 사전 설명을 마친다. 나머지는 너희끼리 잘 생각해보도록."

차바시라 선생님은 그렇게 이야기를 마무리했고, 이것으로 오늘 수업이 모두 종료되었다.

1

"작전 회의야, 아야노코지. 히라타한테도 말 좀 해줄래?"

다음 특별시험이 발표되자마자 호리키타가 자리에서 일어나며 말했다.

"알았어."

짧게 대답한 나는 히라타에게로 향했다. 그 사이에 호리키타는 스도에게 다가갔다. 지금 우리 D반은 여러 반으로부터 주목을 받고 있는 상태였다.

그로 인해 나에게도 커다란 변화가 일어나고 있었다.

지금까지는 있으나 마나 한 존재였는데, 체육대회 릴레이에서 보여준 달리기 하나에 단숨에 지명도가 올라가고 만 것이다. 무리도 아니다. 일단 류엔과 이치노세는 틀림없이 호리키타의 유력한 배후 인물로 나를 강하게 경계하고 있을 터다.

그렇다면 보통은 어떻게 할까?

호리키타에게서 거리를 둔다? 갑자기 거리를 두면 더욱 의심을 살 게 뻔하다.

그렇다면 평소대로 가까이 지낸다? 호리키타의 옆에 있으면 의심을 피할 수 없다.

그러니까 내가 하고 싶은 말은 뭘 하든 상황은 달라지지 않을 것이라는 사실이다.

상대는 내 진의는 뒷전으로 하고 내 행동에 멋대로 깊은 의미를 부여하겠지.

그러니 나는 내 위치의 원점 회귀를 목표로 삼으려 한다.

지금까지 호리키타는 친구가 별로 없어서 옆자리에 앉은 나와 접할 기회가 필연적으로 많았는데, 앞으로는 다를 것이다. 스도를 비롯하여 히라타, 카루이자와 등과의 접점도 점점 늘어나리라.

그만큼 나는 거리를 둘 생각이다.

친하게 지내기 싫은 것은 아니지만, 차바시라 선생님의 뜻대로 움직일 생각은 없다.

호리키타와 아이들이 스스로 길을 걸어나갈 수 있게 되면 내 부담이 저절로 줄어들 것이다.

D반을 위로 끌어올리기 위해 차바시라 선생님이 굳이 나를 고집할 필요는 애초에 없다고 생각한다. 상위 반으로 올라가게 해줄 학생만 손에 넣으면 그만일 것이다.

왜 나를 협박까지 해가며 A반을 노리는지, 차바시라 선생님의 본의 따위는 관심 없다.

다만 아직 호리키타에게서 손을 뗄 시기가 아니라는 것은 분명하다.

지금 여기서 고삐를 풀면 D반은 제어력을 잃고 최악의 경우 완전히 무너져버리고 말 테니까. 일단은 호리키타의 주위에 사람을 모은 다음 나는 조용히 페이드아웃 하는 것이다.

중요한 것은 순서, 그리고 준비, 결과다.

"금방 온대."

반 친구와 대화 중이던 히라타에게 말을 전하고 돌아왔다.

"내 쪽도 비슷해."

스도는 화장실에라도 가는지, 일단 교실을 나가는 모습이 보였다.

"어떻게 보는 게 좋을까? 이번 시험."

호리키타는 아이들이 모이기 전에 먼저 그렇게 물어왔다.

"차바시라 선생님이 설명한 대로 그냥 받아들이면 되지. 비교적 난이도가 높은 시험이 될 것 같아. 각 과목의 낙제점 커트라인은 낮지만, 다른 반을 이기기 위해 필요한 총점은 꽤 높을 테고, 팀 제도라는 시스템도 성가셔. 게다가 다른 반이 문제를 만든다면 난이도가 몇 배로 올라갈 거야. 같은 답인 문제라도 문제를 어떻게 내느냐에 따라 정답률이 크게 달라질걸."

"그러네…… 이번에는 공부 대책뿐 아니라 문제를 만드는 능력도 요구되고."

지난번처럼 낙제점을 받을까 불안한 학생에게 문제를 가르쳐주는 선으로 끝나지 않는다. 다른 반이 잘하는 것과 못하는 것까지 파악해야 이상적인데, 그리 간단히 자기 손바닥을 내보이지는 않겠지.

그러나 우리가 해야 할 일은 지금까지 쳤던 시험과 그리 다르지 않은 부분도 많다.

그런 의미에서는 무인도나 선상시험보다 난이도가 낮다고 받아들여도 될 것 같다. 체육대회는 평소에 쌓은 체력을, 이번에는 쌓은 학력을 보는 시험이라고 할 수 있다.

"쓸 수 있는 방법은 다 써야 해. 힌트도 있었으니까."

"응. 나도 알아차렸어."

그렇게 조용히 대답한 호리키타.

"너는 평소에 상대의 말과 행동을 주시하는 편이지. 그리고 학교 측은 힌트를 말 군데군데에 넣어두니까. 차바시라 선생님의 설명 속에서 골라야 할 단어는 쪽지시험의 결과가 성적에 일체 반영되지 않는다는 점, 총점 커트라인이 아직 확정되지 않았다는 것, 그리고 팀의 결정 이유를 쪽지시험 후에 말해주겠다는 것, 이 세 가지야."

그 완벽하면서도 명쾌한 추측에 나는 무심코 속으로 미소를 흘렸다.

잠시 후 히라타가 합류했다.

"많이 기다렸어? 기말고사 대책 때문에 그러지?"

카루이자와에게도 말했는지, 그녀가 귀찮은 듯 우리를 노려보면서도 요청을 받아들여 호리키타에게 다가왔다.

"미안. 바로 의논해야 할 것 같아서."

입학 초기였다면 호리키타의 소집 요청에 모두가 깜짝 놀랐을 것이다. 하지만 지금 호리키타는 우리 반에서 참모 같은 위치에 있었기 때문에, 아이들은 자연스레 그것을 받아들였다.

"다른 문제가 없다면 지금 당장 회의를 시작했으면 하는데."

"음, 여기서? 나는 반~대. 할 거면 팔레트에 가자, 응? 요스케 군?"

히라타의 팔을 끌어안은 카루이자와가 팔을 확 잡아당기

며 자신의 존재를 강하게 어필했다. 만난 초기부터 한결같은 카루이자와의 생떼 작전이다. 참고로 팔레트는 학교 안에 있는 카페로, 점심 휴식시간이나 방과 후가 되면 여학생들을 중심으로 활기가 넘치는 곳이었다. 카루이자와를 지켜보다가 순간 시선이 마주쳤다. 그러자 나는 딱히 뭔가를 지시한 기억이 없는데, 히라타의 팔에서 재빨리 떨어지더니 안절부절못했다.

"어디에서 적이 지켜보고 있을지 모르지만── 뭐, 됐어."

여기서 반론해서 카루이자와의 반감을 사는 것보다는 이동하는 편이 낫겠다고 판단한 모양이다. 호리키타 본인은 자각하지 못하지만, 이런 부분도 확실히 성장했다고 볼 수 있다.

"저기, 나도 같이 가도 될까?"

그렇게 대화에 끼어든 사람은 쿠시다 키쿄였다.

"안…… 되려나?"

"난 찬성이야. 쿠시다는 우리 반에 대해 잘 파악하고 있으니까. 게다가 기말고사도 고려하면, 많은 사람의 의견을 들어두는 게 좋고 말이야."

카루이자와는 아무래도 상관없다는 듯 뭐라고 대답하지 않았다. 자, 과연 호리키타가 어떻게 나올까.

"물론이야, 쿠시다. 늦든 빠르든 너한테도 말하려고 생각하던 차였어."

말을 걸 수고를 덜었다는 듯 호리키타가 곧바로 찬성했다.

"세 사람 먼저 가 있을래? 난 개인적인 일을 좀 본 다음에 따라갈 테니까."

세 사람 다 동의해서 이렇다 할 반론 없이 먼저 교실을 나갔다.

"괜찮겠어? 쿠시다를 끌어들여도?"

쿠시다 키쿄는 D반에는 귀중한 전력이지만, 호리키타와는 견원지간이다. 자세한 일은 당사자들만 알겠지만, 방해하지 않으리라는 보장이 없다.

게다가 체육대회 때에도 쿠시다의 배신 때문에 D반이 큰 곤욕을 치렀다.

"거기서 바로 거부하는 것도 이상하잖아?"

물론 그건 그렇다. 호리키타가 순순히 받아들인 것도 그 점을 생각해서인가.

"오우, 많이 기다렸냐? 스즈네."

"괜찮아. 회의 장소도 변경됐고. 히라타 일행이랑 팔레트에서 합류할 예정이야."

"오, 그래? 미안하지만, 동아리에 잠깐 들렀다가 가도 되냐? 선배가 부른 걸 깜박했어. 2, 30분이면 끝날 것 같은데."

"상관없어. 끝나는 대로 와."

스도가 씨익 웃더니 가방을 들고 달리다시피 교실을 빠져나갔다.

조금 뒤늦게 호리키타도 가방을 들었다. 그에 맞추어 나도 움직이기로 했다.

"자, 그럼 나는 돌아갈게. 열심히 해봐."

"잠깐만. 너도 같이 가야지. 히라타, 카루이자와의 중개 역할로 넌 절대 없어서는 안 되는 존재야. 지금의 나는 아직 그 애들에게 영향력이 썩 높지 않다고."

"……역시 그렇게 되는 건가. 영향력이 높지 않다고 했지만 지금의 너라면 어느 정도는 반을 잘 컨트롤할 수 있을 거라고 생각하는데. 게다가 기말고사는 꾸준히 미리 공부하는 게 중요해. 넌 중간고사 때도 내 도움 없이 스터디를 잘 해냈잖아."

실제로 회의를 여는 것과 장소 설정까지 혼자서 해내고 있다. 거기서 조금만 더 나가면 된다.

"그 점만 보면 그럴지도 모르지. 하지만 쿠시다가 있으면 이야기가 달라져. 너한테 말해야 할 것도 있고, 적어도 오늘 회의에는 꼭 참여해줘. 아니면 그 애의 행동에 별로 관심 없니?"

상당히 치사한 말투다. 여기서는 솔직하게 대답하는 게 상책인가.

"관심이 없다고 하면 거짓말이겠지."

모든 반 아이들을 차등 없이 대하는 그녀가 왜 유독 호리키타에게만 적의를 드러내는 걸까.

그것은 나로서도 몹시 불가사의한 이야기였다. 그 부분에는 다소 흥미가 인다.

"가르쳐줄게. 내가 아는 것에 한해서지만."

호리키타가 딱 잘라 말했다. 이런 타이밍에서 말하기로 결심한 데에는 이유가 있어 보였다.

"솔직히 그 애의 과거를 소문내고 싶지는 않지만, 너한테는 말해둬야 할 필요를 느끼니까. 그게 결과적으로 나를 위한 길이라는 느낌이 들어."

"넌 쿠시다에 관한 이야기를 나한테 말해줄 생각이 없는 줄 알았어."

"무슨 근거로 그런 생각을 했니?"

"지금까지 쿠시다에 대해 적극적으로 말하려고 하지 않았잖아. 그것도 그렇지만, 너희가 적대관계에 빠진 경위가 전혀 상상도 안 가. 도대체 언제 쿠시다랑 다퉜나 싶은데."

곁눈질로 확인한 호리키타의 표정이 생각보다 더 굳어 있었다.

"여기서는 말 못 해. 알잖아?"

아무도 우리의 대화에 주목하지 않고 있다고는 하나, 교실 안에는 무수한 눈과 귀가 있다.

"……알았어. 따라가면 되잖아."

부디 따라나설 가치가 있는 이야기이길 바란다.

복도로 나가, 사람들이 별로 다니지 않는 곳까지 다다르자 호리키타가 작은 목소리로 이야기를 시작했다.

"어디서부터 말하는 게 좋을까."

"제일 처음부터. 나는 너희 두 사람의 사이가 나쁜 현재밖에 모르니까."

그리고 쿠시다가 가지고 있는 어둠의 얼굴. 그게 알고 싶었다. 하지만 그 부분은 굳이 다루지 않았다. 호리키타가 뭘 알고 있고, 뭘 말하려고 하는지 아직 모르기 때문이다.

"먼저 말해두는데, 난 쿠시다 키쿄라는 인물에 대해 깊이 알고 있는 건 아니야. 너와 쿠시다는 어디서 처음 만났지?"

확인사항 같은 질문일까? 일단 성실하게 대답해준다.

"버스 안?"

"그래. 나도 너도, 쿠시다를 처음 본 건 입학식 날 버스 안에서였지."

그건 지금도 기억하고 있다. 버스에 빈자리가 없어서 서 있는 할머니가 있었는데, 쿠시다가 그 할머니에게 도움의 손길을 뻗어 자리를 구하려고 했었다. 그것 자체는 선행이었다. 누구도 비난할 수 없는, 선에 준하는 행동이었다. 다만 안타깝게도, 자리를 양보하려는 사람이 바로 나타나지 않아 쿠시다가 고생했던 것을 기억한다. 나 역시 양보하지 않은 한 사람이었기에 더욱 인상 깊었다.

"너를 싫어할 요소가 있다면 그때밖에 없는데……. 하지만 그런 거면 직접 자리를 양보해달라고 부탁했을 때 거절했던 코엔지는 물론이고, 자리를 양보하려고 하지 않았던 나도 엄청나게 싫어해야 하잖아."

물론 그녀는 나도 좋아하지 않는다. 하지만 쿠시다의 적의는 이상할 정도로 강하게 호리키타에게만 집중되어 있었다.

"나는 그 시점에서는 쿠시다를 몰랐어. 아니, 정확히 말하면 기억하지 못했어."

"그 말은 그러니까, 너랑 쿠시다는 이 학교에서 만나기 전
부터 접점이 있었다는 건가?"

"응. 나랑 그 애는 같은 중학교를 나왔어. 여기와 다른 지역
이고, 상당히 특수한 학교였지. 그래서 그 애도 같은 중학교
출신이 있으리라고는 꿈에도 생각하지 못했던 모양이야."

"그렇군."

이 이야기를 듣고 한 가지 커다란 수수께끼가 풀렸다. 내
가 두 사람을 알기 전부터, 호리키타와 쿠시다의 인연이 시
작되었다는 사실이다.

그렇다면 납득이 간다. 내가 이해하지 못하는 것도 필연
적인 흐름이었다는 건가.

"그 사실이 떠오른 건 1학기 스터디 이후야. 내가 다닌 중
학교는 전교생이 1,000명이 넘는 매머드 같은 학교였고, 쿠
시다랑은 단 한 번도 같은 반이 된 적이 없으니까 바로 기억
하지 못한 것도 무리가 아니겠지?"

호리키타가 중학교 시절에도 지금 같은 성격이었다고 가
정한다면 하나도 놀랄 일이 아니다.

친구를 만들지 않고 그저 하루하루 무덤덤하게 공부에만
몰두했을 테지.

"그래서 중학교 시절의 쿠시다는? 어떤 학생이었는데?"

우리는 팔레트로 곧장 향하지 않았다. 이야기가 다소 길
어질 것이라고 판단해서 멀리 둘러가듯 교내를 한 바퀴 돌

앉다. 카페에서 멀어질수록 인기척이 줄어들어서 이야기하기에 안성맞춤이었다.

"글쎄. 방금도 말했지만 나랑은 접점이 전혀 없어서. 다만 쿠시다가 지금 이 학교에서 얻고 있는 평가와 똑같거나 혹은 그 이상의 평가를 받았다는 것만은 틀림없어. 돌이켜 생각해보면 여러 가지 행사가 있을 때마다 동급생들의 중심에 있는 그 애의 모습을 봤던 것 같아. 누구에게나 친절하고 사근사근 대해서 인기가 많았어. 학생회 같은 데에는 들어가지 않은 모양이지만, 구심력이 상당했을 거야."

주목받기 쉬운 학생회 임원을 맡았다면 호리키타도 같은 학년이라고 기억할 가능성이 있지. 하긴 내가 아는 쿠시다도 임원을 맡으려는 태도는 전혀 보이지 않았다.

아마도 호리키타의 증언대로, 쿠시다는 중학교 때부터 아이들을 거리낌 없이 친근하게 대하는 태도를 일관적으로 발휘했겠지.

여전히 접점이 없는 것 같은 두 사람. 호리키타가 왜 그렇게 쿠시다에게 미움을 사고 있는지 수수께끼가 여전히 풀리지 않았다. 아마도 이 이야기의 뒤에 그 비밀이 숨겨져 있으리라.

"너와 친구가 되지 못해서 미워하게 되었다, 라는 전개도 아닌 것 같군."

친구 100명 사귈 수 있을까('1학년이 된다면'이라는 일본 동요에 나오는 유명한 가사)는 아니지만, 천하의 쿠시다라고 해도 모든 재학생과 친구가 될 수 있을 리는 없다.

"응. 중요한 얘기는 지금부터야. 하지만 어디까지나 소문으로 들은 범주일 뿐이라는 걸 알아줘. 진실은 쿠시다 본인만 알 테니까."

그렇게 다시금 전제를 깐 다음 호리키타가 이야기를 털어놓았다.

"졸업을 코앞에 두고 중학교 3학년 2월도 끝나려고 할 때쯤, 한 반이 집단으로 결석하는 사건이 일어났어."

"독감이 유행했다거나 한 것도 아니겠지?"

"응. 그 정보는 금세 내 귀에도 들어왔어. 어떤 여자애 때문에 반이 무너질 정도로 큰 사건이 일어났다고. 그리고 그반은 졸업할 때까지 원상회복하지 못했어."

"그 여자애가 누구인지는 지금 굳이 생각할 것도 없겠지?"

"응, 쿠시다야. 하지만 어째서 학급 붕괴까지 내몰리게 되었는지, 자세한 건 잘 몰라. 아마 학교에서 철저하게 정보를 은폐하지 않았을까? 겉으로 드러나게 되면 학교의 신뢰도가 떨어져서 많은 학생의 진학과 취직에도 엄청난 영향을 미칠지 모르니까. 하지만 그래봐야 눈 가리고 아웅 하는 거지. 학생들 사이에서 이런 저런 억측까지 포함해서 소문이 나돌았어."

"단편적인 거라도 좋으니까 네가 들은 건 없어?"

어떤 사건이었는지 개요를 알고 싶다. 호리키타는 당시를 회상하듯 입을 열었다.

"사건이 드러난 직후에 그 이야기를 들려준 같은 반 애가 있었어. 교실이 엉망진창이 되었고, 칠판이랑 책상에 마구 헐뜯고 비난하는 낙서가 가득했다면서."

"비난하는 낙서투성이? 쿠시다가 왕따를 당했다고 생각할 수도 있는 건가?"

"글쎄. 정말로 온갖 소문이 많아서. 반에 누군가가 왕따를 당했다거나, 반대로 누군가를 괴롭혔다거나, 심각한 폭력을 휘둘렀다는 이야기도 있었나. 하지만 애매해."

어쨌든 무수한 소문이 나돌았던 모양이다.

"하지만 그런 소문도 순식간에 쏙 들어갔어. 아무도 그 일에 대해 말하지 않게 되었지. 반 하나가 붕괴까지 내몰렸는데도 처음부터 전부 없었던 일처럼 말이야."

어딘가에서 압력이 들어왔다는 이야기인가.

"어쨌든 정보를 통제했다면 쿠시다가 반 붕괴의 원인이라는 걸 네가 몰라도 무리가 아닌가. 누가 뭘 하든 그 당시의 너는 흥미가 없었을 것 같으니."

"맞아. 그리고 진학 문제도 시험 칠 학교가 애초에 이곳으로 정해져 있었고, 학력과 시험에는 자신 있었기 때문에 딱히 마음에 담아두지 않았어."

다른 사람도 아니고 이 녀석이다. 학교의 평판이 떨어져도 시험에 붙을 자신이 있었겠지.

쿠시다가 일으킨 것으로 짐작되는 사건이 계기가 되어 무너져 버린 반. 그 사건은 진학과 취직에도 영향을 미칠 수밖에 없는 심각한 일이었으리라고 생각한다. 지금의 쿠시다를 봤을 때는 도저히 상상되지 않는 이야기이다. 이런 거라면 그 사실을 아는 사람의 존재가 용납되지 않는 것도 납득이 간다. 만약 그 사실이 만천하에 드러나게 된다면 지금 쿠시다의 지위는 틀림없이 무너지고 말겠지.

"이야기를 정리하면 쿠시다가 어떤 사건을 일으켰고, 너는 그 사건에 대해 자세히는 모른다. 하지만 쿠시다는 네가 안다고 생각한다. 같은 중학교 출신인 이상, 어느 정도 그 내용을 알고 있으리라고 여긴다. 그런 건가?"

"실제로 쿠시다가 사건을 일으켰다는 건 알고 있으니까 틀림없을 거야."

나는 한숨을 푹 내쉬었다. 이렇게 해서 호리키타가 어떤 상황에 처해 있는지 대충 파악했다.

요컨대 쿠시다의 일방적인 착각과 적대심이 원인이다. 그만큼 과거의 사건은 쿠시다에게 몹시 큰일이었고, 반드시 감추고 싶어 한다고도 말할 수 있다.

호리키타가 사건에 대해 모른다고 해봐야 믿지 않겠지. 내용을 어디까지 파악하고 있는지는 쿠시다에게는 사소한 것에 불과할지도 모른다. 원래 의미로는 모순이지만 '사건'에 관련된 이야기를 한 시점에서 이미 자신의 과거를 전부 아는 것이나 마찬가지이리라. 상당히 성가신 문제군.

"그래도…… 아직 잘 모르겠어."

"사건의 내용을?"

"응. 수수께끼만 가득해서 기분 나빠질 정도야. 아무 문제 없었던 반이 돌연 붕괴되다니, 그게 쉽게 일어날 수 있다고 생각해?"

고개를 가로젓는 호리키타.

"쿠시다가 계기였다는 건 그 녀석이 혼자서 학급을 무너뜨렸을 가능성도 있어. 도대체 얼마나 큰일이면 혼자서 그런 사건을 벌일 수 있을까."

누군가가 괴롭혔거나 혹은 괴롭힘당한 수준으로는 애초에 성립하지 않는 규모의 사건이다. 그 정도라면 기껏해야 한두 사람이 반에서 사라질 뿐.

"나도 그렇게 생각해. 어떻게 하면 그렇게 되는지, 솔직히 상상도 안 가."

가령 내가 지금의 D반을 붕괴시키려 한다고 해도 금방 가능한 일은 아니다.

"강력한 무기가 필요하겠지. 반을 붕괴시키려면."

"그렇지……."

여기서 말하는 무기란 물리적인 의미만 담긴 게 아니다. 다양한 방법을 내포한 무기다.

"네가 만약 학급을 붕괴시킨다면 어떤 방법을 쓸 것 같아?"

"질문에 질문으로 답해서 미안한데, 거기에 정의가 있는지 없는지와는 별개로 이 세상에서 가장 강력한 무기가 뭔지 알아? 쿠시다도 쓸 수 있는 것에 한해서 생각해줘."

"예전에 너한테 말한 적 있는 것 같은데, 『폭력』이야말로 인간이 가진 가장 강력한 무기라고 생각해. 솔직히 말해서 『폭력』은 유일무이하게 강하다고 봐. 머리가 아무리 좋은 학자라도, 지위가 아무리 높은 정치가라도, 결국 눈앞의 강력한 폭력에는 이길 수 없어. 조건만 만족하면 반을 붕괴시키는 것도 불가능하지 않겠지? 모두를 병원에 보내기만 하면 끝이니까."

위험한 이야기지만, 호리키타가 든 예도 사실이다. 그것도 학급 붕괴로 성립한다.

"그렇군. 나도 폭력이 최강 무기 중 하나라는 이야기에 동의해. 하지만 쿠시다가 폭력으로 모두를 궁지에 몰아넣었다는 건 무리가 있어. 그거야말로 말도 안 되는 엄청난 대사건이야."

만약 쿠시다가 전기톱을 들고 마구 난동이라도 부렸다면 학교 측이 입막음으로 은폐할 수 있는 사건이 아니리라. 텔레비전에도 연일 시끄럽게 보도되는 사태가 일어났을 터다.

"그 유일무이하게 강한 폭력에도 지지 않고 대항할 수 있는 게 그밖에 또 있다고 한다면?"

"너는 짐작 가는 게 있어? 그 애가 어떻게 학급을 붕괴시켰는지."

"내가 실행한다면, 하는 가정으로 떠올린 게 있긴 한데. 그건——."

"잠깐만."

내 말을 끊고 다시 곰곰이 생각한 후 호리키타가 입을 열었다.

『권력』이라고 말하고 싶지만, 학교생활 중에 행사하기는 어렵겠지…….”

자신이 떠올린 답에 자신이 없는 모양이었다.

“휘두르려고 마음만 먹으면 권력이란 건 상당히 강한 힘을 가지지만, 이번 사건에서는 제외야. 이 학교 학생회장이라도 무리인 이야기일 테니까. 권력으로 학급을 붕괴시키는 건 말이야.”

“그럼 뭐야? 누구든 학급을 붕괴시킬 수 있는 가능성이 숨겨진 무기라는 게?”

“쿠시다뿐 아니라 어떤 인간이라도 쓸 수 있는 강력한 무기―― 그건 바로『거짓말』이야. 인간은 태어나는 그 순간부터 거짓말하는 생물이니까. 누구라도 쓸 수 있어. 다만『거짓말』은 때와 상황에 따라 폭력조차 삼켜버릴 정도의 힘을 지니고 있어.”

인간은 하루에 평균 두세 번 거짓말한다는 것이 통계상으로 밝혀진 바 있다. 그럴 리 없다고 생각할지도 모르겠지만, 거짓말의 정의는 폭넓다. ‘잠을 거의 못 잤어’, ‘감기에 걸렸어’, ‘문자 온 줄 몰랐어’, ‘괜찮아’ 같이 다양한 말에도 거짓이 담겨 있다.

“거짓말…… 그러네, 그럴지도 모르겠어.”

그만큼이나 거짓말은 강하다. 거짓말 하나에 사람을 죽음으로 몰아넣는 것도 가능한 법이다.

"그럼 여기서 마무리를 지어 보자. 예를 들어서 최강 무기인『폭력』과『거짓말』이 두 가지를 전력을 다해 구사한다고 했을 때, 너라면 지금의 D반을 붕괴시키는 게 가능하겠어? 진지하게 생각해서 대답해줘."

"절대 불가능이라고는 말할 수 없어. 하지만 가능하다고도 단언 못 하겠어. 생각해보면 폭력을 휘둘러서 넘어트리기 어려울 것 같은 사람이 몇 명 있는걸. 맨손으로 정면에서 스도와 코엔지를 쓰러 눕힐 수 있다고는 솔직히 생각 못 해. 게다가 너처럼 실력이 미지수인 애들도 있고. 가령 둔기 같은 무기를 준비해서 기습공격을 한다고 해도 상대가 애들 전원이면 이야기가 달라지지. 역시 불가능에 가까워."

상상 이상으로 진지하게 고민한 모양인지, 호리키타는 자신이 취할 수 있는 최대의 방법을 짜냈다.

"그 결론이 옳아. 폭력은 누구나 쓸 수 있지만, 조건이 상당히 까다롭지."

"그렇다고 해서 거짓말도 쉽지 않아, 난. 게다가 폭력 이상으로 거짓말을 잘하는 애가 반에 많으니까 무리겠지. 싸우는 방식도 나랑 맞지 않고."

몇 가지 시뮬레이션을 해보아도 호리키타는 답이 나오지 않는 것 같았다.

"둘 중 하나로 한정하자면 쿠시다에게 폭력을 휘두를 만한 힘이 있는 것 같지는 않아. 그러니까『거짓말』을 해서 학급을 붕괴시켰다고 생각하는 게 자연스럽지 않을까?"

"그렇겠지……."

"하지만—— 그게 가능해?"

"글쎄 어떨까. 불가능은 아니겠지만, 적어도 나 역시 무리야."

한 사람을 궁지로 모는 거라면 그리 어렵지 않다. 하지만 반 전체는 이야기가 다르다.

"우리는 상상도 할 수 없는 엄청난 폭력과 거짓말을 쿠시다는 쓸 수 있다거나, 아니면——."

그 두 가지에도 속하지 않는 또 다른 강력한 무기를 가지고 있다거나.

얼마나 대대적인 무기를 이용했는지 모르겠지만, 어쨌든 쿠시다는 정말로 자기 반을 무너뜨렸을 가능성이 높다. 쿠시다 역시 학급 붕괴의 피해자였다면 이렇게까지 호리키타를 적대시하지 않을 테니까.

"쿠시다가 내게 직접 말했어. 자기 과거를 아는 인간은 무슨 수를 써서라도 이 학교에서 쫓아버리겠노라고. 그녀는 필요하면 카츠라기나 사카야나기, 이치노세 등과도 손을 잡고 나를 학교 밖으로 내보내려 하겠지. 실제로도 류엔과 함께 나를 함정에 빠트리려고 했어. D반이 궁지에 내몰려도, 분명 그 애는 나를 향한 공격을 멈추지 않을 거야. 내가 이 학교에 계속 존재하는 한."

"성가시군. 자기 과거를 감추기 위해서라면 반을 붕괴시킬 각오도 되어 있다는 건가."

"틀림없이 그런 것 같아."

호리키타에게 이미 그렇게까지 선언했을 줄이야. 어중간한 협박으로 여기면 안 될 듯하다.

게다가 선전포고를 한 상황에서 쿠시다는 호리키타와 히라타의 회의에 끼고 싶다고 나섰다. 반에서 자신의 위치를 확보하기 위해서이기도 하겠지만, 적대 행위…… 스파이 냄새도 짙다. 다만 스파이의 가능성이 있다고 해도 우리는 쿠시다를 배제할 수 없다. 쿠시다는 그 정도로 D반에 신뢰를 쌓아두었다. 갑자기 따돌린다면 주변 아이들의 불신감이 커질 것이다.

"하나만 확인할게, 호리키타. 쿠시다에게 어떻게 대응할 계획이지?"

"어떻게 대응할 거냐고? 내가 취할 수 있는 선택지는 얼마 없어. 쿠시다에게 『나는 내용을 자세히 모른다』는 사실과 『사건에 대해 절대로 발설하지 않겠다』는 두 가지를 끈질기게 말해서 설득시키는 것밖에."

"그건 그리 간단한 일이 아니잖아. 쿠시다는 계속해서 널 의심할 거고, 애초에 학급 붕괴를 일으켰다는 사실을 아는 것만으로도 용납하지 않을 가능성도 있어."

호리키타가 이런 식으로 내게 상담하는 것도 쿠시다는 충분히 고려하고 있을 터다.

하지만 그 부분은 일단 내버려두기로 하자.

"그 애와 계속 대화해나가는 것 말고는 딱히 방법이 없어.

안 그래?"

"그건 인정할게. 이 일은 사전 교섭이나 누군가에게 협력을 부탁하고 말고 하기 이전의 문제야. 네가 말했듯이 진심으로 받아들이도록 만드는 게 유일한 해결책이겠지."

가령 외부에서 쿠시다를 강제로 밀어 넣는다고 해도 언젠가는 크게 반발해서 튕겨서 도로 돌아오게 되리라.

"그럼 생각할 필요가 없는 거잖아."

"지금 네가 한 이야기를 듣고 내 나름대로 결론을 내렸어. 쿠시다를 설득하는 걸 포기하고 강행 수단으로 나가는 것도, A반으로 올라가기 위해 필요한 행동일지도 모른다고."

그렇게 생각을 전하자 호리키타는 화난 표정으로 나를 노려보았다.

"그 말은—— 쿠시다를 퇴학시키기라도 하겠다는 거야?"

나는 부정하지 않고 조용히 고개를 끄덕였다. 당하기 전에 먼저 친다. 이는 전술의 기본이다.

하지만 호리키타는 내 제안에 동의하기는커녕 노골적으로 강한 혐오감을 드러냈다.

"네 입에서 누군가를 퇴학시키자는 말이 나올 줄은 꿈에도 생각 못 했어. 예전에 내가 스도를 끊어내려고 했을 때, 그러지 말라고 말렸던 사람이 바로 너잖아? 그때 난 깨달았어. 누군가를 버리는 싸움을 해서는 안 된다고. 실제로 그때 스도를 내버려뒀다면 난 지금처럼 앞으로 나아가지 못했을 거야. 체육대회 때도 훨씬 비참한 결과가 기다리고 있었을지도 모르지. 이번 중간고사에서 성적이 향상된 스도를 볼 수도 없었을 거고. 내 말이 틀렸니?"

그렇게 고독을 좋아하고 친구 따위 필요 없다고 말해왔던 호리키타가 이 정도로 변할 줄이야. 자기만의 껍데기 안에 틀어박혀 성장을 멈추었던 호리키타의 급격한 변화에 나는 깜짝 놀랐다. 그러나 긍정적인 건 좋지만, 대처 방법은 현실적이지 않다. 원래 대화를 어려워하는 호리키타에게 쿠시다를 설득시키는 게 과연 가능할지 의문이다. 스도를 같은 편으로 끌어들인 것은 순수하게 칭찬해주고 싶은 부분이지만 이건 상황이 전혀 다르니까 말이다.

"공부를 가르쳐줘서 퇴학을 미연에 방지하는 것과는 차원이 달라. 솔직히 쿠시다의 목적이 이렇게까지 일방적인 감정에 의한 것인 줄 몰랐어. 너한테도 아직 못 미치는 부분이 있어서 그걸 개선하면 어떻게든 될 거라는 생각에 물어본 거였는데. 하지만 그게 아니었어. 쿠시다는 네가 이 학교에 있는 한 계속해서 방해 공작을 펼치겠지. 그래서는 하나로 뭉쳐서 서로 협력하기 시작한 D반, 그리고 학교 제도 자체가 무너지고 말 거야. 빨리 손 쓰지 않으면 나중에 후회하게 되지 않을까?"

그런 나의 주장에 호리키타는 전혀 동의하려고 하지 않았다. 그러기는커녕 더욱 의지를 굳히는 것처럼 보였다. 눈썹이 확 치켜 올라갔다.

"그 애는 우수해. 주위 사람을 자기편으로 끌어들이는 능력은 말할 것도 없고, 사람을 관찰하는 능력도 뛰어나니까 우리 편이 되어 준다면 D반에 엄청난 전력이 된다고."

그 점을 부정할 생각은 없다. 쿠시다가 확실한 아군이 된다면 물론 든든하겠지.

하지만 정말 그게 가능할까.

"쿠시다와의 일은 지금까지 똑바로 마주하려고 하지 않았던 내 책임도 있어. 그냥 내버려둘 수는 없어. 난 계속해서 대화해나갈 거야. 그리고 반드시 그 애를 이해시킬 거야."

자진해서 가시밭길을 걸어가겠다는 건가. 호리키타는 진심으로 반을 위해 쿠시다와 마주할 생각인 모양이다. 더 이상 내가 뭐라고 말해봐야 달라지는 것은 없겠지.

"알았어. 네가 그렇게 말한다면 나는 지켜보기로 할게."

이렇게 강한 의지가 담긴 눈동자를 보여주니, 그 가능성을 조금은 믿어보고 싶기도 하다.

스도를 신뢰할 수 있는 동료로 만들었듯이, 쿠시다 역시 자기편으로 만들 수 있지 않을까 하고.

"너한테 이 일에 협조하라는 말은 안 할게. 그런다고 해결될 문제도 아니니까."

"그렇지. 완전히 모기장 밖의 문제지."

이야기가 길어지면서 넓은 교정도 한 바퀴를 다 돌았다. 이제 조금만 더 가면 팔레트에 도착하겠지.

"쿠시다 이야기를 털어놓은 건 너라면 아무에게도 말 안할 거라고 생각해서야. 그리고 이해해 줄 거라고 믿었기 때문이야."

"미안하다. 원하는 대답을 돌려주지 못해서."

솔직한 의견을 말했을 뿐인데 전혀 동의를 얻지 못했다.

"귀중한 정보를 제공해줬으니까 내 질문에도 조금은 대답해줘도 좋지 않니?"

"뭐를?"

걸음을 멈춘 호리키타가 여전히 강렬한 눈동자로 나를 올려다보았다. 아무래도 쿠시다 이야기와 병행해서, 또 다른 이야기를 하려는 모양이다.

"체육대회 때— 너, 류엔한테 뭘 한 거야?"

"뭘 했냐니?"

그 질문을 내게 던진다는 건, 호리키타가 역시 류엔의 계략에 빠졌었다는 뜻이다. 나는 류엔이 체육대회 때 한 자세한 행동까지는 알지 못한다.

머릿속에서 짠 대로 이야기가 진행되었다고 해석하면 답은 하나이리라.

"착지점만 정했었어. 최종적으로 류엔이 생각한 계획을 망가뜨리는 것만 말이야."

"그 수단이, C반의 작전을 녹음한 거야?"

나는 긍정하는 뜻으로 가볍게 고개를 끄덕였다.

"작전 회의의 녹음 데이터는 보통 입수하기 불가능하잖아. 그런 걸 어떻게 구했어? 류엔의 말로는 스파이가 있다고 하던데, C반의 내정을 폭로해줄 만한 인물과 네가 깊은 관계를 가지고 있진 않잖아?"

배에서 카루이자와와 C반 마나베 무리 사이에 일어났던 갈등을 호리키타는 모르니 그렇게 생각하는 것도 당연하군.

"여러 가지로 손을 써 두었지. 녹음 데이터가 있는 건 그래서야."

"그리고 하나 더. 네 멋대로 나를 감싸준 게 화가 나. 당연하지. 내가 실패한다는 걸 전제로 네가 움직였다는 얘기니까. 하지만 실제로 네가 생각했던 대로의 결과가 되었으니 반론도 할 수 없어. 게다가 난 너한테 꼬치꼬치 캐묻는 걸 금지 당했으니 자초지종을 강력하게 요구할 수도 없고. 참 성가신 상황이네. ……하지만 네가 없었다면 난 지금쯤…… 고마워."

"굉장히 돌려서 말하는군."

비난하는 줄 알았더니 설마 마지막에 가서 고맙다고 할 줄이야.

"일단 어느 정도는 협력하기로 약속했으니까, 그 정도는 하는 거지."

"괜한 참견이라고 생각하겠지만, 그렇게 튀는 행동을 해도 괜찮겠니? 이번 일로 류엔은 D반의 누군가가 뒤에서 움직이고 있다고 확신했을 거야. 너도 그 후보에 들어 있을 테고. 네가 그토록 원하던 평온한 나날이 위협받는 사태인 것 같은데."

호리키타의 말은 하나도 틀리지 않았다. 이번 상황은 원래 내가 바라던 바가 아니다.

하지만 그 소망도 이제 와서 보니 이상하다. 그 남자의 그림자를 넌지시 내비친 차바시라 선생님에, 과거의 나에 대해 안다는 사카야나기의 존재. 결국 최종적으로 어떻게 굴러갈지는 아무도 모른다. 나중에는 호리키타라는 존재가 비장의 카드가 될지도 모를 일이다.

어쨌든 어떻게 해야 평온으로 이어질지, 지금 필사적으로 찾고 있다.

어때? 하고 표정으로 내 대답을 기다리는 호리키타였다.

"그렇군…… 그건 보류야."

"장고 끝에 또 장고라니. 너라는 사람을 점점 더 잘 모르겠어."

"처음부터 몰랐으면서."

"그것도 그렇지만."

보여준 기억도 없고, 파고들게 한 기억도 없다.

아무튼 호리키타는 나와 류엔에 신경 쓸 여유가 없다.

D반 내부에 잠재된 쿠시다라는 독을 어떻게든 해결하지 않으면, 출발선에조차 설 수 없기 때문이다.

2

"아, 진짜 뭐하다가 이제 온 거야? 너무 늦었잖아. 사과 같은 거 안 해?"

팔레트에 도착하자마자 카루이자와가 호리키타를 노려보며 연신 불평을 터트렸다.

"바로 시작하자. 히라타는 동아리도 가야 한다고 하니."

"우왓, 무시하네. 역시……라는 느낌."

카루이자와가 요구한 사과를 싹둑 자르고 자리에 앉는 호리키타.

"전혀 사과 안 하네."

이렇게 해서 이 자리에 나와 호리키타를 비롯해서 히라타, 카루이자와 그리고 쿠시다와 스도까지 모두 모였다.

과연 동아리 시간까지 남은 시간이 별로 없었다.

이제 곧 오후 3시 50분이 된다. 이 학교는 오후 4시 30분부터 동아리 활동이 시작된다. 제일 초조한 사람은 축구부에 소속된 히라타일 테지만 그는 아무렇지 않은 듯 시종일관 미소를 잃지 않았다. 이러한 회의의 장이 마음에 드는지 소년의 눈동자가 반짝반짝 빛났다.

자리에 앉은 호리키타는 주문한 음료수에는 손도 대지 않고 곧바로 이야기를 꺼냈다.

"그럼 다음에 치르게 될 쪽지시험 이야기부터 시작해볼까."

"너무 신경 쓸 필요는 없지 않아? 중간고사 때부터 쉬지 않고 스터디를 하는 건 다들 부담이 클 거야. 다행히 성적에 일절 반영하지 않는 것도 보장된다고 하고."

중간고사, 쪽지시험, 기말고사. 숨 돌릴 틈도 없이 휘몰아치는 공부 폭풍은 공부에 약한 아이들에게 견디기 힘든 스트레스를 주리라.

"그건 그래. 나도 무리해서 공부시킬 마음은 없어. 하지만 단순히 학생의 실력을 보기 위해 학교 측에서 쪽지시험을 실시한다고 볼 수는 없어. 직전에 중간고사도 치렀으니까."

"중간고사 문제가 쉬워서 그런 거 아닐까?"

"그래서 쪽지시험에 어려운 문제를 낸다고? 그래서는 역효과만 날 텐데."

쪽지시험의 의의를 위해 중간고사의 의의를 없애는 것은 본말전도다.

"쪽지시험 그 자체에 의미가 있다는 거지? 학력을 확인하는 것 말고 다른 목적이 있는 걸까?"

"그게 무슨 뜻이야? 요스케 군."

호리키타의 발언에는 별로 흥미를 보이지 않으면서, 히라타가 말하니 카루이자와의 텐션이 올라갔다.

"쪽지시험을 치르는 이유가 우리의 학력을 확인하기 위해서가 아니라면, 의미하는 건 한 가지. 쪽지시험의 결과가 기말고사 팀 선정에 영향을 미치는 게 아닐까?"

히라타와 호리키타의 말에 잠자코 귀를 기울이던 스도의 표정이 험악해졌다.

"이해했어? 스도."

"……그럭저럭."

아무래도 현시점에서는 상당히 의심스러운 모양이다. 그런 모습과는 상관없이 이야기가 계속 진행되었다.

"기말고사의 열쇠를 움켜쥔 팀 선정에는 반드시 법칙이 있어. 그러니까 그 법칙을 알아내면 기말고사에 유리한 수를 쓸 수 있지."

"저게 무슨 말이야, 아야노코지."

살짝 귓속말해오는 스도. 호리키타에게 직접 묻지 않은 건 이야기를 끊고 싶지 않아서겠지.

"쪽지시험을 휘어잡는 게 기말고사를 통과하기 위한 최소 조건이라는 말이야."

"그렇겠지, 그럴 거라고 생각했다."

스도의 눈동자가 마구 흔들렸다. 이보다 더할 수 없을 정도로 알기 쉽게 거짓말을 하고 있다.

호리키타의 예상은 틀림없이 옳다. 쪽지시험 결과를 바탕으로 팀을 정할 거라는 생각이 맞을 것이다. 그리고 거기에는 반드시 꿰뚫어볼 수 있는 법칙이 존재한다.

나중에 학생들에게 설명하겠다고 약속했으니, 복잡괴기한 결정 방법은 절대 아니다.

어디까지 이해하고 있는지, 호리키타의 솜씨를 어디 한 번 구경해볼까.

"점수가 비슷한 사람들끼리라든가, 그런 거?"

이야기를 잘 이해하며 경청하던 카루이자와가 아무 생각 없이 법칙을 말했다.

"정답과 오답이 비슷하다거나 뭐 그런 것일 수도 있지 않아?"

그 말을 들은 스도도 필사적으로 지혜를 짜내 법칙을 생각했다.

"어느 쪽의 가능성도 부정할 수 없어."

그렇게 말하는 호리키타에게 히라타는 약간 의문을 느꼈는지 미소가 사라지고 진지한 표정으로 바뀌었다.

"대충은 이해했지만 난 법칙성에 좀 회의적인 부분이 있어."

"뭐지? 무슨 의견이든 말해주면 고맙겠어."

히라타의 의견에 호리키타가 환영한다는 시선을 보냈다.

"지금 말한 법칙이 맞는다면 상급생에게 확인하면 금방 답이 나올 듯한 기분이 들어. 몇 년 동안 같은 시험을 치르고 있으니까, 그 법칙이 같을 가능성도 높겠지. 굳이 선생님이 감출만한 내용이 아니지 않아?"

지금까지 조용히 이야기를 듣고 있던 쿠시다도 그 말을 듣고 동의하는 부분이 있는 모양이었다.

"나도 그 부분은 좀 의문이야. 사이좋은 선배라면 가르쳐 줄 것 같아서."

간단한 법칙이라면 처음부터 그냥 가르쳐줘도 지장이 없을 것이다. 그러니 법칙은 존재하지 않거나 혹은 복잡한 것일 가능성을 품고 있다. 그렇게 말하고 싶은 듯하다.

"역시 요스케 군이네. 네 말이 맞는 것 같아!"

히라타의 의견을 받은 호리키타가 고민에 빠진 듯 팔짱을 꼈다.

"물론 히라타가 하는 말도 모르는 바는 아니야. 하지만 우리가 법칙을 찾아내는 것을 학교 측에서 딱히 꺼리지 않는 건 아닐까? 오히려 찾아낼 거라는 걸 전제에 깔았다고 생각해."

"그게 무슨 의미야, 스즈네. 이해하기 쉽게 설명해주라."

너무 생각을 많이 한 탓에 머리에서 김이 날 것 같았는지, 참지 못하고 묻고 마는 스도.

"그러니까 법칙을 알아내는 게 목표가 아니라, 법칙성을 알아내는 데서부터 시험이 시작된다는 것? 하지만 그럼 만일 법칙을 알아내지 못했을 경우에는 괴멸적인 결과를 초래할 가능성도 있겠지."

히라타는 반의 과반수가 퇴학당하는 최악의 시나리오를 상상한 걸까.

"그게 바로 이번 시험의 핵심이 아닐까? 이건 가정인데, 지금 히라타가 말한 것처럼 만약 우리가 쪽지시험으로 팀이 결정된다는 그 법칙성을 모른다면, 정말 간단히 괴멸되는 결과로 이어질까? 겉치레말도 포함되어 있다고 해도 차바시라 선생님이 그러셨지. 이 시점까지 퇴학생이 나오지 않은 D반은 처음이라고. 그런데 원래도 한 조 혹은 두 조밖에 퇴학생이 안 나왔다고 했잖아? 뭔가 이상하지 않아?"

"안 되겠다, 하나도 모르겠다."

포기를 선언한 스도가 테이블에 이마를 박았다.

"점점 감이 오네. 그러니까 호리키타가 하고 싶은 말은 『법칙성을 밝혀내지 못해도 기말고사에 심각한 피해는 나오지 않도록 되어 있다』라는 얘기지?"

"정답이야."

"일단 근거를 물어봐도 될까?"

자신만만한 호리키타의 태도에 카루이자와가 물었다.

"기말고사에 팀으로 도전하는 것, 평균점이 지금까지 쳤던 시험 중 가장 높다는 것, 학생이 문제를 만드는 높은 난이도를 근거로 했는데, 가령 법칙성을 알아차리지 못했다면……. 법칙성을 모른 채 시험에 도전하면 비참한 결과가 기다리고 있다고밖에 생각할 수 없잖아?"

"그러네. 낙제점에 가까운 학생 둘이 한 팀이 되면 상당히 힘들 거라고 생각해."

"그게 무서우니까 팀 결정의 법칙성을 알아내려는 거지? 어라?"

"맞아. 법칙성은 반드시 알아내고 싶어. 그리고 히라타의 말대로 낙제점에 가까운 학생들이 팀을 이루는 최악의 상황만은 반드시 피하고 싶어. 하지만 차바시라 선생님은 예년에 한 조 내지 두 조밖에 퇴학생이 안 나왔다고 했지. 너무적은 것 같다는 생각 안 드니? 가령 우리 반에서 성적이 나쁜 애들이 불행하게도 팀이 된다면 그것만 해도 10명 남짓한 학생이 퇴학당하고 말 텐데."

"……그렇구나. 그런 거네."

"저기, 요스케 군. 저게 다 무슨 소리야? 난 도저히 못 알아듣겠는데."

"으음, 그래. 어떻게 설명하는 게 좋을까? 그럼 일단 머리를 비우는 차원에서, 법칙을 알아내고 말고 하는 이야기는 제쳐두자. 만약에 우리가 『법칙의 존재를 모르고』 시험을 쳤다고 상상해봐. 그럼 어떻게 될 것 같아?"

"엥? 위험하지 않아? 머리 나쁜 애들끼리 팀이 되면 퇴학생이 엄청나게 나올지도 몰라."

"그런 생각이 들지? 하지만 예년에 퇴학생이 나온 건 D반뿐이고, 그것도 심지어 한 조 내지 두 조밖에 없고."

"이상하지 않나, 그거."

스도도 그 점을 알아차린 모양이다.

"이 이야기에서 중요한 건 『팀 조합이 필연적으로 균형을 이룬다』라는 거야. 그리고 그게 바로 『법칙 존재의 증명』이기도 하고."

이야기의 윤곽이 점점 드러나면서 '법칙의 증명'이 완성되었다.

"모든 과정과 결과를 토대로 도출해낸 답. 그건 『고득점을 받은 자와 저득점을 받은 자가 한 팀을 이룬다』는 법칙. 이것 말고는 도저히 생각할 수 없어. 가령 내가 100점, 스도가 0점이면 최대 점수와 최소 점수의 차이가 가장 큰 두 사람이 한 팀이 되는 거야. 이렇게 하면 가장 균형적인 시험 결과가 도출될 거야."

그제야 이해한 카루이자와였지만 새로운 문제가 떠올랐다.

"그렇구나. 하지만, 그렇게 되면 평균점 근처인 애들이 제일 위험한 거 아냐?"

"맞아. 점수가 가운데에 있을수록 여러 가지로 위험해."

점수가 낮은 학생은 높은 학생과 팀이 되지만, 중간층은 자신과 비슷한 중간층과 팀이 될 가능성이 높다.

하지만 뒤집어 생각하면 쪽지시험의 문제 수준은 어느 정도 높을 것으로 예상된다.

학력을 올바르게 측정하기 위한 문제가 기다리고 있는 게 아닐까.

게다가 사전 회의나 대책으로 어느 정도 피해가는 것도 가능하리라.

"상급생에게 법칙 확인을 해서 같은 답이 돌아온다면 법칙성 문제는 그걸로 해결돼. 우리가 다음 단계로 나아갈 수 있다는 거야. 히라타, 쿠시다. 상급생한테 확인을 좀 부탁해도 될까?

"물론이지."

"축구부 선배들한테 물어볼게."

두 사람이 흔쾌히 받아들였다. 이렇게 해서 일단은 쪽지시험 대책의 윤곽이 잡혔다.

"그리고 하나 더 묻고 싶은 게 있는데."

"해봐."

카루이자와의 의문 제기에도 호리키타는 싫은 표정 하나 없이 말을 촉구했다.

"팀을 짠다고 했는데, 반 전체 인원이 홀수면 어떻게 되는 거야?"

"신경 쓰이는 부분이긴 한데 말이지, 지금 상황에서 그건 걱정할 필요가 없어. A반에서 D반까지 입학 때 모든 반 인원이 짝수였으니까. 퇴학생이 아직 안 나왔으니 영향을 받을 일은 없을 거야. 다만, 이건 순전히 내 추측인데…… 퇴학생이 있을 경우에는 힘든 싸움을 강요받게 되지 않을까."

"그런가. 한 명 빠졌다고 해서 손해를 보다니 너무 불쌍하지 않아?"

쿠시다로서는 학교 측이 알아서 잘 대처해주지 않을까 하고 생각하는 모양이다.

"처음 입학 때 모든 반의 인원수를 짝수로 맞추었다는 건 예기치 못한 사태로 학생이 퇴학하거나 휴학했을 경우에도 그걸 반의 책임으로 짊어지게 하려는 거 아닐까."

무인도 때도 체육대회 때도, 학교 측은 빠진 사람에게 가차 없이 페널티를 부과했다. 그러니 과연 그럴 가능성이 높은 인상을 준다. 퇴학생이 한 명이라도 나오면 앞으로의 시험에서도 크게 불리해질 가능성이 높다. 호리키타도 스도를 구원해준 게 얼마나 큰일이었는지 실감하고 있으리라.

"해결됐니?"

"응, 뭐 대충. 고민할수록 헛수고라는 것만은 알았다고 할까."

카루이자와의 작은 의문이 불식되자, 다음 의제로 넘어갔다.

"쪽지시험의 법칙, 그 내막을 파악하는 대로 다음 단계로 나아간다고 했을 때 마음에 걸리는 건 또 하나…… 어느 반을 지목해서 싸우는가야. 내 대답은 단순해. 노려야 하는 반은 오로지 C반."

다른 누군가의 의견을 듣기도 전에 호리키타가 먼저 자신의 의견을 밝혔다. 그리고 그 근거를 이어서 말했다.

"이유는 말할 것도 없이 종합적인 학력 문제 때문이야. C반이 A반과 B반보다 학력이 뒤처진다는 이유 하나뿐. 그건 지금까지의 반 포인트를 보면 분명하잖아?"

기본적인 생각으로는 틀리지 않으리라. 일부러 학력이 높은 반에 도전장을 낼 이유는 전혀 없다. 히라타 역시 그걸 이해하면서도 살짝 보충 설명을 달았다.

"찬성이야, 호리키타. 하지만 A반과 B반도 당연히 그 점을 공격할 거야. C반이 학력에서 뒤처진다고 가정한다면 충분히 겹칠 가능성도 있지 않을까? 그럼 예상해볼 수 있는, 우리에게 불리한 패턴은——."

히라타가 노트에 예상 조합을 쓰기 시작했다.

A반이 D반을 지명→ 어느 반과도 겹치지 않아 D반으로 확정
B반이 C반을 지명→ 제비뽑기에서 승리→ C반으로 확정
C반이 B반을 지명→ 어느 반과도 겹치지 않아 B반으로 확정
D반이 C반을 지명→ 제비뽑기에서 패배→ A반으로 강제 확정

"불리한 경우인데, 이런 식으로 되는 것도 충분히 있을 수 있지 않아?"

"우와, 이렇게 되면 최악이잖아. 머리 좋은 A반이 우리에게 문제를 내고, 우리는 또 A반을 상대로 문제를 내야

하는 거 아니야? 이래서는 도저히 못 이길 것 같은데."

"맞아. 다른 반 역시 C반을 노리지 않을 이유는 없겠지. 하지만 미리 겁먹고 피할 이유도 없어. 이길 가능성을 낮출 필요는 없잖아?"

제비뽑기의 위험을 짊어지고서라도 C반을 노려야 한다고 주장하는 호리키타.

"A반과 B반은 학력 차이가 뚜렷하지 않나? C반과 얼마나 차이 나는지도 궁금한데."

내가 소박한 의문을 던졌다.

"적어도 A반이 위인 것만은 틀림없어. 그래도 노골적으로 차이 나는 정도는 아니라고 생각해. 하지만 B반과 C반의 종합적인 학력에는 상당한 차이가 있지 않을까……. 그 부분은 확실하게 알아볼게."

우리는 D반의 평균 학력을 알고 있지만 다른 반에 대해서는 자세히 잘 모른다.

생각해 보면 학교 측도 그 부분을 고지하지 않았다. 유일하게 아는 건 반 포인트의 차이 정도다. 거기서 학력만 명확하게 파악할 수는 없다. 그 점을 봐도 이런 시험을 분명히 확인해두는 게 좋을지도 모르겠군. 반 포인트의 많고 적음이 단순한 학력 차이는 아니다. 만약 B반이 A반보다 학력이 높다면 뼈아픈 결과로 이어질 수도 있겠지.

그나저나── 나는 호리키타의 옆에 앉아 있는 남자에게 살짝 시선을 보냈다.

거의 동시에 호리키타 역시 이상하다는 듯 그에게 말을 걸었다.

"왜 이렇게 조용해? 스도. 보통은 이럴 때 시끄럽게 굴잖아?"

"내가 알 수 있는 수준의 이야기도 아닌데, 괜히 떠들면 방해만 되잖아?"

스도가 그런 당연한 말을 하자 우리는 모두 놀라 입을 꾹 다물었다.

"뭐야, 내가 이상한 말이라도 했냐?"

"너무 당연한 말을 해서 놀랐어…… 이 기분을 뭐에 비유하면 좋을까."

중간에 말을 끼어들면 반드시 대화에 혼란을 줄 거라고 생각했겠지.

스도가 의외로 얌전하게 굴자 뭐라고 표현할 수 없을 정도로 큰 충격을 받은 모양이다.

"뭐, 딱 하나 말하자면 우리는 상대를 하나하나 물리치고 올라가야 하잖아? 단번에 A반이 될 수는 없으니까, 차이가 가장 좁은 C반부터 해치워나가는 편이 쉽지."

"그러네. C반을 노리는 건 확실히 그런 측면도 있을지 모르겠어. 종합 점수에서 우리가 이기면 C반과의 포인트 차이가 확 좁혀져."

"납득은 가지만 말이야, 그럼 A반이 C반을 공격하는 편이 더 낫지 않아? 종합 점수에서 틀림없이 A반이 승리할 테니까. 그럼 C반의 포인트가 줄어드니 우리로서는 럭키 아닌가?"

"이 시험에서 결과를 어디까지 노리는가에 따라 다르지. 하지만 역시 종합적으로 노려야 할 상대는 C반인 게 분명해. 만약 우리와 어느 반이 겹친다면 그 반이 C반을 이기길 기대하자."

C반의 포인트를 깎기 위해서라면 물론 종합 점수가 높아질 A반이나 B반이 공격해주는 게 좋을지도 모른다. 하지만 D반도 승리를 거머쥐어서 포인트를 얻고 싶다. 가능성을 높이려면 상대가 약한 편이 유리하다. C반을 피한다는 건 다른 강적을 물리쳐야 한다는 뜻. 결국 호리키타의 C반 공략안, 요컨대 약한 반을 해치우는 작전이 가장 확실하다.

"여러 가지 감안한 결과 다들 호리키타의 의견에 찬성하는 것 같아. 그럼 나도 따를게."

일을 복잡하게 만드는 게 싫어서 다양한 가능성을 주변에 제시한 것이리라.

"고마워. 그럼 다음 단계로 넘어갈 수 있을 것 같아."

회의에서 어느 정도 마음에 걸리는 부분도 나오기는 했으나 방향성은 정리되었다.

오후 4시를 넘어서자 우리는 해산했고, 히라타와 스도는 동아리로 향했다. 카루이자와도 히라타를 따라 운동장 쪽으로 향했다. 남은 것은 나와 호리키타, 그리고 쿠시다.

"그럼 나도 선배들에게 시험에 대해 물어본 다음 보고할게."

"잘 부탁해."

여기서는 특별히 그 이야기를 언급하지 않고 쿠시다가 먼저 자리를 떠났다. 당연한가.

"너는 어떻게 할 거야? 아야노코지."

"어쩌고 말고 할 게 뭐 있어. 너랑 히라타한테 전부 맡기면 아무 문제 없을 텐데. 솔직히 지금까지의 흐름은 100점에 가까워. 불평을 달 부분이 없어. 너도 이번에는 자신 있는 거지?"

"아직까지는. 하지만 기말고사에 도전하려면 정면에서 실력으로 승부할 필요가 있어."

"그렇지. 어쨌든 반 전체의 학력을 끌어올리지 않으면 안돼. 하지만 표현을 달리하면, 어느 정도 학력을 높이기만 하면 간단히 통과할 수 있는 과제이기도 하지. 필요하면 네 희망대로 점수를 조정해서 적당한 녀석과 한 팀이 되어도 좋아."

"그 머릿수에 넣어도 되는 거지?"

"그 정도라면. 원하면 스터디에도 들어갈게. 하지만 가르치는 역할은 안 할 거야."

"어디까지나 넌 공부 못하는 학생을 연기하겠다는 거네."

"사실을 사실대로 해둘 뿐이야."

내가 호리키타에게 해줄 수 있는 타협안으로는 적당한 선이 아닐까. 그렇게 생각했지만 이 여자애는 만만한 아이가 아니다.

"고려해볼게. 너도 D반의 일원이니까 적당한 역할을 맡아줬으면 좋겠어. 모두 함께 이겨내기 위해서."

"……생각해볼게."

나는 그렇게 대답하는 것으로 얼버무릴 수밖에 없었다.

이름	소토무라 히데오
반	1학년 D반
학적번호	S01T004686
동아리	무소속
생일	1월 1일

평가

학력	D
지성	C+
판단력	D
신체능력	E
협조성	C

면접관 코멘트

특출 난 부분 없이 능력이 평균적인 학생이다. 운동을 싫어하고 또 못 한다. 중학교 시절부터 컴퓨터 관련 기술이 뛰어나 늘 좋은 성적을 거두고 있다. 자신의 장점을 잘 키워나가면서 운동 등에도 긍정적으로 임하는 의식 개선이 시급하다.

담임 메모

몸무게가 눈에 띄게 늘어나고 있어서, 학생답게 적절한 운동을 지도하고 있다.

○움직이기 시작하는 C반

같은 날 같은 시각 방과 후, 어느 교실의 분위기는 이상할 정도로 얼어붙어 있었다.

그 원인은 자명했다. C반 교단에 걸터앉아 아이들을 내려다보고 있는 남자가 풍기는 위압감 때문이었다.

"지금까지 친 시험을 돌이켜보면 부자연스러운 점이 몇 가지나 있었지."

회상하듯 말을 꺼낸 남자의 이름은 류엔 카케루. C반 리더이자 독재자. 그리고 그 옆에 정자세로 서 있는 것은 야마다 알베르트, 이시자키 등의 무투파들이었다. 만일 류엔에게 반발하는 학생이 나타난다면 무력에 의한 제재도 서슴지 않겠다──라는 무언의 위협이 느껴졌다.

"하지만 이렇게 되면 단순한 우연으로 여기고 끝낼 수 없어."

그건 언뜻 혼잣말 같으면서도 누군가에게 들려주는 듯한 애매함을 지닌 말이었다.

"무인도 때도 그렇고 체육대회 때도 그렇고, D반에는 나와 비슷한 사고를 가진 인간이 숨어 있어."

"류엔 씨와 비슷하다고요? D반에 그런 녀석이 있다는 생각은 안 해봤는데……."

이시자키가 무심코 발언했다. 류엔 같은 타입이 또 있을 리 없다는 뜻이다. 류엔은 동경과 경멸을 동시에 느끼게 하는, 기묘하고 도저히 이해할 수 없는 존재이기 때문이다. 류엔이 미소를 띠며 이시자키를 쳐다보았다.

"나도 그렇게 생각했는데 말이지. 아무래도 그게 현실미를 띠기 시작했어."

"그게 무인도와 체육대회 결과로 이어졌다는 겁니까?"

"바로 그거야. 하지만 안심해. 상대의 방식이 뭔지 대략 알겠으니까. 잘 들어라, 너희. 앞으로는 철저하게 D반을 표적으로 삼는다. A반과 B반은 일단 내버려둬. 그리고 반드시 D반 뒤에서 움직이는 녀석을 색출해낸다."

류엔의 방침에 이의를 제기하는 학생은 한 사람도 없었다. 만약 불복하더라도 발언이 가능할 리 없다. 이미 반 아이들은 악마와 계약해버리고 말았으니까.

"류엔 씨…… 정말로 D반에 배후가 존재한다는 말이에요? 호리키타와 히라타는 아니라는 거죠?"

"그래. 그리고 그 정체를 밝힐 열쇠는 이 반에 있는 인간이 쥐고 있지."

그는 이시자키에게서 다시 C반 아이들에게로 시선을 옮겼다.

"하고 싶은 말이 뭔데, 류엔."

무거운 공기 속, 한쪽 구석에 서 있던 이부키가 팔짱을 낀 채 류엔에게 말을 던졌다.

"크큭. 이부키, 넌 입 꾹 다물고 가만히 듣는 것도 못하나?"

"난 그럴 여유가 없어. 그리고 애들을 계속 위압해봐야 너

한테 이익도 없잖아?"

"권한도 없는 녀석이 씨부렁거리지 마라. 넌 실수를 범했잖아?"

"그건……."

그 말에 이부키는 입을 닫을 수밖에 없었다. 특히 체육대회에서의 패배가 컸다. 류엔이 호리키타를 무너뜨리려고 달리기에 내보낼 예정이었던 학생을 밀어내고, 이부키가 직접 대결을 신청했었던 것이다. 그 결과는 참패. 간발의 차이로 호리키타를 이기지 못했다.

하지만 이부키에게도 반론의 여지는 남아 있었다. 그녀는 끼고 있던 팔짱을 풀고 류엔을 노려보았다.

"그러는 너도 마찬가지 아니야? 결국 체육대회에서 호리키타를 누르지 못했고 회수했어야 할 프라이빗 포인트도 잃었잖아? 나랑 다른 게 뭐지?"

"다르지 않다고? 사람 웃기지 좀 마라. 체육대회에서 내가 세운 작전은 완벽했어."

"그럼 그 결과는 뭔데? 설명도 안 하고 이제 와서 너랑 비슷한 사고를 하는 녀석이 있었다? 그걸로 납득하라는 거야?"

이부키의 잇따른 발언에 반 아이들이 전전긍긍했다. 류엔의 노여움을 사는 것만은 피하고 싶었기 때문이다. 그런 걱정에도 아랑곳하지 않고 류엔은 희미한 미소를 지우지 않았다.

"아무리 완벽한 작전이라도 그게 누설되면 의미가 없다고 생각하지 않나?"

"……누설?"

"D반에서 남모르게 활약하는 미스터리한 존재 X는 하필이면 내 지배하에 있는 C반 아이를 자기편으로 만들어 조종하고 있어. 요컨대 이 중에 스파이가 있다는 거다."

그 말에 교실 안이 작은 혼란에 휩싸였다. 이부키도 깜짝 놀라 눈이 휘둥그레졌다.

"너, 그거 진심으로 하는 말이야……?"

"사실이니까. 내 구심력…… 아니, 지배력이 부족했던 모양이지. 상당히 안타깝군."

스파이가 있을지도 모른다는 사실을 말하면서도 류엔은 즐겁다는 듯이 웃었다.

이제 기숙사로 돌아갈 아이, 동아리에 가려는 아이들에게도 똑같이 미치는 재앙.

지금 이 자리에 있는 전원이 1초라도 빨리 이 시간이 끝나기만을 빌었다.

"하지만 그렇게 장난질 친 스파이 활동도 지금 이 순간으로 끝이다."

류엔이 손바닥으로 교단을 때려서 소란함을 다스리자 교실은 다시 정적의 바다에 잠겼다.

"우선 솔직하게 물어보지. 나를 배신한 인간은 손을 들어."

망설임 없이 직접 그렇게 말했다. 당연히 반 아이들에게서 손은 올라오지 않았다. 시선을 피하며 자신은 관계없다고 가장하는 사람, 다른 누군가겠지 하며 시선을 두리번거리는 사람. 혹은 조금도 움직이지 않고 눈에 띄지 않게 기색을 죽이는 사람들밖에 없었다.

"그렇겠지. 그렇게 간단히 나설 거였으면 애초에 배신도 안 했겠지."

C반을 흔들지도 모르는 스파이의 존재. 하지만 류엔은 이 상황을 흥미진진하게 여기고 있었다.

"이대로 발뺌할 생각이라는 건 잘 알았다. 그럼 자기라고 밝힐 필요가 없지. 아니, 밝히지 마라. 억지로라도 계속 발뺌해."

원래라면 한시라도 빨리 찾아내고 싶을 스파이일 텐데, 류엔은 느닷없이 이해하기 힘든 발언을 했다.

"뭘 어쩌려고 그래? 설마 배신자를 용서하겠다는 거야?"

"시끄러워, 이부키. 내 즐거움을 방해하지 마라. 그쯤하고 찌그러져 있어."

웃고 있던 류엔이 순간 살벌한 표정으로 이부키를 노려보았다.

그 말은 농담 같으면서도 진심이 담겨 있었다. 류엔은 여자라고 해서 남자와 다르게 대하지 않았다. 적으로 간주하고 방해된다고 여기면 어떤 수단을 써서라도 퇴장하게 만들 것이다.

"나는 지금까지 최대한 일을 복잡하게 만들지 않으려고 노력했다. 다른 녀석들이 들으면 거짓말이라고 생각할지도 모르겠지만 정말이야. 이해하기 쉽게 말하자면 대충 힘을 빼고 했어."

탁, 탁 하고 두 번 더 교단을 때렸다. 숙청의 종소리.

"하지만—— 그게 잘못이었을지도 모르겠군. 그러니까 배신자 나부랭이가 나왔지."

한 번 더 울려 퍼지는 탁, 하는 소리. 그때마다 겁 많은 아이들의 어깨가 움찔했다.

"지금부터 어떤 게임을 하나 할 거야. 별로 대단한 건 아니야. 숨어 있으려는 스파이를 찾아내는, 시시한 게임이지. 이 자리에 있는 너희 대부분에게는 아무 의미 없으니까, 전혀 무서워할 필요 없어. 뭐, 30분도 채 안 걸릴 거야."

류엔은 스파이 장본인 이외에는 전혀 상관없는 이야기라며 마음 편히 있으라고 말했다.

하지만 그 정도로 단순한 이야기가 아니라는 것은 공포로 충만한 이 공간이 대신 말해주고 있었다. 유일하게 류엔을 두려워하지 않는 이부키조차도 류엔의 지배에 잠식되어가기 시작했다.

"자, 먼저 지금 당장 모두 휴대폰을 꺼내서 책상 위에 올려라. 바로 확인해줄 테니까. 여기서 휴대폰이 없는 녀석은 없 겠지? 있으면 지금 당장 말해, 그 녀석이 범인이니까."

류엔의 말에 학생들은 의심받기 싫다는 듯 즉시 책상 위에 휴대폰을 올렸다.

"말귀를 잘 알아들어서 좋군."

이시자키가 교실을 돌며 휴대폰을 거뒀다. 누구의 휴대폰인지 알 수 있도록 미리 이름을 써둔 포스트잇을 붙이면서.

이부키도 주머니에서 휴대폰을 꺼내, 불만스러운 표정을 지으면서도 이시자키에게 건넸다.

"류엔 씨, 전부 다 모아왔습니다. 저희의 휴대폰도 담았어요."

"수고했다. 그럼 하나하나 철저하게 조사해보기로 할까."

"하지만 뭘 봐야 좋을까요…… 착신 이력?"

"정체를 감추려는 녀석이 설마 바로 들통나게 전화 따위를 했겠냐. 문자 이력을 봐라. 물론 채팅한 내역도. 누구와 대화한 흔적이 있으면 전부 확인해. 적당히 꾸며낸 이름으로 대화를 나눴을 가능성도 배제할 수 없으니."

"자, 잠깐만. 사적인 내용도 엄청 많은데!"

여자애 중 한 사람이 소리쳤다. 그렇게 외칠 수밖에 없었다. 의심을 살 위험보다도 개인 정보의 유출을 더 싫어한 발언이었다.

"니시노. 안을 보는 게 그렇게 싫냐?"

"당연하지! 아무리 류엔이라고 해도 그건 싫어!"

"지금 장난하냐, 니시노. 배 위에서는 얌전하게 휴대폰을 류엔 씨께 맡겼잖아? 이제 와서 뭘 새삼——."

"그, 그때랑 지금은 달라. 그때는 학교에서 보낸 문자를 확인하는 게 전부였잖아!"

류엔은 놀라지도 않고 무덤덤하게 니시노의 호소를 들었다. 물론 여름방학 중 특별시험에서 류엔은 반 아이들 모두의 휴대폰을 모아 내용을 확인한 적 있었다. 하지만 그녀의 말처럼 사적인 부분은 일절 건드리지 않고, 어디까지나 학교에서 온 문자 내용만 확인했을 뿐이다. 이번과는 비슷하면서도 전혀 다른 상황이었다. 사적인 내용이라면 예컨대 좋아하는 사람, 싫어하는 사람의 이름이 들어 있어도 이상하지 않다. 그런 것들은 절대 남에게 밝히기 싫은 법이다.

"물론 의심을 살 거라는 것도 알고 있겠지, 니시노."

"나, 나는 기본적으로 류엔을 따르는 편이야. 하지만 아무리 그래도 도저히 받아들일 수 없는 것도 있다고!"

평소에는 강하게 주장하지 않는 니시노지만, 이번만큼은 물러서려고 하지 않았다.

마치 감추고 싶은 비밀이 있는 것처럼 느껴졌다.

"혹시 니시노, 너냐?"

반에서 니시노를 의심하기 시작하는 아이가 나오기 시작했다.

그 중 한 사람인 오다 타쿠미가 수상하다는 듯 물었다.

"아니야, 난 스파이가 아니라고!"

"하지만 뭔가를 감추려고 하는 게 수상한데……."

"난 내 사생활을 지키고 싶을 뿐이야!"

그런 대화에 류엔은 전혀 흥미를 드러내지도 않고 모은 휴대폰으로 손을 뻗었다.

"네 휴대폰이 이거지? 니시노."

"하지 마!"

휴대폰을 열어 보는 줄 알고 니시노가 당황했다. 하지만——.

류엔은 니시노의 휴대폰을 쥐더니 이시자키에게 주며 이렇게 말했다.

"니시노에게 돌려줘라."

"그, 그래도 됩니까? 안을 확인해보지 않았는데요."

"돌려주라고 말했다."

이시자키는 류엔에게 살짝 사과한 후 휴대폰을 주인인 니시노에게 돌려주었다.

그 일련의 흐름에 사생활이라고 항의한 니시노도, 그리고 그녀 이외의 아이들도 동요했다.

"별로 이상해할 것 없어. 너는 결백하다고 판단해서 돌려준 거다. 그것뿐이야. 당연하잖아, 범인이 아닌 녀석의 휴대폰 따위 확인해봐야 시간과 수고만 들 뿐이지."

어이없어하는 니시노와 아이들을 아랑곳하지 않고, 류엔은 태도 변화 없이 이렇게 말을 덧붙였다.

"납득이 안 가는 녀석이 있으면 니시노처럼 손을 들어. 단, 니시노 이상으로 의심을 살 걸 각오하는 게 좋아."

니시노는 휴대폰 안을 보이지도 않고 '결백'하다는 취급을 받았지만, 두 번째와 세 번째는 그렇게 되지 않는다. 그런 의미가 담긴 말이었다. 류엔에게 의심받는 쪽을 택할 것인가, 아니면 사생활을 지키는 쪽을 택할 것인가.

그 두 가지 선택지에 여학생 네 명과 남학생 두 명이 주뼛거리면서도 손을 들었다.

"류엔 씨에게 반항하는 녀석이 여섯이나…… 이 중에 스파이가 있는 게 분명합니다! 마지막으로 손든 노무라 따위, 이 기회에 편승해서 살아남으려고 생각하는 게 아닐까요?!"

거칠게 말하는 이시자키를 향해 류엔이 희미하면서도 짓궂은 미소를 지었다.

"아, 아니야. 난 그런 짓 하지 않았어!"

의심을 받는 게 두려워진 노무라가 부정했다.

"준비해."

"넵."

이시자키가 여섯 명의 휴대폰을 모아서 곧바로 류엔에게 넘겼다.

"너희는 의심을 받아도 되니까 내용을 보이고 싶지 않다. 그렇게 주장하는 거지?"

저마다 말투는 달랐지만 그렇다고 대답했다.

"노무라. 넌 손을 드는 데까지 시간이 걸렸는데, 설마 타이밍을 계산한 건가?"

"헉—— 아니, 그게 아니라."

"눈빛이 많이 떨리는데. 게다가 땀까지 흘리고?"

"윽?!"

원래부터 기가 약한 노무라는 금방이라도 졸도할 것처럼 괴로워 보였다.

그런 모습을 보고 진심으로 즐겁다는 듯이 웃은 류엔은 이시자키에게 다시 지시를 내렸다.

"이시자키. 이 녀석들도 모두『결백』해. 휴대폰을 돌려줘라."

그렇게 명령했다. 두 번째 충격. 내용을 확인하지도 않고 여섯 명에게 휴대폰을 전부 돌려주었다. 류엔 이외의 모든 학생이 그 행동을 이해하지 못했다.

"이유를 설명해."

"나중에."

류엔은 이부키의 희망에 응하지 않고, 머리카락을 쓸어 올리며 이부키의 휴대폰을 쥐었다.

"남은 녀석들의 휴대폰은 구석구석 샅샅이 조사하기로 하지. 우선 이부키, 너부터다."

"……마음대로 해."

1

류엔은 혼자서 모든 휴대폰을 확인해나갔고, 지금 막 마지막 한 대까지 확인을 마쳤다.

걸린 시간은 20분 정도로, 한 대당 걸린 시간이 1분도 채 되지 않았다. 도저히 전부 꼼꼼히 봤다고 생각할 수 없었다. 대다수가 의문을 느꼈지만 아무도 입에 담지 않았다.

하지만 스파이는 자신의 휴대폰을 확인하는 데 걸린 수십 초가 너무도 길게 느껴져 엄청나게 긴장했으리라.

"그렇군. 휴대폰 안에는 그럴듯한 기록이 없다는 건가."

"역시 결백하다고 했던 니시노랑 몇몇 애들 중에 배신자가 있는 게……."

"그건 아니야."

그렇게 단언한 류엔이었는데, 이부키의 짜증과 의심은 사라지지 않았다.

"하지만 실제로 스파이를 찾아내지 못했잖아. 어떻게 된 건지 제대로 설명해. 애초에 진짜 스파이가 존재하긴 하는 거야?"

이부키의 마음속에, 스파이가 있다고 한 건 류엔이 자신의 실태를 감추기 위해 한 거짓말이 아닌가라는 의문이 싹트기 시작했다.

류엔은 무인도 결과가 발표되었을 시점부터 호리키타의 뒤에 배후 인물이 있다고 했지만, 그런 흑막 X가 존재한다는 확증은 하나도 없는 것이다.

사실 다른 반은 모두 호리키타 스즈네라는 소녀에게 주목하기 시작했다.

"주장보다 증거, 그러니까 이걸 들려주지. 너희도 잘 알 거야."

류엔은 예전에 X가 보낸 음성 파일을 재생했다. 그건 이 반 학생이라면 누구나 들은 적 있는 어떤 목소리. 류엔이 C반 아이들에게 작전을 통보했을 때의 음성이었다.

"스즈네를 궁지로 몰아넣고 곧 끝낼 수 있었는데 그때 누가 이걸 나에게 보냈지. 덕분에 포인트를 얻기는커녕 스즈네에게 무릎을 꿇게 하지도 못했어. 이제 좀 이해가 가나?"

"잠깐만 기다려. 그 음성 파일이 네가 한 녹음이 아니라 스파이가 빼돌린 거라고 가정해도 이상한 의문이 남아. 우리가 호리키타를 무릎 꿇게 할 자세한 시간까지는 상의하지 않았잖아. 그런데 상대가 그 시간까지 전부 파악했다는 거야? 그건 무리인 게 뻔한데."

류엔의 이야기를 모두 이어 붙이니 그런 결론에 도달했다. 작전이 새어나간 것뿐만이 아니라 호리키타에게 무릎을 꿇게 할 타이밍까지 읽힌 셈이 되기 때문이다.

"그건 우연이야. 단순히 확률 문제에 지나지 않는다고. 체육대회가 끝난 직후 방과 후였어. 못 박아 두기에는 가장 적절한 시간이지. 그리고 나는 녀석이 스즈네가 무릎을 꿇든 말든 거기에는 흥미가 없었다고 생각해. 음성 파일과 함께 온 문자에 아무 내용도 없었거든."

"그게 무슨──?"

류엔은 문장 한 줄도 없이 파일만 첨부된 문자를 보며 고찰했다.

"이 음성 파일을 가지고 있던 D반의 흑막 X는 내가 생각한 작전이 어떤 내용인지 파악한 상태였어. 녀석이 참가표가 유출된 것까지 간파했다면 내가 체육대회에서 스즈네를 공격하는 걸 피하게 할 수 있었어. 스즈네가 무너지는 것도, 무릎을 꿇는 사태도 막았을 테지. 하지만 X는 굳이 그렇게 하지 않았어. 내 작전을 파악했으면서도 내가 마음껏 스즈네를 공격하게 한 거야. 당연히 스즈네는 괴로워했지. 예상하지 못한 부상과 나아지지 않는 경기 결과. 게다가 다른 사람을 다치게 만들어 버린 죄책감 때문에 정신 상태가 말이 아니었을 거다."

"그러니까 류엔 씨가 작전을 그대로 실행하게 해서 음성 파일에 신빙성을 가져온 거군요?"

버섯 머리에 안경을 쓴 카네다가 그렇게 생각하는 것도 무리가 아니다. 사전에 세운 위험한 계획이기는 했지만, 계획대로의 결과가 되지 않으면 음성 파일은 증거로 성립하지 않는다. 어디까지나 '무너뜨릴 계획이 있었다'라는 것에 지나지 않기 때문이다.

"예리하군, 카네다. 작전을 묵인해서 그대로 실행시켜야 비로소 음성 파일이 의미를 가지게 되지. 증거로서 의미가 생기니까."

"흉악하군요, 그 X의 사고방식. 자기편이 다칠 걸 알면서도 그냥 보고 넘기다니."

"그래. 그런 녀석이 스즈네가 고작 무릎 꿇는 것에 연연할 리 없지. 그게 이 아무 내용도 없는 문자의 이유야. 문자를 보낸 녀석 입장에서는 스즈네의 자존심이 마구 짓밟히는 것 따위 전혀 개의치 않았다는 거다."

"이해할 수 없어. 같은 반인 호리키타가 다치지 않도록 손을 쓰는 게 반에 더 이익 아닌가……?"

다른 학생도 이부키와 같은 느낌을 받았으리라. 류엔이 호리키타를 노린다는 사실은 명백했으니까. 체육대회가 시작되기 전에 이미 대응할 수 있었을 터다. C반의 작전에 맞추어 참가표를 변경하거나 사전에 류엔에게 음성 파일을 보내 막는 방법도 있었다. 그렇게 하면 호리키타는 다치지 않았을 것이다.

"X가 음성 파일을 학교 측에 제출하는 것까지는 생각이 미치지 않았던 게 아닐까요?"

사전에 상세한 작전을 알았다면 보통은 반 친구를 구하기 위해 이용하려고 생각하기 마련이다. 그러나 아무 행동도 취하지 않고 일부러 그냥 넘긴 이유가 있다면, 그건 바로 C반에 엄청난 타격을 입히기 위해서다. 작전 결행 후, 그 음성 파일을 학교 측에 제공하는 것이 C반에 가장 큰 피해를 줄 수 있기 때문이다. 의도적으로 호리키타에게 반칙을 일삼아 포인트를 착취하려고 했다는 사실이 밝혀지면, 최악의 경우 류엔은 퇴학까지 내몰렸을지도 모른다.

하지만 10월도 벌써 반이 지나간 지금 그 가능성은 거의 소멸했다. 가령 지금부터 과거를 파헤치려고 한다면 조사 자체에 수고도 걸릴뿐더러 증거 은폐는 물론이고 도망칠 길도 만들 수 있다. 그렇다면 X는 왜 이런 짓을 한 걸까.

"우연의 도움을 받은, 마무리가 허술한 전략이에요. 재료를 제대로 살리지 못했다고 할까요. 미리 정보를 얻었지만 대처가 늦은 것처럼 보이는데요. 만약에 호리키타가 류엔 씨에게 프라이빗 포인트를 줘버렸다면 승리는커녕 X의 패배였어요."

카네다가 그렇게 분석해서 결론을 내렸다.

X가 체육대회 전에 작전 음성 파일을 얻었다면 체육대회에서 완승할 수 있었을 테니까 말이다.

"그건 아니야. X가 음성 파일의 유용한 사용법을 몰라서 그런 게 아니야. 의도적으로 안 썼던 거라고. 만약에 스즈네가 빠른 시기에 프라이빗 포인트를 넘겼다고 해도 음성 파일을 증거로 내세워서 도로 돌려받았을 거다. 프라이빗 포인트를 돌려주지 않으면 만천하에 공개하겠다고 나중에라도 한 문장을 보내기만 하면 끝이니까."

"협박용으로 쓰는 방법을 알면서도 일부러 그러지 않았다는?"

"맞아. 그리고 녀석은 내가 스즈네를 무릎을 꿇리려고 한 것도 묵인했어. 무릎을 꿇는 건 포인트와 달리 뭔가 수학적인 가치가 있는 게 아니야. 어디까지나 형식적인 거지. 나중에 취소하거나 되돌려주는 게 불가능하잖아?"

즉 이 일이 의미하는 것은.

X가 노린 유일한 것은.

"X는 스즈네가 나에게 마구 짓밟히는 걸 환영했다는 뜻이야."

스파이를 이용해서 얻은 귀중한 정보를, 그것만을 위해 아낌없이 사용했다.

"그런…… 도저히 이해가 안 되는데. 잘 알지도 못하는 X가 C반을 구했다는 거잖아."

이부키와 달리 류엔은 이해하고 있었다. X가 도대체 왜 그런 짓을 했는지 말이다.

"크큭…… 어디까지나 겉으로 나설 생각이 없다는 뜻 아니겠어?"

류엔에게 보내진 음성 파일의 출처를 추적해나가면 최종적으로 D반의 X는 강제로 정체가 발각될 것이다.

만약 류엔이 궁지에 내몰리면 휴대폰을 전부 관리하는 학교 측에 문자와 통화기록 개시까지 요구해서 철저하게 X의 정체를 밝혀냈겠지.

게다가 이 X에게는 A반으로 올라가려는 집착 같은 것이 느껴지지 않는다. 플러스로 이어지게 하려는 의지가 보이지 않는다. 그것이 류엔이 내린 결론이었다.

그리고 동시에 또 하나의 결론에 도달했다.

"자, 그럼 이야기가 살짝 궤도에서 벗어났으니 원래대로 되돌리지. 어떤 방법을 썼는지는 모르겠지만 『나와 비슷한 사고방식을 가진 X』가 우리 반의 누군가를 스파이로 삼았다는 건 확실해. 그렇지 않다면 음성 파일을 입수하기란 불가능하니까. 하지만 X는 스파이에게도 정체를 절대 드러내지 않았다는 게 대전제다. 만약 정체를 알렸다면 내가 스파이를 찾는 즉시 게임 오버니까. 그렇다는 건 스파이 활동을 시키기 위해서는 문자 등으로 지시하는 걸 피할 수 없어. 고풍스럽게 편지로 주고받는 것도 전혀 불가능하지는 않지만, 상황이 지나치게 한정적인 데다가 비효율적이야."

"하지만 모두의 휴대폰에는 아무런 증거도 없었잖아. 아니, 애초에 네가 자세히 살펴보지 않았잖아."

"당연하지. 휴대폰 안을 확인한 건 명분. 형식적인 것일 뿐이었으니까."

"뭐라고? 휴대폰을 확인하면 스파이의 정체를 알 수 있다고 네 입으로 말했잖아."

"상식적으로 생각해봐라. 네가 스파이라면 수상한 문자를 굳이 남겨뒀겠냐?"

"그건── 안 하지. 그래서 나도 내심 확인은 헛수고라고 생각하긴 했고."

"그래. 내가 휴대폰을 조사하리라는 것 정도는 조금만 생각해도 알 수 있어. 증거인멸은 전혀 이상하지 않은 이야기야. 가령 스파이가 거기까지 머리가 돌아가지 않는다고 해도 X라면 그렇게 하라고 지시했겠지. 즉, 휴대폰을 보여주는 게 결백으로 이어질 거라고 쉽사리 생각하는 녀석 중에 스파이가 있다는 거다. 휴대폰을 보여주지 않으려는 건 결백을 알릴 무기를 방치하는 거나 마찬가지니까."

따라서 휴대폰을 보여주는 것을 거부한 니시노 무리는 류엔의 마크에서 필연적으로 제외되었다. 스파이가 아니라면 의심을 사도 문제될 것 없다. 그렇게 단언할 수 있는 아이들이기에 가능한 대담한 행동. 물론 일말의 가능성도 배제하지 않고 강제로 내용을 확인할 수도 있었지만, 그것은 동시에 반 아이들의 반감을 사는 일로 이어진다. 힘에 의한 지배를 전제로 하고 있기 때문에 해야 하는 일종의 배려다. 그래서 그는 다소의 위험을 감수하고 요청을 들어주었다.

게다가 짧은 시간 동안만 휴대폰을 확인함으로써 사적이고 세세한 부분까지는 확인하지 않는다고 아이들에게 어필했다. 휴대폰을 확인해서 류엔이 알고 싶었던 것은 문자의 유무가 아니다. 정체를 모르는 상대에게 스파이가 얼마나 지배당하고 있는지, 두려움을 가지고 있는지가 궁금했다. 그렇게 해서 그의 눈에 보인 것은──.

"다시 한번 이 안에 있을 스파이에게 묻는다."

한 사람 한 사람의 눈과 행동을 지켜보는 류엔.

"네가 두려워하는 건 정체도 모르는 X냐? 아니면 나냐? 어느 쪽을 적으로 돌리는 게 진짜 무서운 일인지, 그걸 착각하고 있는 건 아닐까? 입학식 직후에 있었던 일을 잘 기억하고 있겠지? 나에게 도전한 인간이 어떤 꼴을 당했는지 말이야. 안 그래? 이시자키."

"네, 네에……."

그 말에 이시자키가 몸을 가늘게 떨었다. 늘 냉정한 태도로 류엔의 옆에 서 있는 알베르트 역시 움찔하는 반응을 보였다. 너 나 할 것 없이 모두가 처음부터 류엔을 따랐던 것은 아니다. 이시자키와 알베르트 역시 처음에는 류엔에게 반발했던 아이들이었다. 하지만 결국 끝에 가서는 굴복했다. 류엔이 휘두른 '폭력' 때문에. 지금껏 싸운 횟수로는 이시자키가, 강인한 신체라는 면에서는 알베르트가 유리했다.

하지만 땅에 쓰러진 쪽은 그 두 사람이었다.

"이 세상에서 가장 강한 힘은 도를 넘은 『폭력』이다. 나는 권력에 굴복하지 않아. 설령 이 학교가 나를 퇴학시키려고 해도, 내가 진심으로 움직이기 시작한다면 학교에서 쫓겨나기 전에 배신자를 없애버릴 수 있어. 내 말뜻을 다들 잘 알겠지? 배신자 때문에 내가 퇴학당하게 된다면 벌레를 밟아 죽이듯이 스파이의 숨통을 끊어버릴 거다."

체육대회를 지배한 호리키타 전 학생회장이나 나구모 현 학생회장과는 다른, 이질적인 지배력.

말한 것은 반드시 행동으로 옮기는 광기 어린 폭력을 방패로 삼아 류엔이 돌진했다.

"나는 지금이라도 배신자가 자백하는 걸 환영한다. 하지만 이건 마지막 기회야. 모두에게 선언하지. 지금 여기서 솔직히 인정하면 이번 배신행위는 그냥 넘어가겠다고 약속한다. 맹세코 다른 녀석들이 공격하지 못하게 할게. 내가 처음부터 말했지, 나를 믿고 따라온다면 이 반을 A반으로 끌어올려 주겠다고. 나를 따르는 한 지켜주겠다고."

교단에서 내려온 류엔이 한 사람 한 사람 앞에 서서 눈을 맞추었다.

하지만 그 말은 상대하는 인물뿐 아니라 반 전체에 들려주려는 것 같았다.

"잘 알겠지? 나를 화나게 만드는 게 어떤 일인지."

한 사람, 또 한 사람 시선을 맞추어 나갔다. 류엔에게 있어서 배신자를 찾아내기에 가장 빠른 방법.

그리고 마침내 한 여학생의 앞까지 걸어간 류엔이 발걸음을 멈추었다.

사실은 그게 아니다. 처음부터 유력자. 류엔은 애초에 그 인물을 점찍어두고 있었다.

"뭐야. 눈도 안 마주쳐줄 건가?"

"으…… 아아…… 아…….''

호흡이 거칠어지고 당황해서 금방이라도 눈물을 터트릴 것처럼 겁에 질린 표정이었다.

"크큭. 너지? 마나베. 우리 반의 배신자가."

예상하지 못한 학생의 스파이 의혹에 반 아이들 대부분이 이해하지 못했다.

"너무 겁먹지 마라, 마나베. 넌 물론 스스로 밝히지는 않았지만, 난 처음부터 네가 스파이라는 걸 알았어. 시종일관 표정이 어두웠거든. 뭘 숨기지 못하는 성격인 거지."

류엔은 마나베의 귀에 걸린 머리카락을 쓸어 올린 후 얼굴을 만졌다. 마나베는 극심한 추위를 느끼기라도 하듯 몸을 벌벌 떨었다.

"자, 잘, 잘못했어! 나, 나──."

"너무 걱정하지 마. 용서해줄 테니까. 내 관대한 조치로 말이야. 그러니까 말해줄래? 너를, 아니, 너희를 배신하게 만든 X의 존재를."

류엔은 마나베 시호와 그 친구인 야부 나나미, 야마시타 사키에게도 날카로운 시선을 던졌다.

2

C반 모두에게 단단히 입막음을 시킨 후 류엔은 아이들을 밖으로 내보냈다.

교실에 남은 건 류엔을 비롯해 이시자키, 카네다, 이부키, 그리고 스파이 용의자 세 사람뿐.

"질문이다. 너희에게 지시를 내린 놈의 정체를 알아?"

그 물음에 마나베 무리가 고개를 가로저으며 부정했다.

"그럼 다음 질문. 너희가 C반을 배신한 이유는? 그걸 말해."

"그건──."

"이제 와서 숨겨봐야 소용없어. 이대로 묵비권을 행사한 채로 내일을 맞이한다면 너희 모두 영구적으로 반 애들에게 무시 받는 벌레 같은 존재가 되게 만들어줄 테니."

더는 어떻게 손 쓸 수 없는 상황에, 마나베 무리는 어쩔 수 없이 이야기를 털어놓았다.

"D…… D반의, 카루이자와 케이를 알아……?"

"이름과 얼굴 정도만. 히라타의 여자잖아?"

"그 애, 저기, 지금은 이미지가 강하지만…… 옛날에 학교 폭력을 당했던 것 같아서……."

"호오? 그래서?"

"카루이자와가 리카한테 함부로 대한 게 있어서, 앙갚음 해주려고……."

마나베는 두려움에 벌벌 떨면서도 여름방학 때 배 위에서 있었던 일을 류엔에게 털어놓았다. 카루이자와와 같은 그룹이었는데, 카루이자와가 옛날에 학교 폭력을 당한 적 있다고 짐작했다는 것, 그게 진짜였다는 것. 그리고 리카의 일을 복수하겠다며 폭력 행위를 저지른 것 등 모든 것을 밝혔다.

또, 스파이를 하게 된 이유가 그 사실을 가지고 협박당했기 때문이라는 것까지도.

사실이 드러나면 마나베 무리는 정학 이상의 처분을 받게 된다. 당연히 류엔에게도 질책받게 되고 말이다. 학교와 류엔, 그 양쪽으로부터 도망치기 위해 어쩔 수 없이 한 짓이라고 털어놓았다.

"그랬던 거군. 그래서 그렇게 아주 재미있는 놀이를 했던 거군."

"진짜 바보 아니야? 정체도 모르는 녀석한테 협박 받으면 더 심한 짓을 당하게 될지도 모른다는 거 알잖아?"

"비난하지 마라, 이부키. 인간이란 궁지에 내몰리면 약해지는 생물이니까."

이미 마나베 무리를 용서하기로 정한 류엔은 더 이상 그들을 탓하려고 하지 않았다.

"중요한 건 지금부터다. 카루이자와를 괴롭히는 현장을 누군가에게 들켰어?"

그 질문에 마나베 무리는 천천히 고개를 끄덕였다. 그리고 이름을 댔다.

"그때 본 애는…… D반의 유키무라랑, 아야노코지."

수면 위로 떠오른 두 사람의 이름.

"나중에 사진이 전송됐어. 우리가 카루이자와한테 시비 걸었을 때의 사진……."

"그렇군. 협박 같은 사연이 있을 거라고 예상하기는 했는데, 그때 사진을 찍혔다는 건가. 그 사진은?"

"지, 지웠어. 혹시 누가 보기라도 하면 우리는…… 그래서……."

"이걸로 사태 파악은 끝났군."

"유키무라나 아야노코지 중에 하나로 결정, 인가요?"

지금까지 한 마디도 내뱉지 않고 상황을 지켜보던 카네다가 입을 열었다.

류엔이 반에서 쓸 만하다고 생각하는 몇 안 되는 인간 중 하나다.

"잠깐만, 류엔. 유키무라라는 녀석은 몰라도 아야노코지가 뒤에서 실로 조종하는 건 상상이 안 가는데? 그 녀석이랑 몇 번 얽힐 기회가 있었는데, 정말 그런 식으로 보이지 않았어."

"그런 의미에서는 유키무라가 조금 수상하군. 공부도 꽤 하는 모양이고."

덧붙이듯이 이시자키가 말했다.

"꼭 그렇게 단언할 수는 없지 않나? 아야노코지는 호리키타랑 늘 같이 다니기도 하고. 게다가 아야노코지는 체육대회 때까지 운동을 잘한다는 걸 숨기고 있었어. 더 수상한 쪽은 아야노코지 같은데."

"난 그 두 사람은 상관없다고 생각해. 아야노코지는 단순히 달리기가 빠른 것뿐이고, 유키무라도 그냥 공부를 잘할 뿐이잖아? 흑막은 더 있지 않을까?"

"더라니 누구?"

"D반에도 머리가 잘 돌아가는 녀석이 있잖아. 히라타라든가."

"그 녀석이? 난 히라타와 얘기를 자주 나누는데, 그럴 애라고는 생각하지 않아."

자기 좋을 대로 말하는 반 아이들을, 류엔은 옅은 미소를 띠며 지켜보았다.

하지만 그다음 순간, 앉아 있던 교단을 손바닥으로 탁 내려쳤다.

"다들 입 좀 닥쳐."

웃음기가 섞인 류엔의 한마디에 반이 순식간에 정적과 공포에 휩싸였다.

"내가 너희한테 한마디라도 의견을 물었냐? D반을 뒤에서 조종하는 녀석은 내가 찾는다. 너희는 내 장기 말에 불과하다고. 피라미는 피라미답게 굴어야지. 지금 알게 된 사실은 사진을 찍은 게 유키무라나 아야노코지인 게 틀림없다는 사실뿐이다. 하지만 그걸로 쉽사리 흑막과 결부 짓는 건 그만둬. 그 녀석들도 누군가의 밑에서 움직이는 장기 말일 가능성 역시 있으니까."

그 부분이 귀찮은 점이기는 하다. 두 사람 중 누군가가, 혹은 둘 다 C반의 약점이 될 수 있는 사진을 촬영해서 흑막에게 의견을 구했다, 라는 시나리오는 충분히 있을 법하다.

"하지만 류엔 씨. 특히 아야노코지를 의심해야 하는 건?"

혼날 것을 각오하고 카네다가 굳이 진언했다. 그래야 한다고 생각했기 때문이다.

"그렇겠지."

아야노코지는 호리키타 스즈네와 연결고리가 있어 원래부터 의심스러워하던 차였다.

하지만 그렇기 때문에 도리어 피어나는 꺼림칙함.

너무 간단히 연결되는 것이 오히려 마음에 걸린다.

호리키타 스즈네의 가까이에 있는 남자가 흑막이고, 스즈네를 조종하고 있다는 단순함.

만약 처음부터 스즈네를 이용하려고 했다면 절대 쓰지 않을 전법이다.

"등잔 밑이 어둡다는 걸 이용한 건가? 아니, 그것도 영 안 와 닿는데."

이 절망적일 정도의 꺼림칙함이 기분 나빴다.

"그 녀석을 이용해볼까."

이 만큼 상황을 파악했으니 이제 조금만 더 밀어붙이면 된다는 것은 틀림없었다.

류엔은 다음 방법을 쓰기 위해, 휴대폰에 등록된 어느 인물에게 보낼 메시지를 입력했다.

이름	하세베 하루카
반	1학년 D반
학적번호	S01T004747
동아리	무소속
생일	11월 5일

평가

학력	D
지성	C+
판단력	C+
신체능력	D
협조성	D

면접관 코멘트

윗사람을 대하는 태도에 다소 문제가 보인다. 잘하는 것과 못하는 것, 호불호가 지나치게 뚜렷한 학생이다. 집중력은 비교적 높은 편이어서 그 부분을 키워나가면서 다양한 분야에도 몰두할 수 있게 폭을 넓히는 방향으로 교육하는 것이 좋겠다

담임 메모

체육 수업에 빠질 때가 많아서 지도 중이다.

○활약의 조짐

6교시 홈룸 시간이 시작되자 차바시라 선생님이 곧바로 교실을 나갔다.

의아해하는 학생들을 곁눈질하며 히라타가 일어서더니 교단에 섰다.

지금부터 게임을 즐기려는 것은 당연히 아니다. 진지한 대화가 막을 열었다.

"오늘 홈룸 시간에는 내일 있을 쪽지시험을 대비한 작전 회의를 했으면 좋겠어. 차바시라 선생님께는 미리 허락받 았어. 홈룸 시간을 마음대로 써도 좋다고 하시더라. 우선 호 리키타?"

히라타의 말을 기다리고 있었는지 호리키타가 조용히 일 어서서 히라타 옆에 섰다.

일부 학생은 히라타와 어깨를 나란히 하고 선 소녀에 적 잖은 위화감을 느꼈으리라. 지금까지는 실현될 것 같지 않 았던 '호리키타' '히라타'라는 D반의 최강 태그팀. 히라타의 문은 언제나 활짝 열려 있었지만 그동안 호리키타가 받아들 인 적은 한 번도 없었다. 늘 혼자 싸워 이길 거라고 믿고 행 동해왔던 호리키타.

하지만 그런 호리키타도 체육대회라는 무대에서 대실수 를 범했고, 혼자 싸우는 것의 한계를 느낀 결과 다시 태어났다.

물론 그렇다고 해서 모든 것이 완벽해진 건 아니다.

스위스의 생물학자 아돌프 포르트만은 이렇게 말했다. 인간은 생리학적으로 조산아라고. 그는 인간이라는 생물은 동물학적 관점에서 다른 포유류와 발육 상태를 비교했을 때, 약 1년 빨리 태어난다고 주장했다. 인간은 대형동물로 분류되는데, 갓 태어났을 때 감각기관은 이미 발달되어 있는 것에 반해 운동능력은 미숙해서 혼자서 걷지도 못한다. 반면 다른 대형동물, 이를테면 사슴 등은 태어났을 때 이미 스스로 움직일 수 있는 이소성(離巢性)을 지닌 것이 많다.

그 예를 그대로 따라 하듯, 지금의 호리키타는 아직 갓 태어나 마음대로 움직일 수 없는 상태였다.

하지만 그건 미숙함과 동시에 무한한 가능성을 내포하고 있었다.

앞으로 얼마든지 성장할 수 있다.

아마도 호리키타의 내면에 갈등은 계속해서 일어나고 있을 것이다. 있는 힘을 다해 발버둥 치려 하고 있겠지.

지금은 열려 있는 문으로 몸을 내던지는 것이 최선이자 유일한 방법.

"……먼저 이미 지난 일이기는 하지만, 한 가지 사과하고 싶어."

곧바로 기말고사 이야기에 들어갈 줄 알았는데, 그게 아니었다. 호리키타는 몇 주가 지나도록 마음에 줄곧 맺힌 것이 있었던 모양이다.

"지난 체육대회 때 난 너무 한심한 결과를 내고 말았어. 강한 태도로 임했으면서도 D반을 위해 아무것도 하지 못한 점 사과할게."

그렇게 말한 호리키타는 딱 한 번, 깊이 고개 숙였다. 그런 모습에 당연히 많은 학생이 동요했다.

D반이 패배한 모든 원인을 호리키타가 짊어지는 듯한 발언이었다.

이인삼각 이후로 호리키타와 사이가 살짝 소원했던 오노데라가 당황하며 말했다.

"따, 딱히 진 게 호리키타 너만의 책임은 아니야. 고개까지 숙이지 않아도 돼."

"맞아, 스즈네. 하루키랑 박사도 아무 도움도 안 됐는데."

불쌍하지만 사실이기도 하다. 야마우치 무리가 스도를 원망하듯 노려보았지만 반론은 하지 못했다.

"승패를 결정하는 건 그렇다고 해도, 겸손한 태도로 나오면 용서받을 수 있는 일이 있고 그렇지 않은 일도 있어. 적어도 체육대회에서 나는 평가할 만한 부분이 거의 없어."

그렇게 말한 후, 호리키타는 한순간이지만 스도의 얼굴을 보았다. 분명 '스도라는 동료를 얻은 것' 말고는 아무것도 없다는 뜻이 들어 있으리라. 그 마음을 스도가 모를 리 없었다. 스도는 살짝 쑥스럽다는 듯 볼을 긁적이면서 새하얀 이를 드러내고 조용히 웃었다.

"하지만 사과는 이번 한 번으로 끝낼게. 다음 쪽지시험과 기말고사에 난 있는 힘을 다해 도전하고 싶어. 반 전원이 하나로 똘똘 뭉쳐서 싸우지 않으면 극복할 수 없다고 생각해."

"그건 이해하겠는데 말이지, 대책이랄까 무슨 방법이라도 있다는 거야? 팀 선정 방식 같은 것도 전혀 모르잖아?"

"아니야, 팀 선정 법칙은 이미 다 밝혀진 거나 마찬가지야. 잘만 선택하면 이 자리에 있는 모두가 이상적인 파트너를 만나는 것도 가능해. 히라타, 부탁할게."

서포트 역할을 맡은 히라타가 신호를 받고 칠판에 팀 법칙을 적어나가기 시작했다.

팀 선정 법칙

반 전체에서 최고 득점자와 최저 득점자가 한 팀이 된다

그다음은 두 번째로 성적이 좋은 학생과 두 번째로 성적이 나쁜 학생, 그다음은 세 번째~ 이런 식으로 법칙에 따라 팀이 결정된다

예)100점을 받은 학생은 0점을 받은 학생과 한 팀, 99점을 받은 학생은 1점을 받은 학생과 한 팀이 된다

"이게 바로 쪽지 시험을 치르는 의미와 팀 선정 법칙이야. 간단하지?"

"우, 우와. 이게 팀 법칙이라니 잘도 찾아냈네, 호리키타!

대단하다!"

"이 정도는 나 말고도 눈치챈 애들이 많을 거야. 그리고 중요한 건 지금부터야. 이상으로 알 수 있듯이 성적이 하위인 아이는 거의 자동으로 성적 상위자와 같은 팀이 되게 돼. 하지만 예외는 항상 일어날 수 있어. 그래서 확실하게 팀을 나누기 위한 전략을 지금부터 설명할게."

많은 학생이 이미 짐작했을 거라고 말했지만 그렇지는 않다. 물론 이전에 비하면 이해하기 쉬운 힌트였지만, 지금까지의 실패 경험이 생생하기 때문에 알아차린 것이겠지.

히라타의 옆까지 자진해서 걸어갔던 호리키타가 이제는 교실을 둘러보았다.

남 앞에서 말하는 것을 싫어하는 마음, 부끄러워하는 마음.

그러한 저항감은 전혀 들어 있지 않았다. 그저 다짜고짜 앞을 향하는 모습이었다.

"지금까지 친 시험 결과를 바탕으로 해서 점수가 불안한 아이들을 중점적으로 커버하면서 성적 상위자와 계획을 세워 팀을 짰으면 좋겠어. 개인적으로 불안한 애들도 있겠지만, 모두 다 커버할 수는 없는 게 현실이니까."

중간고사에서 만점자를 제외하고 평균 80점 이상이었던 학생은 11명. 90점 이상은 6명으로 확 줄어든다. 비교적 간단했던 시험 내용을 생각하면 기뻐할 일도 아니다. 성적이 좋은 학생이 반의 절반에 미치지 못했다.

반대로 60점 이하인 학생이 많은 것을 고려하면 모두에게 이상적인 팀…… 그러니까 모두가 고득점자와 팀이 될 수 없는 것이 현실이었다.

그래서 호리키타는 상하 10명씩 강제로 조합해서 안정을 도모하려는 계획 같았다.

칠판에 성적 하위자 명단을 써나갔다.

"음, 잘 모르겠는데 말이지, 우리가 뭘 어떻게 하면 돼?"

칠판에 자기 이름이 적힐 거라는 걸 안 야마우치가 질문했다.

"여기 적힌 성적 하위 10명은 쪽지시험에서 이름만 써도 돼. 어차피 성적에 반영되지 않으니까 0점을 받아도 아무 불이익이 없어. 반대로 성적 상위 10명은 반드시 85점 이상을 받아야 해. 그리고 나머지 중간 학생 20명도 마찬가지로 10명씩 나눠서 성적이 높은 사람은 최대 80점을 목표로 하고 성적이 낮은 학생은 1점만 받는 거야. 그렇게 하면 기말고사에 대비한 균형적인 조합이 자동으로 만들어지겠지. 다만 나중에 자세한 확인을 확실하게 할 거야. 사고가 일어날 가능성도 있으니."

여기서 중요한 것은 0점을 받는 학생과 1점을 받는 학생이 팀이 되지 않도록 하는 것.

최대한 학력 차이가 나는 학생끼리 팀을 이루어야만 한다.

"나도 그 제안이 좋다고 생각해. 아무 대책도 없이 시험을 쳐서는 안 된다고 봐."

미리 회의했던 히라타가 부정적인 의견을 낼 리도 없어

서, 동조하는 흐름이 만들어졌다.

평소 같으면 따르지 않을 코엔지는 긍정도 부정도 하지 않았다.

그보다 전체적인 대화에 흥미 자체가 없어 보였다. 호리키타 이상으로 반에 어울리지 못했다. 하지만 지금은 그런 태도를 유지해주는 게 최선이라고도 할 수 있을까.

평소 시험에 진지하게 임하려고 하지 않는 코엔지라도 퇴학당하는 결과만큼은 항상 피하고 있었다.

아마도 이번에 '강제 팀'이 되면 점수를 아무렇게나 받지 않으리라. 확률은 상당히 낮지만, 파트너에 따라서는 몇 과목에서 만점을 받는다고 해도 실격이 될지도 모르기 때문이다.

그런 상황이니만큼 관심 없는 척하면서도 이번 시험에는 협조적으로 나와 주지 않을까.

아니—— 그런 의미에서는 코엔지가 어떻게 나올지 오히려 종잡을 수 없을 가능성이 있다.

"코엔지. 너도 이의 없니?"

"이의 따위 있을 리 없지. 난센스 같은 질문이군. 시험 내용도 당연히 파악했어."

책상 위에 길쭉한 다리를 아무렇게나 올린 채, 평소와 다름없이 머리카락을 쓸어 올렸다.

"그럼 넌 확실하게 80점 이상을 받을 거라고 기대해도 될까?"

"글쎄, 과연? 그건 시험 내용에 따라 다르겠지."

"만약 네가 의도적으로 0점을 받아 성적 상위자와 팀이 되기라도 한다면 균형이 무너지고 말 위험이 있어. 그 점만은 이해해 줄 수 있을까?"

쪽지시험에서 우려되는 것은 변칙적인 득점뿐. 코엔지처럼 학력이 우수한 학생이 일부러 대충 치면 그것만으로도 균형이 붕괴되고 만다. 호리키타와 코엔지와 같은 고학력 팀이 탄생해버리는 것은 피해야만 한다.

"곰곰이 검토해보도록 하지, 걸."

대답이 왠지 의심쩍었지만, 지금은 더 이상 몰아붙일 수도 없는 노릇이었다.

본 게임인 기말고사 점수는 조작할 수 없으니까.

1

그리고 다음 날. 눈 깜짝할 사이에 쪽지시험 시간이 다가왔다.

곧바로 시험을 시작할 줄 알았는데, 담임 차바시라 선생님이 그전에 한 가지 이야기를 꺼냈다.

"쪽지시험을 치기 전에 한 가지 전달사항이 있다. 너희는 이번 기말고사에서 C반을 지명했는데—— 다른 반과 겹치지 않아 통과되었다."

"그럼 A반과 B반 모두 우리 D반을 지명했다는 건가요? 어쨌든 하늘의 운에 맡기지 않고 우리가 학력이 낮은 C반을 차지하게 돼서 다행이네요."

일단 첫 번째 관문을 돌파해서 호리키타가 안도했다. 다음은 어느 반이 D반을 지명했는가이다.

"그리고 D반에 문제를 내게 된 반은—— C반으로 결정되었다. 이쪽 역시 지명이 겹치지 않은 결과야."

즉 이번 싸움은 D반 대 C반, B반 대 A반이라는 형식인가.

"이상적인 조합이 되었네."

"그런 것 같아."

지명이 겹치지 않았다는 건 다시 말해서 상위 반은 직접 대결로 차이를 더 벌리거나 혹은 더 좁히기 위해 강적을 선택했다. 그런 이야기이리라.

이를 통해 짐작할 수 있는 건 A반에서 상대 반 지정을 사카야나기가 했으리라는 사실이다. 카츠라기였다면 이길 가능성이 높은 하위 반, 즉 D반을 지명했겠지.

게다가 카츠라기의 구심력이 떨어졌다는 것도 예측할 수 있다.

여하튼 호리키타의 희망대로 C반을 지명해서 성공했다.

"그나저나 지금부터 시험 시작인데 이케도 야마우치도 표정이 밝구나. 원래 시험 치기 전이면 눈 밑에 다크서클이 내려앉은 너희인데, 무슨 비책이라도 있다는 건가?"

"헤헤헤. 뭐, 지켜봐 주세요, 선생님."

이케와 야마우치는 자신만만한 표정이었는데, 그도 그럴 것이다. 아무도 공부 따위 안 했으니까.

이 시험에서 위험한 포인트는 어중간하게 점수를 받아버

리는 것. 시험 내용은 한없이 낮은 수준이지만, 만약 한 문제도 모르면 최악의 경우 이름만 쓰고 백지로 내도 상관없다. 진지하게 도전하는 쪽이 오히려 위험도가 올라가는 특이한 쪽지시험이다.

차바시라 선생님도 그걸 모르지는 않을 것이다.

"나중에 후회만 하지 않도록 해라. 진지한 자세로 시험에 임하는 게 좋을 거야."

"뭐, 뭐예요. 진지하게 치라니. 성적에 반영 안 된다면서요?"

"물론이지. 성적에는 전혀 반영되지 않아."

"그럼 못 치는 게 더 안전해요."

"네 생각이 맞는다면, 말이지."

불안을 부추기는 듯한 말투에 이케 등 공부 방치조가 순간 입을 꾹 다물었다.

"점수를 잘 받는 게 더 좋나요……?"

스도도 무심코 차분함을 잃었다.

"현혹되지 마. 우리 계획은 틀리지 않았으니까."

당황하는 아이들을 진정시키는 호리키타의 냉정한 한마디. 스도가 곧바로 이성을 되찾았다.

"……맞아. 스즈네만 믿으면 돼."

그 모습을 본 차바시라 선생님도 반의 분위기가 원래대로 돌아왔음을 확인하고 프린트를 손에 들었다.

"자 그럼 쪽지시험을 시작하겠다. 설마 부정행위는 안 하겠지? 설령 시험과 상관없다고 해도 부정행위를 저지르면 가차 없이 페널티가 부과될 거야."

제일 앞자리 학생에게 프린트를 나눠주고 뒤로 돌리게 했다.

시험이 시작될 때까지 뒤집어놓으라고 해서, 모두 프린트를 받자마자 뒤로 돌렸다.

"걱정은 안 되나? 너희가 생각한 팀 선정 방법이 정말 맞는지 아닌지."

"걱정 안 해요. 이번만큼은 확신하거든요."

차바시라 선생님의 말에 호리키타가 동요하는 모습은 전혀 찾아볼 수 없었다. 그러니까 이케 무리를 일갈할 수 있었으리라.

리더가 불안해하거나 두려워하면 그것도 전염되기 마련이다.

조짐, 변화. 예전의 그 D반이 아니라 점점 바뀌기 시작하는 학생들.

아직 그 변화는 미비했지만, 매일 얼굴을 맞대는 담임에게는 짙게 전달되지 않았을까.

"시작."

신호와 함께 드디어 쪽지시험이 막을 올렸다.

나는 천천히 프린트를 뒤집었다.

"으앗——."

무심코 목소리가 새어 나오고 말았다. 아마도 놀란 건 나뿐만이 아니리라. 난이도가 낮게 설정되어 있으리라고 예상하긴 했지만, 너무 심하게 낮았던 것이다.

초등학교 고학년이 풀어도 대부분의 문제를 맞힐 수 있는 수준이다. 물론 그중에는 다소 난이도가 높은 문제도 있지만, 당황하지만 않으면 이케 무리도 60점 가까이 받을 수 있다.

달콤한 덫이다. 만약 부주의하게 덤벼들었다면 참사도 일어났을지 모른다. 하지만 그것을 호리키타가 막았으니 D반이 부적절한 결과를 맞이할 일은 없으리라.

2

쪽지시험은 별 탈 없이 종료되었고, 다음 날 4교시에 벌써 답지를 돌려주었다.

지금까지 D반은 어떤 시험이든 단합심이라고는 찾아볼 수 없는 상태로 도전해왔다.

그에 비하면 이번에는 지나치게 훌륭할 정도로 일체감이 형성되어 있었다.

팀 제도와 문제 만들기, 그에 따르는 경쟁 등이 있다고 해도, 이번 특별시험의 규칙이 단순하다는 것 역시 아주 좋은 재료인지도 모른다. 그저 시험 쳐서 좋은 점수를 받으면 되는 것이다.

초등학교에 입학해 고등학생이 될 때까지 9년이 넘도록 거듭해왔던 것.

"내가 나설 일이 없는 것 같아 무엇보다 다행이군."

기쁘게도 속에서 나온 말은 진심이었다.

"그럼 지금부터 기말고사에 대비한 팀 발표를 하겠다."

선생님이 칠판에 쪽지시험 결과를 붙였다.

호리키타 스즈네와 스도 켄, 히라타 요스케와 야마우치 하루키, 쿠시다 키쿄와 이케 칸지, 유키무라 테루히코와 이노가시라 코코로.

거의 계획한 대로 팀이 짜여 있었다. 참고로 나는——.

아야노코지 키요타카…… 사토 마야

"안 좋은 의미로 신들린 결과로군……."

하필이면 왜 이렇게 뽑힌 거야. 그렇게 생각하고 싶어지는 파트너였다.

사토도 내가 팀 상대라는 걸 알아차렸는지 뒤돌아보며 시선을 보냈다. 미소를 지으며 말이다.

일단 손을 살짝 들어 나도 아는 체했다.

"코엔지도 과연 이번에는 우리 의견에 따라준 모양이네."

코엔지의 짝은 오키야였다. 그 결과를 보니 확실히 고득점을 딴 모양이다.

뭐, 저 녀석의 경우는 매번 시험에서 높은 점수를 얻었으니, 평소대로 했을 뿐이라고 할 수 있지만. 결과에는 눈길도 주지 않고 팔짱을 낀 채 히죽히죽 의미 모를 미소를 짓고 있었다.

"결과를 보아하니, 너희 중에 쪽지시험의 의도를 간파한 학생이 있는 모양이구나. 그리고 그 이해를 반 전체가 공유했다는 것도 알겠다."

칠판에 붙은 팀 조합을 훑어보며 차바시라 선생님이 감탄했다.

"최대 점수와 최저 점수의 차이가 제일 큰 학생부터 차례대로 팀을 이룬다. 그리고 점수가 비슷하거나 같을 경우에는 무작위로 선택되게 되어 있지. 이미 설명은 필요 없어 보이지만 그래도 알려주마."

이 점은 놀랄 필요가 없지만, 예상이 맞아떨어져서 일단 안심이라고 할 수 있으리라.

"조합, 누가 봐도 힘들 것 같은 부분은 없는 것 같은데."

"어. 여기까지는 무서울 정도로 순조롭네. 하지만 본격적인 건 이제부터야. 어떻게 문제를 낼 것인지, 어떻게 기말고사를 극복할 것인지. 네 파트너는 사토구나. 무난하네."

딱히 의도한 건 아니었는데, 원래 상위권과 하위권, 그러니까 전략에서 벗어난 점수를 받는 학생이 절반 정도 존재했기 때문에 확률적으로는 충분히 일어날 수 있는 일이었다. 안성맞춤이라고도 할 수 있을까.

사토는 낙제 후보생이었다. 내가 점수를 비교적 높게 받아야 할 필요가 있겠군.

"이제부터 반의 평균을 올리기 위해 기말고사 전까지 스터디를 할 거야. 이번에는 히라타와 쿠시다도 협력해줄 수 있으니까, 1일 2부제로 가려고 해. 학교 수업이 끝난 후 오후 4시부터 오후 6시까지 2시간 동안 공부하는 1부, 동아리 하는 애들을 배려해서 저녁 8시부터 10시까지 하는 2부. 이렇게 돌리기로 정했어. 그럼 잘 부탁해, 히라타."

"난 동아리 조니까, 당연히 2부를 맡게 되었어. 다 함께 힘을 모아서 열심히 하자."

정말 탄탄하군. 가르쳐줄 수 있는 인원이 늘어났기에 펼칠 수 있는 전략이다.

그 후로 호리키타와 히라타가 스터디 방식에 대해 두세 번 정도 의견을 조율해서 세부 사항을 결정했다.

1부의 감독 역할은 호리키타. 2부의 감독 역할은 히라타가 맡았다. 스터디 전체를 든든하게 받쳐주면서, 점수가 몹시 불안한 하위 멤버 지도를 철저히 하기로 했다. 한편 쿠시다는 1부와 2부 양쪽에 출석하면서, 점수가 50점 전후여서 불안해하는 학생들을 지도하는 특별 역할을 맡겠다고 자처하고 나섰다. 중간층에는 오노데라와 이치하시 등 여자애가 많았다.

그런데 문제점이 전혀 없는 것은 아니었다.

배워야 할 학생 수는 1학기 때보다 훨씬 많은 반면 가르치는 인원은 현재까지 3명.

당연히 인원에 차이가 나면 날수록 공부 효율이 떨어지고 만다.

점심 휴식시간이 되자마자 호리키타 쪽으로 히라타와 스도 일행이 모여들었다.

"젠장, 스즈네가 2부 아니야? 영 의욕이 안 나는데."

동아리 때문에 1부에 출석할 수 없는 스도는 이번에 호리키타의 지도를 받을 수 없었다.

호리키타가 유일한 동기부여이기도 한 만큼 받아들이기 싫은 것 같았다. 평소 같으면 여기서 안 좋은 버릇이 나왔을 것이다.

"누가 가르쳐주든 의욕적으로 공부하지 않으면 곤란해. 알겠니?"

"……알았어. 팀이니까, 내가 열심히 안 하면 안 되잖아."

덩치 크고 사나운 야생마 같은 스도를 멋지게 컨트롤하고 있군. 장하다.

"네 노력이 내 평가에도 반영돼. 그 점을 이해한다면 됐어. 그리고 밤 스터디 조에도 최대한 얼굴 내밀도록 할 테니까, 열심히 해."

마지막 매듭을 짓듯 호리키타가 스도를 살짝 다독여 주었다.

"오예. 갑자기 의욕이 마구 샘솟는다. 잘 부탁한다, 히라타."

"나야말로. 함께 열심히 해보자, 스도."

호리키타와 한 팀이 됨으로써, 스도는 이미 기합이 충분히 들어간 듯하다.

하지만 여기까지 오니 예상하지 못한 문제도 발생했다.

"……좀 상의하고 싶은 게 있는데."

호리키타를 찾은 것은 나와 거의 대화를 나눠본 적 없는 학생이었다.

난감하다는, 한편으로는 미안하다는 표정으로 말을 걸어왔다.

"미야케? 무슨 일인데?"

같은 D반인 미야케 아키토. 그리고 남자들 사이에서 미인이라고 소문난 하세베였다.

이 두 사람은 평소에 조용한 편으로 누구와 어울리는 모습을 거의 보지 못했다. 의외로 찾아온 의외의 조합이었다.

"두 사람은 그러니까—— 이번 기말고사에서 한 팀이지?"

공통점을 찾아낸 히라타가 묻자 미야케가 자초지종을 털어놓기 시작했다.

"시험에서 우리 둘이 한 팀이 되었는데 말이야, 둘 다 잘 치는 과목이랑 못 치는 과목이 겹쳐. 그래서 좀 난감해서 조언을 받고 싶어서."

그렇게 말하고 쪽지시험과 중간고사 결과를 히라타에게 내밀었다.

팀을 결정하는 쪽지시험에서 두 사람의 평균은 대조적으로 미야케가 79점, 하세베가 1점으로 애초 계획했던 대로 점수 차이가 벌어져 있었다. 호리키타가 목표로 했던 성적 상위자와 하위자가 한 팀으로 잘 꾸려진 것처럼 보였다. 하지만 여기에 오산이 있었다. 두 사람의 중간고사 평균점은 미야케가 65점, 하세베가 63점. 학력에 차이가 거의 없었다. 반에서 딱 중간 정도의 위치인데, 상위와 하위로 갈렸다. 언뜻 보면 둘 다 고만고만한 수준이라서 점수를 잘 받을 것 같지만, 거기에 맹점이 있다.

두 사람이 문제를 틀리는 경향이 너무 유사했던 것이다. 즉 약한 부분이 거의 일치한다는 사실이다. 기말고사에서는 한 과목당 반드시 60점을 받아야 한다. 위험한 다리를 건너게 될 것 같다.

"그렇구나, 그건 예상하지 못했던 건데. 다른 팀 확인도 나중에 해둬야겠어."

"미안해, 히라타. 한 번만 더 부탁할게. 크루즈 때도 그렇고 체육대회 때도 그렇고, 귀찮게만 하네."

"사과 안 해도 돼. 힘들 때는 원래 서로 돕는 거잖아."

그러고 보니 그렇군. 미야케는 체육대회 때 마지막 릴레이를 앞두고 다리가 아파서 기권했었지. 지금은 완전히 나았는지 움직이는 데 문제가 없어 보였다.

갑자기 그게 떠올랐지만 자세한 건 나는 모른다.

미야케와 하세베, 두 사람의 답안지는 정답과 오답이 거의 일치하다시피 했다.

둘 다 같은 사람이 푼 것처럼 경향이 비슷했던 것이다.

점수로 어느 정도 학력 조정은 가능해도 모든 학생을 완벽하게 팀을 나누게 만들 수는 없다. 변칙적인 팀이 생겨나는 건 어쩔 수 없으리라.

"하지만 큰일이네. 공부 범위와 방식을 복잡하게 하고 싶지는 않은데……."

시험 내용을 보니 두 사람 다 결코 머리가 나쁘지는 않았다. 잘하는 분야와 못하는 분야가 지나치게 뚜렷한 것이 문제였다. 전체적으로 공부를 못하는 스도 무리와는 조금 다른 이색적인 조.

이렇게 되면 가르치는 쪽이 점점 더 부족해진다.

원래는 맨투맨으로 공부를 가르치고 싶을 정도였는데.

"쿠시다. 너한테 추가로 부탁 좀 할 수 없을까? 인원이 상당히 늘어났고, 공부에 개성이 너무 뚜렷한 두 사람이지만. 총점은 낮지 않을 텐데."

"응. 난 얼마든지 좋아. 미야케와 하세베만 좋다고 하면."

쿠시다가 두 사람의 의견을 물었다. 미야케는 긍정도 부정도 하지 않았지만, 하세베는 달랐다.

"난 패스할래. 이치하시 쪽 애들이랑은 별로 안 맞아서."

그렇게 대꾸하며 거부했다. 다행히 이치하시 일행이 교실에 남아 있지 않아서 그 말을 듣지는 못했다.

"그리고 단체로 스터디 하는 것도 나랑 안 어울리고."

아무래도 히라타에게 부탁하려고 한 건 미야케의 의견인 모양이었다.

처음부터 하세베는 한 발 뒤로 물러난 태도였는데, 역시 미야케의 의견에 찬성하지 않았나 보다.

"하지만 두 사람이 못하는 분야가 너무 겹쳐. 이대로 기말고사를 쳤다가는 총점은 통과할지 몰라도, 각 과목에 필요한 최소 60점에 못 미칠 가능성도 있어."

"그건 그렇지만."

하세베는 살짝 불만스러운 듯, 호리키타의 시선을 피했다. 그리고 뒤돌아 걷기 시작했다.

"어디 가는 거야."

"미얏치. 미안하지만 역시 난 안 내켜."

그렇게 거절한 하세베는 혼자 교실을 빠져나가고 말았다.

"미안하다, 호리키타."

"난 괜찮아. 너만이라도 쿠시다 조에 들어가는 게 어때?"

가장 못하는 과목에서 미야케가 성적을 올리면 만회할 수 있으리라.

"……나도 그냥 패스할게. 여자들만 우글거리는 데서 공부가 될 것 같지 않아. 혼자 해볼게."

그렇게 말하며 미야케도 물러났다. 그리고 자기 자리에 있는 가방을 들었다. 호리키타라고 해서 다른 사람을 강제할 수는 없다. 자기 의지로 스터디에 참가하지 않으면 성과를 거의 기대할 수 없고, 진지하게 임하는 다른 애들의 사기마저 떨어뜨리기 쉽다.

"어쩌지. 할 수만 있다면 저 두 사람을 도와주는 게 좋지 않을까?"

"그러게…… 달리 가르쳐줄 수 있는 사람이 있으면 좋겠는데."

호리키타가 나를 힐끔 쳐다봐서, 나는 눈빛으로 단호히 거절했다. 가르쳐줄 기량이 있는지 없는지는 별개로 미야케, 하세베와 소통이 될 거라는 생각도 들지 않는다.

그 시점에서 나라는 존재는 제외될 것이다.

"내가 시간을 만들 수 있을지 한 번 조정해볼게."

고민 끝에 자신이 나설 수밖에 없다고 판단한 호리키타가 이야기를 매듭지으려고 했다.

"그건 반대야. 앞으로 치를 장기전을 생각하면 틀림없이 너무 많은 일을 맡는 거라고. 결과적으로 학습 효율이 떨어 질지도 몰라. 호리키타는 C반이 풀 문제도 내야 하니까."

"하지만 다른 방법이 없으면 별수 없잖아?"

그것 이외에 방법이 없다고 판단했기 때문에 나온 호리키타의 강행 발언.

히라타는 그만두라고 충고는 할 수 있어도, 그걸 말릴 수단은 없었다.

호리키타가 미야케와 하세베의 공부를 봐주는 것. 그런 흐름으로 결정될 것 같은 순간이었다.

"그럼 내가 할게."

회의에 참여하지 않았던 한 학생이 다가와 말했다.

유키무라였다.

"유키무라, 네가 도와준다면 대환영이지. 공부에 몰입하는 방법도, 그에 걸맞은 학력도 가지고 있고. 하지만 괜찮겠 어? 이렇게 공모하는 걸 별로 안 좋아하는 줄 알았는데."

"적어도 협력도 안 하고 이번 시험을 완벽하게 극복할 수는 없으니까. 호리키타도 그렇게 생각하잖아. 그러니까 혼자 모든 걸 떠맡으려고 했지."

체육대회 때까지와는 달리 변화한 호리키타를 지켜봤기 때문에 유키무라도 행동해야 한다고 생각한 건지도 모른다.

"다만 한 가지 다른 문제가 있어. 난 공부는 가르쳐줄 수 있지만 미야케, 하세베와 연결고리가 없어. 아까 두 사람을 보니까 만만치 않겠다는 생각도 들고. 두 사람을 설득해서 스터디에 데려오는 방법은 네가 생각해줬으면 좋겠어."

두 사람을 데리고 오는 게 가능하다면 그때 맡겠다는 조건이었다.

물론 그 조건은 틀리지 않았다. 고마운 조력자의 등장에 호리키타가 기뻐했다.

주인공이 적군의 공격에 내몰려 궁지에 빠진 순간 하늘에서 헬리콥터를 타고 도우러 등장한 영화 속 아군 같았다.

"알았어. 두 사람을 불러올 방법은 내가 생각할게."

유키무라는 최소한의 약속만 받은 후 아무 일도 없었다는 듯이 교실에서 사라졌다.

"일단 급한 불을 껐다고 생각해도 되겠지?"

"꼭 그렇다고 볼 수는 없어. 생각해보겠다니, 너도 딱히 없잖아. 그 두 사람과의 연결고리가."

그렇게 꼬집지 않고는 못 배길 것 같아서 호리키타에게 따져 물었다.

"……히라타, 그 애들이 유키무라를 순순히 따를까?"

"글쎄…… 너도 알겠지만 세 사람 모두 각각 혼자 있는 걸 좋아하는 타입이어서. 다만 유키무라의 성격이라든지 사고

방식과 맞을지 어떨지, 그 점이 살짝 불안하기는 해."

그 말을 들은 호리키타는 살짝 고민에 빠진 후 무슨 생각
인지 나를 쳐다보았다.

"아야노코지. 너한테 세 사람의 관리를 맡겨도 되겠니?"

"관리?"

"넌 배에서 유키무라랑 같은 방을 쓰기도 했으니까, 나름
대로 잘 통하지 않을까? 미야케, 하세베와의 절충은 어려울
지도 모르겠지만, 네가 중간에 있어 준다면 우리와도 연락
하기 쉬울 테고."

호리키타가 그런 말을 꺼냈다. 그야, 소거법에 의하면 그
나마 나은 방법이기는 하겠지. 그 세 사람 중에는 호리키타
와 연락을 잘 할 만한 인간이 없으니까.

하지만 그렇다고 왜 내가 발탁되어야 한다는 말인가. 모
처럼 가만히 있어도 될 것 같아 좋아하고 있었는데.

"싫나 보네. 너, 나한테 협력하기로 하지 않았었니? 어디
까지나 관리만 하면 되지 공부를 가르쳐달라고 말하지는 않
았어."

관리만 하면 된다고 하지만, 그 관리라는 게 또 만만치 않
겠지.

"그럼 부탁할게?"

이제는 협박으로 변하기 시작한 호리키타의 압박을 받은
나는 고개를 끄덕이는 것 이외에 할 수 있는 일이 없었다.

지금은 생각을 다시 한번 해보자.

이 요구를 받아들이면 호리키타의 면목이 서니, 내게 모나게 굴지 않으리라.

요컨대 더 이상은 뭔가를 시키지 않을 것이다. 가장 귀찮은 것은 공부를 가르쳐야 한다거나 문제를 만드는 일이니까 말이지.

"할 수 있는 일은 해볼게."

그렇게 대답한 나는 호리키타가 보이지 않는 곳에서 한숨을 푹 내쉬었다.

3

방과 후, 곧바로 행동에 옮기기 위해 준비를 시작했다. 나는 유키무라에게 말을 전한 다음 미야케에게로 향했다. 지금부터 스터디에 들어가기 위해서다. 히라타에게 미리 부탁해서 두 사람의 사전 승낙도 받아놓았다.

"엥? 그런데 하세베는?"

수업이 끝난 직후인데 하세베는 무슨 영문인지 교실에 남아 있지 않았다.

"도망친 건가?"

유키무라가 살짝 화난 듯이 중얼거렸다.

"하세베는 그런 녀석이 아니야. 아마 먼저 가 있는 게 아닐까?"

"어째서 먼저 갈 필요가 있는데?"

"여러 가지 사정이 있겠지."

미야케는 하세베에 대해 잘 아는지 별로 걱정하지 않았다.

우리는 일단 스터디를 할 예정 장소인 팔레트로 향했다.

가던 도중에 카페로 이어진 복도에서 하세베의 모습을 발견했다.

"왜 먼저 간 거야?"

하세베를 보자마자 유키무라가 추궁했다.

"그야 눈에 띄고 싶지 않으니까? 교실에서는 좀."

애매모호한 대답이었다. 그것을 유키무라는 굴욕적으로 받아들인 듯했다.

"그 말은 우리와 대화하는 모습을 누가 보는 게 싫어서?"

"그런 게 아니라. 나한테도 여러 사정이 있거든."

"너무 신경 쓰지 마, 유키무라. 하세베는 항상 이런 느낌이니까."

"여기서 서서 말하다가는 빈자리가 없어질 것 같으니 우선 이동하지 않을래?"

화내고 싶은 유키무라의 마음도 이해하지만 일단 재촉했다.

실제로 방과 후를 맞이한 팔레트에 학생들이 속속 모여들고 있었다.

"그렇군…… 자리가 다 차면 성가셔지지. 가자."

금세 안정을 되찾은 유키무라가 앞장섰다.

"너도 조금은 말조심 좀 해."

"그렇게 거슬리는 말투였나? 반성할게."

아무래도 하세베 역시 악의가 있지는 않은 모양이었다.

우여곡절 끝에 네 사람이 앉을 수 있는 자리를 확보하는 데 성공한 우리는 다시 원래 화제를 꺼냈다.

"음, 일단 잘 부탁해."

내 옆에 앉은 유키무라, 정면에 앉은 하세베. 그리고 하세베의 옆에 앉은 미야케.

어디서 어떻게 넘어지면 이런 모임이 생기는 건지 모르겠지만, 아무튼 위화감으로 가득한 사인조가 결성되었다.

"일단 질문 있으면 먼저 받고 싶은데."

내가 그렇게 묻자마자 홍일점인 하세베가 손을 들고 말했다.

"아야노코지도 말할 줄 아는구나?"

"……갑자기 한다는 질문이 그거야?"

하세베가 살짝 흥미롭다는 듯 나를 올려보았다. 서서 말하는 내가 신기한 모양이다.

"뭐랄까, 전혀 그런 인상이 아니었거든. 학교를 빠져도 티 안 나는 애 같은?"

평소에 하세베와 대화를 나눈 적이 없으니까…… 그런 인상을 받아도 어쩔 수 없다. 그런 코멘트에 미야케가 체육대회를 화제에 올렸다.

"하지만 저번 릴레이는 정말 대단했어. 그거 하나로 아야노코지가 단번에 주목을 받게 됐지."

"그런 것 같네. 하지만 그때 난 화장실에 가서 아야노코지가 활약하는 모습을 못 봤거든. 그래서 신기해. 전 학생회장이랑 경쟁했다면서? 체육대회가 끝난 직후에는 그 이야기로 떠들썩했었지."

"중학교 때 육상부였어? 아야노코지. 네가 뛰는 모습을 보고 육상부 같은 데서 스카우트 제의 왔지?"

"아, 뭐 권유를 좀 받긴 했는데. 거절했어."

결국 그런 것은 일시적이어서 열기가 계속 이어지지 않는다. 육상부 부원들도 더는 나를 화젯거리로 삼지 않으리라. 달리기가 아무리 빨라도 동아리 활동에 흥미가 없으면 아무의미 없는 것이다.

"동아리 활동도 솔직히 해본 적이 없어서, 어떻게 하는 건지도 모르고."

"그렇구나. 아깝네."

내 화제가 이어지는 가운데 유키무라는 한마디도 하지 않고 계속 대화를 듣기만 했다. 하세베는 그런 모습을 별로 신경 쓰지 않고 미야케에게로 화제를 옮겼다.

"미야치는 궁도부라고 했지? 매일 매일 궁 쏘는 거 재미있어?"

"재미없으면 안 하지. 참고로 쏘는 건 궁이 아니라 화살이야."

그야 그렇지.

"난 동아리에 흥미가 없어서. 매일 즐겁게 지낼 수 있으면 그걸로 만족해."

두 사람 다 지금까지 받은 인상과는 다르군. 생각보다 말을 잘한다.

"그런데 미얏치, 오늘 동아리는 어쩌고?"

"빠졌지."

"시원시원하구나."

"우선해야 할 게 있을 때는 그렇게 해. 딱히 페널티도 없는 느슨한 동아리라서."

"잠깐만. 스터디를 시작하기 전에 말해두고 싶은 게 있는데."

묵묵히 이야기를 듣고 있던 유키무라가 차분하게 입을 열었다. 그 시선이 포착한 것은 미야케도 하세베도 아닌 바로 나였다.

"체육대회 때처럼 뭔가 숨기는 게 있으면 안 돼, 아야노코지."

"뭐? 그게 무슨?"

"공부 말이야. 호리키타의 말로는 너 공부 꽤 한다던데."

"……그 녀석."

내가 모르는 곳에서 유키무라에게 쓸데없이 입김을 불어넣은 모양이다.

"뭐 암기는 비교적 잘하는 편이야. 집중적으로 암기하면 어느 정도 점수를 받을 수 있다고 생각해."

이 정도로 말해놓지 않으면 유키무라의 신뢰를 얻기 힘들 테니까 말이지.

"할 수 있는데 안 하는 타입인가?"

"유키무라한테는 상대가 안 되지. 너무 과도한 기대는 하지 말아줘. 가르치는 것도 잘 못하니까."

"알았어. 너도 1점이라도 더 많이 받을 수 있도록 진지하게 해줘. 내가 가르치는 만큼 반드시 중간고사보다 훨씬 높은 점수를 받아야 해."

그럼 바로 시작하자는 듯이 유키무라가 계속해서 말했다.

"내가 말한 대로 1학기와 지난 중간고사 시험지는 가져왔어?"

"일단은."

하세베가 대답했고, 미야케도 고개를 끄덕였다. 그리고 가방에서 프린트를 꺼내 유키무라에게 건넸다.

나는 프린트를 곁눈질하면서 그 내용을 확인했다. 그리고 나온 결론.

"두 사람 모두 전형적인 이과구나. 문과 쪽 과목은 거의 다 엉망이야."

둘 다 수학 점수는 70점 정도로 비교적 점수가 높았지만, 국어와 세계사 등은 약 40점. 이렇다면 두 사람이 걱정하는 것도 수긍이 간다.

"둘이 친해 보이지는 않는데 잘하는 과목과 못하는 과목이 겹친다는 걸 잘도 알았네."

"전에 도서실에서 공부했을 때 하세베가 말을 걸었거든. 그런 흐름으로."

"나도 미야치도 비교적 고독을 즐기는 편이니까. 반에 잘 어울리지 못하지."

반과 거리감을 유지하는 두 사람은 특정 그룹에 소속되어 있지 않았다. 그것도 반에 녹아들지 못한 주요 원인인가.

"그런 의미에서는 나도 마찬가지야. 기본적으로 지금 존재하는 그룹에 위화감을 느껴."

"그럼 어째서 이번에 그룹을 만드는 데 찬성한 거야?"

"딱히 그룹이라고 할 정도가 아니잖아. 단순한 스터디지. 게다가 소수면 조용할 테니 내가 공부하는 데 방해도 안 되고. 그럼 지금부터 공부 방법을 생각해볼게. 미안하지만 나한테 시간 좀 줘."

"알았어. 적당히 차라도 마시면서 기다리면 되겠지?"

그 즉시 휴대폰을 꺼내 만지작거리는 하세베. 지금 같은 시대에 휴대폰만 있으면 시간 때우는 것쯤이야 간단하니까 말이지. 나도 적당히 휴대폰을 가지고 놀까, 어쩔까.

나는 문득 시선을 느끼고 아무렇지 않게 그 방향으로 눈길을 던졌다.

몇몇 남학생이 우리의 모습을 살피며 어딘가에 전화를 걸고 있었다.

낯익은 학생 셋. 모두 C반이다. 중심에 있는 이시자키만 이름을 알았다.

귀찮은 일에 휘말리지 않으면 좋겠는데——.

하지만 이시자키 일행은 우리와 얽히지 않고 이따금 시선을 보내면서도 팔레트의 계산대 옆에 놓인 쇼케이스 앞까지 걸음을 옮겼다. 거기에는 음료와 함께 먹거나 테이크아웃할 수 있는 케이크가 진열되어 있었다. 특히 딸기 쇼트케이크와 몽블랑이 인기인 모양이었는데, 자세한 건 나도 잘 모른다. 구입하리라고 판단한 점원이 주문할 건지 물어보았지만, 왠지 난항을 겪고 있는 듯했다. 쇼케이스 안으로 손을 뻗는 기색 없이, 점점 곤란하다는 듯 한편으로는 죄송하다는 듯 표정이 바뀌었다.

"어떻게 좀 안 되냐고!"

참다못한 이시자키가 외치자, 소란스러웠던 카페 안의 볼륨이 순간 확 줄었다.

"그렇게 말씀하셔도—— 그런 특별주문 케이크는 일주일 정도 전에 말씀해주시지 않으면 대응하기가 힘든—— 도저히 당일은 힘듭니다."

그런 목소리가 들려옴과 동시에, 팔레트 안은 다시 아무 일도 없었다는 듯 시끌벅적해졌다.

"저게 뭐야."

하세베가 펜을 돌리며 이시자키 무리를 살짝 기분 나쁘게 쳐다보았다.

"글쎄. 우리랑은 상관없는 일이야."

유키무라는 관심을 보이지 않고 두 사람의 중간고사 시험지를 보며 뭔가를 써내려갔다. 약한 부분이 어디이고, 어떻게 대책을 세워야 좋을지 짜는 건가.

"케이크인가······."

이시자키 무리의 대화에 흥미가 있는 건 아니지만, 그러고 보니 내일이 내 생일이었지.

솔직히 일반 사람들이 가지고 있는 생일의 이미지는 내게 전혀 없다. 그저 한 살 더 먹었다는 것밖에는.

그렇다고 아예 아무것도 모르는 건 아니다. 생일은 가족과 연인, 친구에게 축하받는 날이라는 건 나도 잘 알고 있다. 그때 느끼는 감정을 모를 뿐이다.

"왜 그래? 아야노코지."

"아무것도 아니야."

내일은 10월 20일.

이 학교에는 수많은 학생, 종업원, 교사 등이 있다.

생일이 같은 사람이 한둘쯤 있어도 결코 이상하지 않지.

나와 다른 점은 축하받는 존재인가 아닌가라는 것뿐이다.

내년 생일은 누구 한 사람이라도 알아주려나.

4

"나 커피 리필 좀 해 올게."

"나도."

팔레트에서 유키무라가 두 사람의 시험 결과를 확인하기 시작한 지 30분 남짓 지났다. 아직 유키무라는 얼굴을 들 기미를 보이지 않았는데, 확인하고 방침을 정하는 데 시간이 걸리는 듯했다.

하세베와 미야케가 빈 컵을 들고 카운터로 향했다. 팔레트는 당일에 한해 영수증을 지참하면 두 번째 잔을 반값에 마실 수 있는 구조였다. 싸고 맛있는 데다가 양까지 넉넉한 커피를 마실 수 있어서 하루하루 1학년들 사이에 인기가 높아져갔다. 하세베와 미야케 두 사람은 이미 석 잔째 마시려고 하는 중이었는데, 가르치는 쪽인 유키무라는 아직도 처음 시킨 커피가 절반이나 남아 있었다. 진지한 눈빛으로 교과서와 노트, 그리고 시험지를 차례대로 훑어본 후 어떻게 공부를 시켜야 좋을지 고민하는 모습이었다.

"힘들어 보이네."

"누군가에게 공부를 가르쳐주는 걸 거의 해본 적 없어서. 중학교 때 멍청한 반 애한테 벼락치기로 공부를 가르쳐 준 적 있는데, 정말 못 견디겠더라. 애초에 그 녀석은 공부의 기본도 안 되어 있어서 뭔가에 집중을 못 했거든."

그때의 일을 다시 떠올리는지 유키무라가 펜을 내려놓고 천장을 쳐다보았다.

"난 그때 버린 시간을 지금도 잊지 못해. 다른 사람에게 공부를 가르쳐주는 건 정말 바보 같은 짓이라고 생각했어. 1학기에 호리키타와 네가 낙제조를 모아 스터디를 했을 때도 솔직히 속으로 비웃었어. 히라타 쪽 스터디도 그랬고. 괜한 짓을 한다면서. 공부를 못하는 녀석은 애초에 공부를 싫어하는 녀석이 대부분이야. 하루 이틀 바짝 공부해서 시험에서 낙제를 면하고, 그걸로 자기가 공부했다고 생각하지. 그런 공부는 몸에 익힐 것도 없는 쓸데없는 짓인데."

독을 토한다기보다 유키무라는 그저 자신의 순수한 진심을 말하는 것 같았다.

"그럼 이번에는 왜 가르쳐주기로 했는데?"

게다가 이번 시험은, 유키무라가 예전에 가르쳐본 적 있다는 벼락치기 공부와는 비교도 안 될 만큼 내용 면에서 힘들다. 철저하게 공부하지 않으면 극복할 수 없는, 높은 난이도가 예상되는 시험이다. 유키무라가 짊어져야 할 짐이 결코 가볍지 않다. 만일 하세베와 미야케 팀이 퇴학이라도 당한다면 유키무라 역시 무거운 책임을 느낄 것이다. 두 사람의 자기 책임이라는 사실을 넘어서 더 잘 가르쳐줬어야 했는데 하고 후회하겠지. 유키무라는 그런 인간이다.

"체육대회에서 난 아무런 도움도 되지 않았어. 그동안 필요 없다고 단칼에 베어버린 것들이 내 약점이 되어버렸지. 베어버린 게 운동인가 공부인가, 그 차이밖에 없는데."

공부를 못하는 이케와 야마우치, 스도. 운동을 못하는 유키무라. 비록 장르는 달라도 이 학교에서는 동급으로 판단했기에 지금이 있는 것이겠지.

"이 학교에서는 공부만 잘해서는 안 돼. 운동만 잘해서도 안 되고. 또 둘 다 겸비하고 있어도 아직 부족해. 호리키타와 히라타처럼 공부고 운동이고 다 잘하는 애들도 분명 그것만으로는 극복할 수 없을 거야. 감, 번뜩이는 영감, 센스. 아무튼 인간사회에서 반드시 필요한 것을 점점 요구하겠지. 그럼 더는 개인으로는 버티기 힘들어. 필요한 건 그 모든 것을 갖춘 팀. 단결. 그것밖에 없잖아."

이 학교에 입학해서 여기까지 오면서 유키무라는 온갖 쓴맛을 다 봤으리라.

"그래서 협력하기로 했어. 나는 내가 할 수 있는 일로 반에 공헌하겠다고."

그게 바로 자기가 자신 있는 분야인 공부라는 것이다.

"공부만 잘하면 된다는 생각은 나만의 착각에 불과했다는 걸 깨달은 것도 이유야. 이기적인 어머니를 떠올리면서 알게 되었어. 그래서 나를 다시 볼 수 있었어…… 아, 방금 한 말은 쓸데없었네. 잊어주라."

순간 정신이 든 유키무라가 그렇게 이야기를 중단하고 천장에서 시선을 뗐다.

"아마 이케 쪽 애들을 맡았다면 난 더 고생했을 거야. 미야케와 하세베는 공부 태도가 진지해서 맡기 수월해. 게다가 이과를 잘하는 만큼 이해력도 나쁘지 않아. 어디까지 가능할지는 모르겠지만, 적어도 성적이 아주 많이 향상될 거라고 생각해."

긍정적…… 아니, 두 사람을 접하고 받은 느낌이라고 봐야 할까. 옆에서 봐도 확실히 미야케와 하세베는 공부 자세가 나쁘지 않았다. 착안점과 이해력도 그럭저럭 괜찮았다. 그러니 유키무라 역시 그에 응하듯 진지해졌으리라.

"나 화장실 좀 다녀올게."

하세베 일행은 아직 돌아오지 않았다.

공부 시작까지 시간이 조금 남아 있는 것 같아서, 나는 일단 자리에서 일어났다. 아까부터 느낀 시선이 이시자키 무리뿐 아니라, 더 있는 것 같았기 때문이다.

그쪽을 똑바로 볼 수는 없었지만, 어떤 인물이 보내는 은밀한 시선이 있었다. 유키무라는 자리에서 일어나는 나를 쳐다보지 않았기 때문에, 나는 그대로 옆 테이블로 이동했다. 녀석은 내게 들킨 줄 모르는지, 기색을 죽이려는 듯 등을 움츠렸다.

　"계속 혼자서 뭐하는 거야, 사쿠라."

　"으헥?!"

　등이 움찔하더니 슬금슬금 나를 올려다보는 사쿠라.

　"우, 우, 우연이네, 아야노코지."

　"그래? 우연이야?"

　"우연, 이야."

　"이따금 뒤돌아서 나를 똑바로 쳐다본다고 생각했는데."

　"그건── 그러니까…… 미안해……."

　사쿠라는 계속 거짓말할 자신이 처음부터 없었는지 곧바로 자백했다.

　"나한테 뭐 할 말이 있어서도 아닌 것 같고."

　그런 거라면 여기 올 필요 없이, 긴급한 일이면 전화나 문자를 보냈을 것이다

　다른 애들한테 볼일이 있어서, 라는 유형도 아닌 것을 보면──.

　"너도 스터디에 들어오고 싶어?"

　"어, 어어, 어어어떻게?!"

　"뭐, 말하자면 단순한 이유인데, 가방 안에 노트랑 필기

구가 얼핏 보여서.”

일일이 노트를 가지고 돌아갈 필요가 없는데 가방에 들어 있다는 건 요컨대 그런 뜻이다.

혼자 공부하는 학생도 많이 있지만, 사쿠라는 이렇게 사람 많은 곳을 절대 선택하지 않는다.

“아우아우……..”

아차 하고 가방을 닫았지만, 이미 늦었다. 그 태도 자체가 예스라고 말하는 것이나 다름없었다.

“우리 스터디여도 괜찮으면 들어올래? 내가 말해줄게.”

“하, 하지만 나…… 다른 사람들이랑 거의 말해본 적도 없어서…….”

사쿠라가 우리 테이블에 다가오지 않고 있었던 것은 사람을 대하는 데 어려움을 느끼기 때문이다. 말하지 않아도 안다.

“그래도 나름대로 뭔가 생각이 있어서 여기까지 온 거잖아? 지금까지의 사쿠라였다면 이 팔레트에 와서 기회를 엿보는 것조차 못했을 거야.”

크고 작은 여러 그룹이 혼재한 장소에서 혼자 계속 고개를 푹 숙이고 있는 것은 쉬운 일이 아니다. 몇 번이나 도망치려고, 돌아가려고 했을 것이다.

그런데도 지금, 아직 여기에 남아 있다는 게 사쿠라의 심리 상태를 보여주고 있었다.

“어떻게 할지는 사쿠라가 정해. 내가 있으니까 괜찮다, 안 괜찮다를 기준으로 삼지는 않는 게 좋아. 유키무라, 하세베,

미야케가 어떻게 느낄지, 어떻게 생각할지를 상상해봐."

그 말에 사쿠라는 낙담했을지도 모른다.

어째서 자신을 받아들이는 태도를 보이지 않느냐고 원망할지도 모른다.

하지만 그렇게 기다리는 자세는 좋을 때와 나쁠 때가 있다.

사쿠라의 성장을 생각한다면 이번에는 거리를 두고 지켜보는 것이 최선책이다.

물론 이 생각에는 어느 정도 근거도 있다.

아직 접한 지 얼마 되지는 않지만, 유키무라를 비롯한 이 스터디 멤버들은 다른 아이들에 비해 대하기가 수월한 것 같았기 때문이다. 내가 실제로 그렇게 느끼고 있다. 사쿠라도 비슷한 감각을 느낄 것이 틀림없다.

"어떻게 할지는 네가 천천히 생각해봐. 우리는 앞으로 1시간 더 여기 남아서 공부할 거니까."

조금 차가워 보이지만 그 말만을 남기고 사쿠라에게서 멀어졌다. 너무 오래 사쿠라의 옆에 있으면, 아무리 사람 통행이 많은 카페라고 해도 하세베 일행이 금세 눈치채게 될 것이다.

나는 자연스럽게 자리로 돌아왔다. 유키무라는 내 쪽을 힐끔 쳐다봤을 뿐 특별히 뭐라고 말하지는 않았다.

그리고 2분 정도 기다리자 목소리가 들렸다.

"많이 기다렸지. 확인은 다 끝났어?"

"아직 좀 남았어."

유키무라가 작업 속도를 올렸다.

"아, 그러고 보니 아야노코지. 좀 물어보고 싶은 게 있는데."

"하지 마, 하세베."

뭔가를 질문하려는 하세베를 미야케가 말렸다.

"뭐 어때? 물어본다고 뭐 닳는 것도 아니고."

"그런 문제가 아니잖아. 때와 장소를 가리란 말이야."

"지금은 방과 후고, 여기는 학교 병설 카페고. 말을 꺼내기에 절호의 포인트 아니야?"

물러나려고 하지 않는 하세베의 태도에 미야케는 어떻게 돼도 자기는 모른다는 식으로 고개를 절레절레 흔들었다.

도대체 나에게 뭘 물어보고 싶다는 건가.

"아야노코지는 혹시 호리키타랑 사귀는 사이야?"

"아닌데."

"바로 대답하네? 뭔가 상당히 익숙한 모범 답안 같달까, 오히려 더 수상한데?"

"물어보는 애들이 하도 많아서. 호리키타랑 늘 같이 다니는 것도 아닌데."

"그럴지도 모르겠지만. 원래 연애한다는 소문은 절반이 진실이고 절반이 거짓말이라잖아?"

하세베처럼 혼자 있기를 좋아하는 여자애도 연애담에는 강한 흥미를 느끼나 보다.

여기서 센스 있는 남자라면 그런 하세베에게 남자 친구가 있는지 확인하는 것도 잊지 않겠지.

물론 내가 그런 걸 할 리는 없어서(가능할 리도 없고) 이야기가 그대로 넘어갔다.

"다 됐다——."

돌연 유키무라가 고개를 확 쳐들었다. 모든 확인이 끝난 모양이다.

"두 사람이 약한 부분이 뭔지 대충 파악했어. 자세한 건 지금부터 좁혀나갔으면 좋겠다."

그렇게 말하고 이것저것 메모한 노트를 미야케 쪽으로 돌렸다.

"문과 계열 문제를 몇 문제 만들어 봤어. 하세베도 풀어야 하니까 여기에 답을 바로 쓰지 말고 네 노트에 써줘. 제한 시간은 10분. 총 10문제야."

즉흥적으로 낸 문제에 미야케는 아무 불만 없이 자기 노트를 꺼냈다. 자신이 배우는 입장이라는 걸 제대로 인식하고 있기에 순순히 따르는 것이리라. 미야케가 10분 동안 분투한 후에는 바통터치 하듯 하세베가 도전했다. 어려워하는 경향을 조금 더 자세히 알기 위한 문제인가.

그렇게 총 20분간의 시험이 끝나자 유키무라는 곧바로 노트 채점에 들어갔다.

"진짜 너희는……."

모든 채점을 마친 유키무라가 어이없다는 듯 한숨을 푹 내쉬며 두 사람에게 답지를 돌려주었다.

두 사람 모두 동그라미가 3개. 가위표가 6개. 그리고 세모가 하나였다.

진짜 시험이면 동점인데, 놀랍게도 정답과 오답까지 모두 같았다.

"잘하는 과목이 비슷할 뿐 아니라, 외우는 방식과 경향까지 똑같아."

"대단해. 뭔가 운명 같은 느낌마저 들지 않아? 미얏치."

"응, 안 들어."

"아, 그래? 분위기를 못 맞추네. 그나저나 이거, 위기 아니야?"

그제야 제정신이 들었는지 초조해하는 하세베였는데, 그건 오히려 반대다.

"이 경우는 긍정적인 상황이라고 봐야지. 절반만 노력하면 끝나니까."

거의 완벽하게 똑같은 학력과 경향이라면 유키무라가 말한 것처럼 부담이 상당히 줄어들 것이다.

가르치는 인원수를 실질적으로 1명으로 줄일 수 있다.

물론 한없이 비슷할 뿐 섬세한 차이야 분명 있겠지만, 그 부분을 잘 보완해주는 형태로 가면 생각보다 더 순조롭게 진행되지 않을까.

"낙승이라는 느낌?"

"그건 앞으로 어떻게 노력하느냐에 달렸지. 난이도가 낮은 순으로 문제를 만들었지만, 역시 불안함이 남는 정답률이야. 정기적으로 이런 자리…… 그러니까 공부할 기회를 만들 필요가 있다고 나는 생각해. 기말고사 당일부터 역으로 헤아려서 7, 8번 정도는 이렇게 모였으면 좋겠어. 단기적으로 집중하는 것보다 시간을 두고 공부하는 게 이상적이야. 그 부분에서 세 사람은 괜찮아? 미야케는 동아리 문제도 있잖아."

"기말시험이 다가오면 동아리도 쉬겠지만, 시간은 상의하게 해줘."

당연한 요청에 유키무라가 고개를 끄덕였다. 남은 건 하세베 쪽인데——.

"아, 대답하기 전에 한 가지만 물어볼게. 스터디는 평소대로 공부하는 느낌이야? 나 공부는 좋아하지 않지만 혼자서 예습이랑 복습 정도는 할 수 있거든. 이렇게 그룹으로 공부하는 것에 무슨 장점이 있지? 물론 공부 잘하는 사람한테 부족한 부분을 배우는 게 효율적이라는 건 잘 알지만. 미얏치가 부탁해서 따라오긴 했는데 좀 반신반의하고 있어."

"내가 가르치는 방식이 불안하다는 이유만 있는 것 같지는 않네."

의미심장한 하세베의 말투를 알아차린 유키무라가 방침을 설명했다.

"평범하게 스터디를 할 생각은 없어. 그 이유는 원래 학교 측이 만들어야 할 시험 문제를, 이번에는 다른 반이 내게 되어 있으니까. 보통 학교에서 내는 문제라고 하면 대학 진학에 대비한 문제거나, 기본을 다잡는 데 특화되어 있어서 시

175

험공부가 쉬운 게 특징이야. 당연하다면 당연한 말이지만. 그래서 솔직히 학생이 문제를 만드는 부분에 관해서는 미지수야. 경향과 대책을 세우기 어려워. 그러니까 이것저것 고려한 공부가 필수야."

유키무라의 설명에 납득하는 미야케.

"그렇지. C반 따위 분명히 베베 꼰 문제를 낼 게 뻔해."

"응. 하지만 그렇다고 경향과 대책을 전혀 세울 수 없는 건 아니야. C반이 문제를 만든다고 생각하면 일단 예상이 불가능할지도 모르지만, 개인으로 특정할 수 있다면 어때? 내 예상으로 문제를 만들 사람은 『카네다』라고 생각해."

별로 들어본 적 없는 이름인데, 그렇다고 완전히 낯설지도 않은 이름이었다.

"그 기분 나쁘게 생긴 안경잡이 녀석 말이지?"

"말투가 듣기 좀 그런데, 아마 맞을 거야. C반에서는 그 녀석이 공부를 제일 잘하거든."

유키무라의 정보가 틀림없다면 당연히 공부를 잘하는 학생이 문제를 낼 거라고 생각하는 것이 타당하다.

"하지만 문제를 꼬아 만든다고 하면 류엔이나 이시자키가 낼 수도 있지 않아?"

"그렇지는 않을 거야. 문제를 꼬아 내는 것도 실력이 없으면 안 되니까. 두 사람이 약한 문과 계열로 상상해봐. 간단히 풀 수 없는 함정 문제가 떠올라?"

"……아니, 전혀. 함정 문제는커녕 그냥 문제도 안 떠올라."

"나도 마찬가지야. 사회라든가 어떤 문제가 시험에 나오더라?"

"바로 그거야. 기껏 떠올려봐야 뻔하디뻔한 문제만 머리를 스치고 지나갈 뿐이지, 어려운 문제나 함정 문제 같은 건 만들려고 생각해도 쉽게 떠오르지 않는 법이야. 가령 교과서를 적당히 보고 어려운 허점을 노리려고 해도 그건 문제로 성립하지 않는다며 학교 측이 튕겨내겠지."

좋은 지적이었다. 다만, 확신을 갖기에는 살짝 약한가.

"문제가 성립하는지 성립하지 않는지는 최종적으로 학교가 결정하는 거지?"

나는 유키무라의 이야기에 살짝 끼어들었다.

"그럼 학교 측이 문제로 성립한다고 판단하는 명확한 라인을 알아둬야 할 필요가 있지 않나?"

"그건 그렇지만 그걸 알 수 있으면 애초에 누가 고생하겠어."

"난 알 수 있을 거라고 생각해. 예를 들어서 우리 D반이 아슬아슬한 문제를 몇 개 준비해서, 그걸 학교 측이 심사하게 하는 거야. 그 문제가 받아들여질지 어떨지에 따라 명확한 답이 보이지 않을까?"

"그렇구나. 그거 좋은 아이디어다."

"꽤 하잖아? 아야노코지."

"그럼 하루라도 빨리 가문제를 내서 학교의 기준을 알아보는 게 좋을 것 같아. 나도 몇 문제 만들어볼 생각인데, 호리키타와 히라타가 같이 움직여줄까?"

"글쎄…… 지금은 완전히 개별행동을 하고 있으니까. 자세한 건 나도 모르겠어."

"그럼 곤란해. 저쪽 그룹이랑 연락할 수 있는 사람은 아야노코지뿐이니까."

미야케와 하세베가 거의 동시에 고개를 끄덕였다.

"알았어, 할 수 있는 한 확인은 해보겠지만…… 너무 기대하지는 마."

호리키타도 유키무라도, 나를 편리한 중개인으로 삼고 싶어 하는 마음은 똑같다는 건가.

"응. 그렇지."

하세베가 껴안고 있던 의문이 해결되었는지, 미소를 지었다.

"난 동아리도 안 하니까 스터디는 언제든 괜찮아. 미얏치를 기준으로 정해줘."

그렇게 말하며 모든 결정권을 양보했다.

미야케가 깜짝 놀란 표정으로 하세베를 쳐다보았다.

"하세베 너는 딱 잘라 거절할 줄 알았는데. 웬일이야? 남자랑은 평소에 엮이려고 하지도 않잖아?"

"이번에는 공부를 좀 하지 않으면 위험할 것 같으니까. 내가 퇴학당하는 건 어쩔 수 없어도 미얏치까지 휘말리게 해서는 안 되잖아?"

자신보다 친구 미야케를 생각해서 승낙한 모양이었다.

"그럼 오늘은 여기서 이만 해산하자. 첫 번째 스터디는 모레 할 예정이야."

그렇게 마무리 짓는 유키무라. 오늘 내일 중으로 문제 경향을 찾아 대책을 세워 올 생각인가.

그렇게 해산이 선언되어 모두 팔레트를 빠져나갈 때까지도 사쿠라가 말을 걸어오는 일은 없었다.

5

"그건 유익한 정보네. 정말 학교가 문제를 어느 수준까지 허용해줄지 시험해보고 싶긴 해."

세 사람과 헤어져서 기숙사로 돌아온 나는 곧바로 호리키타에게 연락을 취했다.

유키무라에게 얻은 정보를 호리키타에게 전달하고, 앞으로의 지시를 받기 위해서다.

"나와 히라타가 이미 C반에 낼 문제를 만들기 시작했는데, 함정 문제를 어느 선까지 만들 수 있는지 궁금해하던 차였어. 너희 쪽에도 정보를 확실하게 공유할게. 만사 잘 진행되는 것 같아서 다행인데, C반에서 문제를 내는 사람이 카네다라는 건 믿어도 되는 정보야?"

"절대적인 보증은 없지. 다만 스터디에서 카네다를 의식한 문제 경향과 대책을 짜내는 건 한 가지 방법이야. 해봐서 손해 볼 건 없잖아?"

"그러네. 그럼 그렇게 할게. 이번 시험이 가령 모두 난이도 높은 문제로 꽉 채워져 있을 경우, 우리도 80점에서 90

점 사이도 겨우 받을지 모르니까."

학교에서 내는 시험보다 훨씬 특이하고 어렵다면 그게 점수의 한계치이리라.

"그런데 오늘 스터디는 어떤 식으로 진행됐니? 별로 지장 없으면 물어봐도 될까?"

특별히 감출 것도 없어서 솔직히 오늘 있었던 일을 말해주었다. 단, 살짝 과장은 했다. 친구가 생겼다고 어필한 것이다. 하지만 내 말에 귀 기울이고 있던 호리키타는 그 점은 전혀 언급하지도 않고 그냥 한 귀로 흘려버렸다.

유일하게 신경 쓴 건 미야케와 하세베의 학력에 유사점이 많았다는 부분이다.

"의도한 건 전혀 아닐 텐데 상당한 우연이네."

"그렇지?"

잘하는 과목과 못하는 과목이 겹치는 것은 그럴 수 있어도 수준까지 비슷한 경우는 흔하지 않다.

"일단 나름대로 해볼게. 컨트롤하기 쉬워 보이는 멤버니까."

"잘 부탁해. 그리고 너한테 하나 더 부탁하고 싶은 게 있어. 유키무라의 스터디가 쉬는 날, 우리 쪽에도 좀 와줄 수 있을까?"

"그건 처음에 했던 약속이랑 다르지 않나?"

"하나도 안 달라. 공부를 가르치라는 게 아니야. 그냥 모두를 관리해주기만 하면 돼."

그 관리라는 단어가 참 모호하다. 너무 모호해서 무엇을 가리키는지 전혀 감도 안 온다. 친구 이상 연인 미만이라는 말의 정의만큼이나 모르겠다.

"뭐야, 관리라는 게."

그렇게 묻자 일부러 내뱉는 것 같은 깊은 한숨 소리가 들렸다.

"가르치는 사람보다 배우는 사람이 너무 많은 게 문제라서 그래. 아무리 해도 눈이 다 닿질 않아. 애들이 제대로 공부하고 있는지 좀 봐줬으면 좋겠어."

"학교는 교사 한 명이 몇십 명이나 되는 학생들에게 공부를 가르치잖아. 징징거리지 말라고."

"아주 잘났다는 듯이 말하는데, 교사도 혼자서는 미처 다 보지 못하거든? 그러니까 이케처럼 공부를 못하는 애가 나오는 거라고. 이 학교처럼 감시 카메라를 설치해도 말이야. 수업 태도는 속일 수 있을지 몰라도, 결국 집중해서 공부하지 않으니까 지금처럼 궁지에 몰리는 거야."

용맹 과감하게 반론했다고 생각했는데 단숨에 반격을 받아 격침당하고 말았다.

"유키무라도 남을 가르치는 게 익숙하지 않아서 고전하는 모양이지만, 이쪽은 이쪽대로 인원이 많으니까 통제하기 어려워. 특히 이케와 야마우치가 문제야. 그 애들은 유치원생보다도 집중력이 더 떨어지거든."

이케와 야마우치는 스터디 그 자체에는 얼굴을 내미는 모양이지만, 자기들 좋을 대로 구는 것 같았다.

"반론할 거 있니?"

"없습니다."

"좋아."

"밤에는 안 나가도 되지?"

"괜찮아. 밤 스터디는 낮보다 훨씬 나으니까. 하지만 남자랑은 달리 여자애들 일부가 시끄러워."

역시. 그때는 참가 예정에 없었던 여자들이 히라타를 노리고 들어온 건가. 카루이자와라는 여자 친구가 있다지만 미남과 있는 것 자체는 나쁘지 않겠지. 그리고 그 미남을 사로잡은 카루이자와의 D반에서의 주가도 필연적으로 올라간다면 나쁜 흐름이 아니다.

그 자리에 있지는 않았지만 왠지 저쪽 그룹의 정경이 머릿속에 그려져서 재미있다.

그러고 보니 소란을 피운다는 이야기 속에 스도의 이름이 없다.

"스도는 얌전히 잘하고 있어?"

"응, 진지하게 공부하고 있어. 수준은 아직 중학생에도 미치지 않았지만."

공부 내용은 그렇다고 치고, 태도 면에서는 확실히 노력하고 있는 것 같군.

"내일부터 잘 부탁해."

적어도 좋은 예감이 들지 않는다는 것만은 분명하다.

"아, 맞다. 스터디까지 포함해서 확인해두고 싶은데, 쿠시다는 좀 어때?"

"어떠냐는 말은?"

"특별히 이상한 점은 없었어?"

"물론이야. 가능한 범위에서 도와줬다고 생각해. 매일 스터디에 나오기로 약속도 했고."

내가 묻는 건 그런 부분이 아니지만, 호리키타 역시 딱히 말할 만한 사건이 없었던 모양이다. 하긴 첫날이니만큼 깊은 부분까지 파고들 기회가 없었겠지. 다만, 내 입장에서는 그 문제를 태평하게 가만히 지켜만 보고 있을 수 없는 것도 사실이다.

"C반에 낼 문제는 만들기 시작했다고 했지?"

"물론. 기본방침으로는 나와 히라타, 그리고 유키무라의 의견을 더해서 문제를 만들어갈 생각이야. 원래는 좀 더 많은 사람의 손을 빌리고 싶지만, 사람이 늘어나면 늘어날수록 C반에 문제가 유출될 위험도 커지니까 괴로운 부분이네."

그렇다. 문제와 그에 대한 답은 D반의 수비의 핵심. 공격에 해당하는 공부를 아무리 열심히 해도 수비가 당하면 조금도 버틸 수 없다. 만에 하나라도 시험 문제는 절대 유출되어서는 안 된다. 또는 누군가와 접촉해서 정보를 빼 오는 것도 생각할 수 있다.

"그래도 완벽하게 차단하기는 어렵잖아. 쿠시다의 성격과 지금까지의 행동을 생각해보면 밤 스터디에도 오지 않을까? 그럼 히라타와 회의하기가 어려워질 텐데."

"그러네. 그 부분은 부정 못 하겠어. 하지만 그 애도 경솔하게 행동하지는 못해. 우리가 문제 작성을 도와달라고 부탁이라도 하지 않는 이상, 함부로 나서지는 않을 거야."

이것만은 우리끼리 하는 추측에 불과하다. 쿠시다가 다음에 어떤 행동을 할지는 아무도 읽어낼 수 없는 이야기이다.

"문제와 답은 D반에게 목숨줄이나 마찬가지야. 만약 정보가 유출된다면 D반의 패배는 확정이라는 걸 잊으면 안 돼."

쿠시다를 같은 편으로 끌어들이고 싶은 감정과는 별개로 반드시 생각해둬야만 하는 것.

눈엣가시를 그대로 방치하는 건 용납할 수 없다.

"정보 개시는 피해야지. 하지만 그것만으로 해결되는 게 아니잖아."

"내가 걱정하는 건 문제 작성 중이 아니라 그 후야. 학교에 제출한 후. 최종적으로 시험 전날, 차바시라 선생님에게 문제와 답을 확인받는다면 그 내용이 알려지게 돼."

체육대회 때도 쿠시다가 참가표를 확인하려고 수작을 부렸었다.

류엔이 쿠시다에게 의뢰하리라는 건 충분히 짐작하고도 남으리라.

"말로 하는 것 말고는 방법이 없다는 거네."

"그렇게 해도 혹시 정보가 C반으로 흘러 들어가면 어떡할 거야?"

"그때는—— 생각하고 싶지도 않아."

"그래도 미리 생각해놔야 해. D반 전체가 걸린 일이야. 아무리 공부해서 점수를 올렸다고 해도, 상대가 100점에 가까운 점수를 받는다면 승산이 없어."

상대가 통째로 암기만 해도 우리의 패배다.

"그러네. 네가 불안해하는 점도 잘 알겠어. 하지만 내 나름대로 대책을 생각하고 있으니까. 벌써 밤 10시가 넘었네. 자기 전에 문제를 하나라도 더 만들고 싶은데 이만 끊어도 될까?"

호리키타가 양해를 구해서 통화를 그만 끝냈다. 나는 배터리가 얼마 남지 않았음을 깨닫고 침대 옆 콘센트에 연결된 충전기에 휴대폰을 꽂았다.

이번 과제는 체육대회 때와 흐름이 비슷하다. 체육대회에서 썼던 참가표가 목숨줄이었듯이, 기말고사에서는 문제지가 목숨줄 역할을 하고 있기 때문이다. 류엔과 쿠시다는 같은 방식이 통할 상대가 아니다. 반드시 뭔가 생각하고 있을 것이다.

대책을 고민하고 있다고는 했지만, 그게 어느 정도 수준인지는 알 수 없다.

호리키타는 어디까지나 정면으로 쿠시다를 설득할 생각이겠지.

호리키타의 작전을 비웃을 생각은 털끝만큼도 없다. 그보다도, 달리 쓸 방법이 거의 없다.

만약이라는 가정이지만, 내가 쿠시다를 같은 편으로 끌어들이려고 마음먹는다면 그때는 카루이자와에게 했듯이 위협 행위, 아니 그보다 더 심한 방식으로 쿠시다를 굴복시켜야 하겠지. 하지만 내가 쿠시다의 세세한 과거까지는 모르는 현재 상황에서는 그 방법도 쓸 수 없다. 덧붙여서 내가 각오를 다지는 방법이 쿠시다와 다르다는 것도 고려하면, 실제로 내 위협이 먹힌다는 보장도 없다. 비슷한 듯이 다르다.

"……어떻게 한담."

안타깝게도, 지금의 나는 다른 방법이 떠오르지 않았다.

통화를 끊고 잠시 한숨 돌리고 있는데 메시지가 도착했다. 류엔이 보낸 것이었다.

체육대회 후 나는 C반의 마나베 무리에게 류엔의 연락처를 물어 문자를 보낸 적 있었다. 류엔이 이제야 거기에 답장을 보낸 것이다.

'누구냐, 넌?'

내용은 단 한 문장.

"또 아무 의미 없는 문자를……."

류엔에게 답장을 보낼 정도로 친절한 내가 아니다. 그리고 내 쪽은 추적이 불가능한 계정이다. 그건 류엔도 잘 알고 있을 텐데, 그냥 장난치는 건가?

나는 문자를 무시하고 잠자리에 들기로 했다.

6

방과 후 도서실은 아직 이른 시간임에도 불구하고 많은 학생들로 북적거렸다.

말은 북적거린다고 했지만, 학생들이 떠들어서 시끄럽다는 의미는 아니다.

평소에는 10%도 차지 않는 자리의 절반 가까이를 학생들이 차지하고 있었던 것이다. 물론 그 대부분은 독서나 친구와의 잡담이 아니라 시험공부 중이었다.

"헉. 도서실은 원래 이런 느낌이구나!"

옆에서 흥미롭다는 듯 중얼거리는 한 학생.

그렇다. 내 옆에 살짝 문제가 생기고 말았다.

사토가 스터디에 들어오기로 했는지, 도서실까지 따라 와 버린 것이다.

지난번에 연락처를 교환한 후로 사토에게서는 단 한 번도 연락이 오지 않았다. 정말 어색하다.

"나, 도서실에 온 거 처음이야. 아야노코지는?"

"……난 몇 번."

"그렇구나. 의외로 공부를 좀 하나 보네."

"공부랄까, 그냥 시간 때우는 느낌이지만."

"시간을 때우러 도서실에 온다고? 특이하네."

일단 대꾸는 했지만 왠지 건성으로 대하게 되어 버린다.

지금 사토가 어떤 감정으로 나를 대하고 있는지 전혀 모르기 때문이다. 하지만 사토도 여자애. 내 세세한 감정 변화를 놓치지 않았다.

"저기. 아야노코지는…… 내가 민폐라고 생각해?"

"그게 무슨 말이야? 사토."

"그러니까, 내가 갑자기 스터디에 들어오겠다고 말해버려서."

"아니야. 그리고 가르치는 호리키타와 쿠시다도 오히려 기뻐하지 않아?"

같은 반에서 퇴학생이 나오면 기본적으로 기뻐할 일이나 장점이 하나도 없다. 나는 어떻게든 논점을 바꾸려고 했다.

"그게 아니라……."

물론 그건 사토가 바라는 답이 아니겠지. 조금 의기소침해 하는 모습이었다.

하지만 이곳이 도서실이라는 게 좀 성가시다. 다른 학생들에게 방해가 되지 않게 작은 목소리로 말해야 하는 만큼, 사토와의 거리가 생각보다 더 가까워졌다. 사토의 작은 숨소리까지 다 느껴진다.

어쩌면 이것도 소중한 청춘의 한 페이지에 분류되려나? 그렇다면 의외로 청춘이란 가혹한 것일지도 모른다. 이 상황이 나로서는 전혀 즐겁지 않으니까 말이다. 괜히 긴장되고, 사토가 신경 쓰인다. 상대의 감정을 살피고 또 살피면서 말을 고르게 된다.

내가 지금 가장 간절히 원하는 건 '빨리 돌아가고 싶다'.

그것 하나뿐.

아니── 그건 아닌가?

겨우 냉정해진 나는 지금 상황을 다시 생각해 보았다.

과연 나는 예전에 경험해본 적 없는 일에 곤혹스러워하고 있다. '사랑'에 분류되는 건 너무 추상적이어서 명확한 답이 존재하지 않는다. 0 아니면 1의 세계에서 살아온 나로서는 거부 반응이 나오는 것이 자연스러운 흐름이리라.

하지만 나는 그러한 0과 1 이외의 것을 찾아 이 학교에 오지 않았던가.

"다들 진지하게 공부하네. 도서실 같은 데를 다 오고."

"매번 통례 같은 거야. 여기서 스터디를 하는 건."

사토가 내게 한 말을 우연히 들은 호리키타가 대신 답했다.

덕분에 나는 안정을 되찾을 수 있었다. 일단 머릿속을 비웠다. 지금은 우선 이 스터디를 무난하게 해내는 것에만 집중하자.

어제 이미 도서실에 왔었던 호리키타는 이 광경이 그리 놀랍지 않은 것 같았다.

"너희, 어제처럼 시끄럽게 구는 것만은 말아줘. 이번에는 엄중 주의만으로 끝나지 않을지도 몰라. 여기서 쫓겨날 가능성도 있으니까."

"아, 알았다니까."

이케와 야마우치, 두 문제아에게 주의를 주면서 빈자리를 확보한 호리키타와 아이들. 빈자리만 따지면 절반 넘게 남아 있었지만, 그렇다고 무조건 비어 있기만 하면 어디든 좋은 것은 아니었다.

어느 학교든 마찬가지일 거라고 생각하는데, 선후배별로 써도 되는 공간이 나누어져 있었다. 카페로 말하면 경관이 좋은 창가 일부, 그리고 이 도서실로 말하면 프리 드링크 코너 옆이 3학년 선배가 우선적으로 사용하는 공간이라는 것은 암묵적인 규칙이었다.

그렇게 영역이 분리된 가운데, 1학년에게 사용이 허락된 부분은 입구와 가까워 다소 소란스러운 공간이었다. 하지만 이번에는 그것 말고도 신경 써야 하는 게 있다.

C반 학생이 있는 근처는 최대한 피하고 싶다는 점이다.

"호리키타는 어떻게 할 생각이야?"

"아야노코지가 걱정하고 있는 그거라면 괜찮아. 다 방법이 있으니까."

시선을 보낸 끝, 1학년이 쓰는 공간에서 사람이 움직였다. 호리키타를 발견한 한 학생이 자리에서 일어나더니 천천히 손을 흔든 후 오라고 손짓했다.

1학년 B반의 이치노세 호나미였다. 이치노세의 주위에는 B반 학생들이 총 8명.

남녀 각각 네 사람씩, 이치노세까지 합해서 총 아홉 명이 모여 있었다.

내 옆자리 소녀의 옆모습을 보니 우연은 아닌 것 같았다.

그녀와 대면하려고 가까이 다가갔다.

"많이 기다렸어?"

"아니, 전혀. 우리도 지금 막 왔어. 그렇지, 얘들아?"

"어제 도서실에서 이치노세랑 만나서 합동 스터디를 하자고 제안했어. 이번 시험에서 B반이랑 대결할 일은 없고, 서로 도움이 될 부분이 있을 것 같아서."

그 호리키타가, 먼저 나서서 많은 타인과 어울리게 될 제안을 했다니. 어제 나에게 보여주고 싶다고 말한 게 이거겠지.

호사다마. 하지만 그 결과 도서실에 올 때까지만 해도 얌전했던 이케 무리가 이상한 방향으로 흥분했다.

"이케. 방금 전에 주의를 줬잖아⋯⋯?"

호리키타가 이케의 팔을 꽉 붙잡자, 뱀 앞의 개구리처럼 이케가 겁을 먹었다.

이케 무리가 스터디에서 소란을 피우는 이유가 여기에 있었던가. B반 여자애와 같이 있으면 기고만장해지는 것도 전혀 이해가 안 되는 건 아니다.

"오늘은 아야노코지도 왔구나!"

"원래 낙제가 아슬아슬한 점수거든. 한동안 신세 져야 할지도 몰라."

"그건 나야말로."

조용한 공간이라고 해도 대화가 전혀 불가능할 정도는 아니다. 물론 어느 정도 소곤소곤 말하는 건 필수지만. 또 도서실 내에 흐르는 음악도 그 작은 목소리를 훌륭하게 덮어

주고 있었다. 베토벤 교향곡 제6번 '전원'.

누가 했는지는 몰라도, 마음을 편하게 해주는 탁월한 선곡이다.

그나저나 합동 스터디라니 호리키타도 참 잘 생각했군. 확실히 서로 협력한다는 전제가 깔려 있으면 이 시험에서 효율화를 도모할 수 있는 가능성이 높다. 서로 반의 정보를 교환할 수 있고, 인원수가 많은 만큼 착안점도 늘어나 문제를 만드는 데에도 도움이 된다.

다만 동시에 위험요소도 껴안게 되겠지. 가령 B반에 C반과 연결된 학생이 있기라도 하다면, 정보가 그대로 새어나갈 위험이 있다. 당연히 호리키타도 그걸 알고 고민 끝에 더 이점이 많은 쪽을 선택했기에 이런 합동 스터디가 형성되었겠지만.

각반 학생들이 자유로이 빈자리에 가서 앉았다.

"여기 앉아, 아야노코지."

"어, 으응."

사토의 손짓을 받은 나는 그대로 그녀의 옆에 앉았다.

"뭐야, 사토. 오늘은 아야노코지랑 꽤 가까이에 있잖아?"

"당연하지. 한 팀이니까."

이치노세로부터 괜히 마크당하지 않도록, 나는 자리에 앉자마자 적당히 교과서와 노트를 꺼냈다. 구색은 갖출 필요가 있겠지.

"아야노코지. 나는 어떻게 공부하면 돼?"

"……그런 건 호리키타 같은 애들한테 물어봐."

"좋은 기회 아니야? 같은 팀이 됐으니, 아야노코지가 사토를 좀 도와주는 게?"

남의 속도 모르고 호리키타가 그렇게 무책임한 말을 입에 담았다.

"나랑 사토랑 시험 점수도 별로 차이 안 나는데 가르치긴 뭘 어떻게 가르쳐. 내가 배우고 싶은 심정이구만."

이치노세의 눈도 있고 해서 서둘러 변명했지만 실패했을지도 모르겠다.

"그래. 알았어. 내가 너희한테 꼼꼼히 가르쳐줄게."

내 입에서 그런 말을 끌어내기 위해서였는지, 호리키타가 냉큼 그렇게 말했다.

"다 함께 열심히 하자, 아야노코지."

"아, 아아……."

너무도 신경 쓰이는 스터디가 될 것 같다.

그런 나의 예감은 적중했다.

"아야노코지는 항상 차분하네. 좀 어른스러운 느낌이 들어. 중학생 때는 어떤 아이었어?"

거리를 확 좁힌 사토가 앞으로 몸을 내밀고 나를 올려다보며 그렇게 물었다. 가슴 부분이 벌어진 형태의 교복이어서, 약간이지만 가슴골이 시야에 들어오고 말았다. 그것을 아는지 모르는지 사토의 숨이 살짝 거칠어지는 느낌을 받았다.

"그냥 평범했다고 할까. 딱히 눈에 띄지도, 너무 눈에 안 띄지도 않은. 지금이랑 별반 다르지 않아. 이런 걸 음침하다고 하나?"

스스로 비하하는 방식으로 사토와 거리를 벌려 보려고 했다.

아니, 꼭 사토의 호감을 사면 안 되는 건 아니지만 우리 두 사람을 지켜보는 따가운 몇몇 시선이 있어서 도저히 참을 수 없었다.

특히 이케와 야마우치는 노골적으로 수상한 눈빛을 보냈다.

"아야노코지는 하나도 음침하지 않아. 쿨하달까 냉정한 느낌?"

"쿨 같은 거랑은 거리가 먼데."

"그런가? 다른 사람은 몰라도 난 좋다고 생각해."

아무래도 내가 무슨 말을 하든 사토는 재미있고 긍정적으로 받아들이는 것 같았다.

그럼 지금은 정당한 방법으로 빠져나가야겠다.

"……그럼 어려워하는 부분부터 물어볼까? 중간고사 프린트는?"

"있어."

사토는 구깃구깃해진 시험지를 가방에서 꺼내 펼쳤다. 어느 과목이든 점수가 50점 부근을 왔다 갔다 하고 있었다. 숫자상으로는 낙제존을 통과했지만, 그 내용은 상당히 형편없었다. 간단한 문제는 맞췄어도 중간 난이도 이상은 절망적이었다.

사토가 지금까지 별로 공부하지 않고 시험을 통과해온 것이 신기할 정도다.

"어때? 좀 안 좋은가."

"그……러네. 나도 비슷하니까 같이 공부하자…….

"응!"

높은 텐션으로 고개를 끄덕이는 사토였는데, 목소리를 크게 내지는 말아줬으면 한다.

"왠지 너희, 좀 친해 보이는데?"

멀리서 우리를 지켜보던 이케가 지적했다. 수상하다는 눈빛이었다.

"한 팀이니까 서로 돕는 게 당연하잖아."

내가 고민하는 동안 사토가 시험을 방패로 삼아 당당하게 대답했다.

"이상한 소리 하지 말고 준비나 해."

누가 누구와 친하게 지내든 신경 쓰지 않는 호리키타가 이케에게 주의를 주었다.

"쳇. 알았다니까 그러네."

불만스럽게 대답하면서도 이케는 서둘러 공부 준비에 들어갔다.

교육한 보람이 있군……. 아주 제대로 길들여졌어.

7

스터디가 무사히 종료되고 학생들은 제각기 돌아갈 채비

를 했다.

"아, 피곤하다!"

평소 수업에도 집중력이 오래 가지 않는 이케 무리에게 방과 후 스터디는 지옥이나 다름없었다.

비록 교사의 눈은 없지만, 자유롭지 않은 시간은 견디기 힘들겠지.

이케 무리는 맑게 갠 표정을 짓고 있었지만 그 모습을 보는 호리키타의 눈은 차가웠다.

"오늘로 끝이 아니야. 내일도 스터디가 있다는 걸 잊지 마."

"아, 안다니까. 하지만 괜찮잖아? 조금은 기뻐해도. 그럼 수고!"

달아나는 토끼처럼 이케 일행이 서둘러 도서실을 빠져나갔다.

"되게 활기차구나, D반은. 좀 나눠줬으면 싶을 정도야."

"안 좋은 쪽으로 그렇지. 차분한 B반이 부러워."

서로 자신에게 없는 부분을 원했지만, 어쨌든 B반의 환경이 부러운 건 사실이다.

스터디에 참여하는 학생들의 수준도 D반보다 높은 데다가 집중력도 있다.

무엇보다 조용하고 차분하고, 반끼리 연대하려는 의지가 강했다.

"그럼 안녕. 호리키타도 또 만나."

쿠시다도 여자애 몇 명을 데리고 도서실을 나갔다.

"응, 안녕."

그렇게 짧은 인사를 나누고 별 일 없이 헤어졌다. 아직까지는 쿠시다에게서 딱히 눈에 띄는 접근이 없었다. 서로 탐색하고 견제하는 것처럼 보이기도 했다.

"이치노세. 물어볼 게 좀 있는데 괜찮아?"

"응? 뭐야 뭐야?"

"가능하면 너만 들었으면 좋겠는데 안 될까? 몇 분이면 되는데."

호리키타가 이치노세와 함께 돌아가려는 B반 아이들에게 시선을 보냈다.

"몇 분? 그럼 얘들아, 미안하지만 복도에서 잠시만 기다려줄 수 있어?"

"응, 괜찮아. 적당히 수다 떨고 있지, 뭐."

B반 아이들이 흔쾌히 받아들여, 이치노세만 자리에 남기로 했다.

D반과 B반 학생 모두 정리를 마치고 나갔다.

"난 남아 있어도 되나?"

"넌 있으나 없으나 똑같은 존재니까, 마음대로 해."

순간 나 기분 나빠지라고 하는 말인가 생각했지만, 그렇게 전해 둠으로써 내가 남기 쉽게 만든 거라고 받아들였다.

"그래서 할 말이라는 게 뭐야?"

이렇게 두 사람만(나도 있지만) 있으니 묘한 기분이 들었다. 이치노세와 호리키타, 성격이 대조적인 두 사람이 어깨를 나란히 하고 있다.

"당연한 얘기처럼 들릴지도 모르겠지만, 이치노세 너는 친구가 곤경에 빠져 있으면 도와주겠지?"

"으응? 곤경에 빠진 친구는 도와주는 게 당연하지 않아?"

"그래. B반이 지금 스터디를 하고 있는 것도 그 일환일 테고. 하지만 말은 그렇게 해도, 사실 도움이 필요한 경우는 다양하잖아. 학력 향상 문제, 왕따 문제나 돈 문제, 혹은 친구 관계나 선생님과의 관계. 사람은 다양한 부분에 고민을 껴안고 있지. 그 모든 사항에 대해서, 힘들어하는 친구가 도움을 요청한다면 너는 기꺼이 손을 내밀어 줄 수 있어?"

"그야 물론이지. 내가 할 수 있는 일이라면 뭐든지 할 생각이야."

어려운 질문이었지만 이치노세는 곧바로 대답했다. 그 눈동자에 망설임이라고는 보이지 않았다.

"그럼 너는 너와 같은 편인지 아닌지에 대한 기준이 명확하게 세워져 있니?"

지금 자신은 쿠시다와의 대립에 대한 답을 찾아내지 못한 상태다.

그래서 구원을 바라고 이치노세에게 그런 질문을 하는 건지도 모른다.

"음…… 잘 모르겠는데, 그게 무슨 말이야?"

"예를 들어서, B반 학생이기만 하면 그게 누구라도 아무 조건 없이 도울 수 있어? 평소에 깊은 대화를 나눠본 적 없는 아이라고 해도?"

"상대가 나를 어떻게 받아들이고 있는지는 제쳐두고, B 반이면 어느 정도 나와 같은 편이잖아. 힘들어하면 당연히 도와야지."

"내가 어리석은 질문을 한 건지도 모르겠네."

이치노세가 또 한 번 망설임 없이 바로 대답하자, 호리키타는 자신이 한 질문이 바보 같았다는 걸 알고 한숨을 푹 내쉬었다.

"이왕 바보 같은 질문을 한 김에 조금만 더 물어볼게. 예를 들어서 너를 생리적으로 싫어하는 존재가 B반에 있고, 평소부터 사이가 나빴다고 가정해봐. 넌 그 사람을 좋아할 수 있어? 아니면 너도 똑같이 싫어할 것 같아?"

"글쎄 어떨까? 그건 좀 어려운 질문 같아. 생리적으로 싫어한다니, 상대가 그렇게 생각한다면 아마 나로서는 어쩔 방법이 없으니까 최대한 미움을 사지 않도록 접촉을 피할 수밖에 없겠지."

"그럼 바로 그 상대가 곤경에 빠져 힘들어하고 있다면…… 넌 어떻게 할 거야?"

"그래도 도와줄 거야. 반드시."

마지막 질문에도 이치노세는 즉각 대답했다.

"생리적으로 나를 싫어한다고 해도 그건 내 개인의 문제일 뿐이야. B반 사람은 모두 한 편인걸."

"그 정도로 너에게 B반은 큰 존재구나."

"응. 다들 좋은 애들뿐이야. 처음에는 내가 A반이 아니라는 사실에 낙담하기도 했지만, 지금은 최고의 반에 들어갔다고 생각하고 있어. 호리키타는 아니야?"

"그러네…… 정들면 고향이라는 말도 있고. D반도 의외로 나쁘지 않아."

"……호오?"

"뭐야, 아야노코지. 네 그 눈빛, 마음에 안 드는데."

D반을 칭찬하는 말에 감탄하고 있는데 호리키타가 살짝 노려보았다.

"너희 두 사람의 대화에 끼어드는 건 눈치 없는 짓 같지만, 나도 이치노세한테 하나만 물어봐도 돼?"

"뭐든지 물어봐."

"B반 애들이 무조건 같은 편이라는 건 잘 알았어. 그 생각은 나도 호리키타도 대충 알 것 같아. 한솥밥을 먹는 사람과 잘 지내는 건 필연적이라고도 생각하고. 하지만 친구라고 부를 수 있는 존재는 A반과 C반, D반에도 있잖아?"

"아야노코지랑 호리키타 역시 나에게는 소중한 친구야."

"그럼 그런 우리가 곤경에 빠져 있다면? 100만 포인트만 빌려달라고 울면서 매달린다면?"

"정당한 이유가 있다면 난 도울 거야. 돈과 관계없이, 내가 할 수 있는 일이라면 뭐든 하지 않을까?"

"정말이지…… 도대체 어디까지 착한 거야, 너는. 누구든다 도와버리는 거 아니야?"

"으음, 이상적으로는 그렇겠지만, 현실은 그렇게 만만하지 않잖아. 나 개인이 할 수 있는 일은 한정적이고, 분별해서 도와야겠지. 힘들어하는 상대가 류엔이라면 다른 애들에게 하듯 똑같이 도울 수는 없어. 음, 하지만 별일 아니면 도울 거야."

덧붙이듯 그렇게 말했다. 보통은 그 '별일 아닌 일'도 돕기 힘든 법인데.

"아마 그렇겠지. 내가 친구라고 인정한 사람이라면 크고 작은 일은 관계없지 않을까?"

"고마운 말이긴 한데 그렇게 너무 쉽게 말해도 괜찮니? 내가 힘든 일이 생기면 정말로 울면서 도와달라고 부탁할지도 모르는데?"

"얼마든지 환영해. 내가 친구라고 인정한 사람은 모두, 똑같은 『내 편』의 카테고리에 들어 있으니까."

그렇게까지 착한 모습을 보여주니 호리키타는 조금 짓궂은 것이 떠오른 모양이다. 평소 쿨한 모습과는 어울리지 않게 이런 말을 했다.

"그럼―― 나랑 칸자키가 동시에 힘든 일을 겪으면 그땐 어떻게 할래?"

"둘 다 돕는다, 라는 선택지는 당연히 금지겠지?"

"그걸 인정해버리면 넌 둘 다 돕겠다고 할 테니까."

"아하하, 이거 곤란하네."

어떤 의미로 부조리한 두 가지 선택지를 들이밀자, 이치노세는 가상의 이야기인데도 망설였다.

"미안. 아마도 그건 답이 없는 선택지 같아. 주어진 정보로 판단할 수 있는 건 두 친구가 같은 문제로 힘들어하고 있고, 똑같이 도움을 요청했다는 것뿐이니까. 이 자리에서 어느 한 쪽을 택한다면 그건 진실이기도 거짓이기도 하지 않을까?"

고민한 끝에 내놓은 답은 그야말로 이치노세다웠다.

그 말을 들은 호리키타는 진심으로 놀라면서 동시에 감탄했다.

"난 순수한 선인을 믿지 않아. 사람은 거의 다 보상을 원하는 생물이라고 생각하거든."

호리키타의 지론, 지금껏 믿어왔던 것. 그것이 소리를 내며 무너져 내렸다.

"그런데 널 보니까—— 어쩌면 정말 순수한 선인이 있을지도 모르겠어."

솔직한 마음을 털어놓았는데, 왜 그런지 이치노세는 그 말을 있는 그대로 받아들이지 않았다.

아니, 받아들일 수 없었다고 해야 할까.

"그건…… 그건 과대평가야. 호리키타."

한없이 올곧고, 늘 성실하고 정직한 이치노세의 눈동자가 처음으로 흔들리는 것을 나는 보았다. 그녀는 자리에서 일어나 도서실 창가 쪽으로 걸어갔다.

"그렇지 않아. 적어도 지금까지 본 그 누구보다도 그렇다고 생각했는걸."

"난 그렇게 훌륭한 인간이 아니야."

호리키타의 얼굴을 똑바로 쳐다보지 못 할 만큼 동요하는 것 같았다.

"정말, 별거 아니라고 할까……."

이쯤 되자 호리키타도, 이치노세를 지나치게 띄웠다는 것을 깨닫고 사과했다.

"미안해. 너무 선인, 선인 그랬네. 네 기분을 상하게 할 의도는 없었어."

"아니야. 별로 기분 나쁘게 생각하지는 않았어."

명백한 동요.

지금까지 지켜본 바로, 이치노세에게는 한 조각의 그늘도 없다고 생각했었다.

하지만 어쩌면 내 착각인지도 모른다.

"이야기는 그게 전부야? 치히로랑 애들이 기다리고 있어서, 슬슬 가봐야 할 것 같은데."

마치 도망치려는 듯한 이치노세.

"고마워. 이렇게 뜬금없는 이야기에도 대답해줘서."

"아니야. 그럼 내일 보자."

이치노세가 도서실을 나가자 이제 남은 학생은 얼마 없었다. 3학년 몇 명과 도서위원으로 보이는 학생뿐.

"그만 돌아가자. 오늘 아직 해야 할 일도 남았으니까."

"다시 한번 확인하지만, 쿠시다는 어떻게 할 생각이야?

너한테 생각이 있다는 것처럼 들렸는데."

호리키타도 여러 번 그런 질문을 받는 게 싫겠지만, 확인하지 않을 수 없었다.

"그 애는 특별해. 아무리 해도 설득에 신중을 기하게 되고 말아."

"특별?"

"여러 가지로 생각해 봤어. 만약 내가 이 학교에 오지 않았다면 쿠시다 키쿄라는 학생은 어떤 학교생활을 보냈을까 하고. 그랬더니 금방 보이더라. 지금처럼 반의 모든 아이에게 신뢰받고, 의지가 되고, 공부도 운동도 잘하는 완벽한 존재. 그런 학생인 채로 졸업했겠지. 그런 그 애의 미래를 내가 없애 버렸어. 그 애는 지금, 적인 류엔과 손을 잡으면서까지 나를 쫓아내려고 기를 쓰고 있어. 그게 우리 반을 적대하는 행위인데도 주저하지 않아. 물론 내 탓은 아니야. 불행하게도 같은 학교가 된 운명이 나쁠 뿐. 하지만 그래도 나랑 전혀 관계없는 것도 아니지."

그래서 쿠시다를 설득하겠다는 건가.

내가 느끼는 것 이상으로 호리키타는 지금 책임감을 느끼고 있다.

아니, 책무를 다하려고 하는 걸까.

"좀 제안할 게 있는데 들어볼래?"

"어떤 제안?"

"쿠시다와 네가 화해하게 만들기 위한 퍼즐 조각 하나를 찾아낸 느낌이 들거든."

"그게 무슨 말이야?"

"이치노세는 착한 아이야. 순수한지 어떤지는 별개로, 일반적으로 착한 사람이 아니라는 건 너도 인정하지?"

"응. 좀 나쁘게 표현하자면, 바보 같을 정도로 애가 착하다는 건 의심할 여지가 없어."

"그 착한 힘을 빌려서 두 사람 사이에 서 있게 하는 건 어때? 솔직히 일대일로 말하는 건 성립이 안 되잖아. 그렇다고 해서 D반 애를 사이에 두면 쿠시다가 절대 본색을 드러내지 않을 거고."

"그건 이치노세도 마찬가지 아니니? 이 학교에 있는 이상 그 누구에게도 그럴걸."

"그럼 이치노세 말고 중간에 서 줄 만한 학생이 한 사람이라도 있어?"

"그건……."

"교내에 딱 한 사람만 지명하라고 한다면 그건 바로 이치노세 아니야?"

"부정은 못 하겠네. 하지만 그렇다고 꼭 그게 정답이라고는 생각하지 않아."

"해결할 수 있다고까지는 나도 말 못 해. 어디까지나 해결을 위한 퍼즐 한 조각이라는 거야. 지금은 쿠시다와 단둘이 대화를 나누기도 쉽지 않잖아. 이치노세가 중간에 있으면 대화에 탄력이 붙을걸?"

실제로 나는 이치노세의 존재가 문제 해결의 실마리라고 생각하고 있다.

남은 건 활용법의 차이뿐.

"아픈 곳을 찌르는구나. 하지만 그 계획에는 응할 수 없어. 만나기로 약속한 애들이 있어서 그만 가봐야겠어. 그리고 쿠시다는 내가 해결해야 하는 일이니까."

거기에 이치노세까지 휘말리게 할 수는 없다는 뜻인가.

8

복도로 나가자 예상 밖의 인물이 기다리고 있었다. 그녀는 우리를 발견하자마자 살짝 손을 흔들고 미소를 지으며 다가왔다. 호리키타는 놀라지 않았다. 오히려 보자마자 먼저 적극적으로 말을 걸었다.

"쿠시다, 많이 기다렸니?"

"괜찮아. 약속 시간까지는 아직 좀 남았으니까. 조금 전에 호나미랑 무슨 얘기 했어?"

"그냥 시시콜콜한 잡담."

"궁금하네. 아니면 나한테는 비밀이야?"

변함없는 어조와 미소였지만, 호리키타에게 보내는 무거운 압박이 느껴졌다.

"하긴. 너랑 전혀 관계없는 이야기는 아닌데. 말해줄까?"

굳이 물어보자, 호리키타는 이치노세와 나눈 대화를 살짝 변화를 줘서 말하기 시작했다.

"어떻게 하면 그 누구에게도 똑같이 대할 수 있는지 물어 봤어."

"뭐……?"

"그 누구를 에둘러 말할 생각은 없어. 바로 너야, 쿠시다."

"저기 호리키타. 물론 나랑은 잘 지낼 생각이 없을지도 모르지. 하지만 그런 이야기는 아야노코지가 없는 데서 해줬으면 좋겠는데."

더 이상 자신의 비밀을 아는 인물을 늘리고 싶지 않다는 게 쿠시다의 본심이리라.

"아니면—— 아야노코지도 이치노세도, 다른 거 뭐 아는 게 있다거나?"

예리한 눈동자가 호리키타를 꿰뚫었다. 그 눈빛을 호리키타는 그대로 받아들였다.

"네 말도 맞구나. 미안하지만 아야노코지, 먼저 갈래?"

"……내가 방해되나 보군. 그럼 나 먼저 간다."

나는 서 있는 두 사람을 두고 현관으로 향했다. 그리고 신발을 갈아 신은 후 곧장 기숙사로 걸어갔다. 가는 도중에 호리키타에게 전화가 걸려왔다.

'나랑 넌 같은 중학교를 나왔지. 그리고 네 과거를 아는 나를 퇴학시키고 싶어 하는 건 틀림없는 사실이지?'

전화를 받자 불분명한 목소리가 들려왔다.

아무래도 주머니 안에 휴대폰을 넣은 채 내게 전화를 건 모양이다. 대화 내용을 들려주겠다는 호리키타 나름의 서비스다.

'뜬금없네. 왜 갑자기 옛날얘기를? 난 그 이야기 별로 좋아하지 않는데.'

'나도 과거를 떠올리고 싶지는 않아. 하지만 우리에게는 피할 수 없는 일이잖아.'

'그렇지. 우리가 둘만 있을 기회도 흔치 않으니까. 그래, 네가 이 학교에서 사라졌으면 좋겠다고 생각하는 건 사실이야. 같은 중학교에, 같은 학년. 그 사건을 알고 있는 사람이니까.'

'수십 번 생각했어. 물론 그 사건에 대해 들은 적이 있지만, 난 원래 친구가 없어서 별로 흥미를 느끼지도 않았어. 내 귀에 들려온 건 소문 정도지 진실은 전혀 몰라.'

'사실을 모른다는 보증이 없잖아?'

'그래. 너와 나 사이의 골을 메꿀 수 없는 건 그 때문이지. 내가 아무리 부정해도 넌 내가 거짓말할 가능성을 부정할 수 없을 테니까. 그뿐만이 아니라, 사건 자체를 아는 걸 용납할 수 없어서 학교에서 나가길 바라는 거겠지.'

부정하지 않는 쿠시다. 호리키타가 계속해서 말을 이었다.

'나랑 내기하지 않을래? 쿠시다.'

'내기? 무슨 소리야?'

갑자기 조용해진 수화기 너머.

두 사람이 걸음을 멈추고 이야기하기 시작한 것 같다. 호리키타가 쿠시다에게 내기를 제안했다. 즉석에서 떠올린 게 아니라 전부터 생각했던 것처럼 보였다.

'넌 내 존재 자체를 싫어해. 이건 어떻게 할 수 없는 문제겠지?'

'그래. 호리키타 네가 이 학교에 있는 한 내 생각은 변하지 않아.'

'하지만 우리는 같은 D반 학생이야. 앞으로 서로 협력하지 않으면 A반으로 올라갈 수 없어.'

'그건 생각하기 나름이야. 네가 퇴학만 하면 다 해결되는 문제라고 생각해.'

'넌 퇴학당할 의사가 있니?'

'설마. 퇴학당하는 건 너지.'

목소리가 흐릿해서 제대로 안 들리는 부분도 많았지만, 두 사람의 목소리는 차분했다.

'나 역시 그럴 생각 없어.'

'그럼 어쩔 수 없네. 우리 사이는 절대 좋아질 수 없을 거야.'

'그래…… 그럴지도 모르지. 그날부터 오늘날까지 줄곧 생각해왔어. 어떻게 하면 우리가 공존할 수 있는지.'

그 해결책은 나도 떠오르지 않았다. 지금 역시 마찬가지다.

'그리고 결론에 도달했어. 아무리 발버둥 쳐도 무리라는 결론.'

'나도 그렇게 생각해, 호리키타. 둘 중 하나가 없어지지 않으면 끝나지 않는 이야기인걸.'

'하지만 우리는 어린애가 아니야. 그런 식으로 서로 반발만 해서는 앞으로 나아갈 수 없어. 그래도 넌 나를 못 믿겠지.'

살짝 침묵이 찾아온 후, 쿠시다가 물었다.

'그럼 어떻게 할 거야? 그 내기란 건 뭔데?'

'이번 기말고사에서 내가 너보다 점수가 높으면, 앞으로 적대하지 말고 나한테 협조해. 아니, 협조까지도 안 바랄게. 그냥 앞으로는 내 일에 방해만 하지 말아줘. 그것뿐이야.'

'그건 팀 총점과 관계없이, 개인전으로 말이니?'

'그래.'

'그건 너무 말도 안 되는 내기야, 호리키타. 내 점수가 너보다 잘 나온 적이 없는데. 그게 총점이면 더 어렵지. 게다가 내가 이긴다고 해서 나한테 이익이 있을 것 같지도 않고.'

'그래. 그러니까 그만큼 당연히 배당률이 달라져야겠지. 그래서 말인데⋯⋯.'

여기서 호리키타는 자신의 살을 깎는 발언을 했다.

'총점 말고 기말고사에서 치는 여덟 과목 중에 하나로 승부를 보자. 네가 자신 있는 과목을 골라도 상관없어. 그렇게 해서 만약 네 점수가 나보다 높으면 그때는 내가 스스로 자퇴서를 낼게. 이런 내기라면 성립하지 않겠니?'

귀를 의심하게 만드는 내기 조건을 건 호리키타.

원래 실력 차이가 나는 두 사람은 그냥 해서는 승부가 성립하기 어렵다.

하지만 호리키타가 자신의 퇴학을 걸고 제안한다면 이야

기는 달라진다.

게다가 쿠시다가 잘하는 과목으로 고르라는 좋은 조건까지 설정해주었다.

가령 쿠시다가 진다고 해도 퇴학당하지 않고, 어디까지나 호리키타를 방해만 안 하면 그만이다. 반대로 쿠시다가 이기면 눈엣가시 같은 호리키타가 학교를 떠나게 된다.

'그저 말 뿐인 약속일 가능성도 있잖아? 호리키타 네가 지면 승부를 없었던 걸로 하거나. 물론 내가 약속을 지키지 않을 수도 있겠지. 과연 그런 이야기를 믿고 승부가 성립할까?'

'그렇게 되지 않도록 확실한 증인을 구했어.'

'확실한 증인?'

'부탁해도 될까요—— 오빠.'

'앗.'

그 인물이 나타나자 쿠시다는 진심으로 놀란 것 같았다. 그건 나 역시 마찬가지다.

수화기 너머로 들려온 남자의 목소리.

자신의 제안에 대한 신빙성을 높이기 위해서라지만, 엄청난 녀석을 증인으로 내세웠군.

'죄송해요, 오빠. 꼭 도움을 받고 싶어서 연락 드렸어요.'

그렇다, 찾아온 증인은 호리키타 마나부. 전 학생회장이자 호리키타 스즈네의 친오빠였다.

'오랜만이다, 쿠시다.'

'……저를 기억하세요?'

211

'한 번 본 사람은 잊지 않아.'

아마 중학교 시절을 말하는 거겠지. 호리키타 남매는 같은 중학교에 다녔다. 하지만 호리키타의 오빠는 졸업해서 쿠시다가 일으킨 사건에 대해 전혀 모를 것이다.

'이 학교에서 내가 가장 신뢰하는 사람이야. 그리고 너도 어느 정도 신뢰할 수 있는 사람 아니니? 물론 자세한 이야기는 오빠한테도 말하지 않았어.'

'난 그냥 증인으로 불려왔을 뿐이야. 자세한 내용은 궁금하지도 않아.'

'괜찮나요? 호리키타 선배. 만약 시험에서 여동생이 지면——.'

'내기를 먼저 제안한 건 동생이잖아, 그러니 내가 끼어들 일이 아니지.'

'내가 진다고 해도 경솔한 말은 절대 안 하겠다고 맹세할게. 여동생이 약속을 깼다는 사실이 알려지면 오빠의 이름에도 먹칠하게 돼. 그런 짓, 난 절대로 못 해.'

이보다 더할 수 없는, 절대적인 신용 거래이다.

'진심이구나, 호리키타.'

'언제까지고 이렇게 정체되어 있을 수는 없으니까.'

'좋아. 그 승부에 응해줄게. 내 희망 과목은 수학. 조건은 아까 호리키타가 말한 대로면 좋아. 동점일 경우는 무효라고 생각해도 되겠지?'

고개를 끄덕이는 호리키타. 이렇게 해서 호리키타의 오빠

앞에서 내기가 성립되었다. 두 사람 모두 뒤로 물러설 수 없는 싸움이다.

'증인 역할은 맡아주지. 만일 둘 중에 누군가가 약속과 다르게 나올 경우에는 각오하는 게 좋아.'

그의 권한은 학생회장에서 물러난 지금도 여전히 막강할 것이다.

적어도 그가 졸업하기 전까지는 쿠시다도 약속을 지킬 수밖에 없다.

'고마워요, 오빠.'

그렇게 인사한 후, 얼마간 아무 소리도 들리지 않았다. 호리키타의 오빠가 떠나는 것을 눈으로 배웅하고 있는 모양이었다.

'기말고사가 기대되네, 호리키타.'

'최선을 다하자. 서로.'

'그래. 그리고 아야노코지한테도 잘 부탁한다고 전해줘.'

'……여기서 갑자기 그 애 이름이 왜 나오지?'

'나도 바보가 아니거든. 너, 걔한테 말했지? 내 과거에 대해.'

'그건──.'

'아, 대답할 필요는 없어. 어차피 난 너를 믿지 않고, 아무 영향도 안 받으니까. 내기를 무효로 만드는 짓은 안 할 테니 안심해. 아야노코지한테는 전에 보여주면 안 될 모습을 들킨 적도 있고. 전혀 괜찮아.'

날카로운 지적을 받은 호리키타의 동요와 불안이 수화기

너머로 전해져 왔다.

'그래도 대답하게 해줘. 내가 아야노코지에게 네 일에 대해 상담한 건 사실이야.'

'그렇지? 보고 대충 알았어. 지금도 전화가 연결되어 있지? 그도 그럴 게 내가 너한테 몇 번이나 전화를 걸었지만 계속 통화 중인걸.'

단순한 감이 아니라 쿠시다 나름대로 근거와 확신을 가지고 창을 들이민 것이다.

'지금 바로 좀 올 수 있어? 아야노코지.'

그렇게 멀리서 들려오는 쿠시다의 목소리.

아무래도 나를 부르는 것 같다. 지금은 순순히 응하는 편이 좋아 보인다.

9

나는 계단을 내려가 호리키타와 쿠시다가 있는 층에 도착했다.

"얏호."

평소와 다름없는 쿠시다 같았지만, 그 표정 아래에 숨겨진 본심을 살피는 것은 불가능하다.

"졌어, 쿠시다. 역시 네 통찰력과 행동력은 대단하구나."

"고마워. 이래 봬도 평소에 많은 사람을 관찰하니까 말이지."

"아야노코지는 왜 불러냈어? 이야기는 다 끝났다고 생각했는데. 멋대로 이야기를 엿들었다고 불만을 말할 거면 나한테 해."

"딱히 불만은 없어. 일단 얼굴 보면서 직접 말해두고 싶었을 뿐이니까. 이 내기에 딱 하나만 조건을 더 달아도 될까?"

"조건?"

"만약 내가 호리키타를 이기면 아야노코지도 이 학교에서 나가줬으면 좋겠어."

역시 쿠시다는 그렇게 제안했다. 내기 이야기가 나온 시점부터 그럴 가능성도 생각하고 있었다.

"그건 못 들어주겠는데."

"내 입장에서는 나에 대해 아는 사람이 몽땅 사라졌으면 좋겠거든. 호리키타가 없어져도 아야노코지가 학교에 남아 있으면 내 고민의 씨앗이 여전히 남게 되어 버리니까."

"그럴지도 모르지. 하지만 이건 내가 개인적으로 건 내기니까 아야노코지까지 휘말리게 할 수는 없어. 만약에 아야노코지를 넣는 게 조건이라면 아쉽지만 이 내기는 전부 없던 것으로 할게."

내가 대답하기도 전에 호리키타가 처음부터 결론을 준비했었는지 요구를 받아들이지 않았다.

그러니까 이 이야기를 내게 한 번도 하지 않았겠지. 나까지 내기에 뛰어들까 봐 피했던 것이다.

"그래? 아쉽네. 그렇게 하면 일석이조니까 수고를 덜 수 있는데 말이야."

"나도 퇴학 대상이군."

알고 있었지만, 좀 안타깝기는 하다.

"오호호호. 너무 속상해하지는 마. 아야노코지한테 잘못이 있는 게 아니라, 내 본성을 알아버린 게 잘못일 뿐이니까."

"소문을 퍼뜨리지 않으면 괜찮다고, 그렇게 단순하게 처리할 수는 없어?"

"그렇게 될 수 있는 일이면 호리키타도 내기를 하자는 말 따위 안 했겠지."

"역시 너는 D반에 필요한 사람이야."

과연 쿠시다는 상대를 잘 관찰하고 있다. 호리키타가 인정하고 원하는 인재인 것도 당연한가.

"변했네, 호리키타. 전에는 그런 말을 하는 사람이 아니었는데."

"언제까지고 반 내부에서 다투기만 해서는 윗반으로 올라갈 수 없잖아. 영원히 악순환만 이어지지."

두 사람이 이 정도로 말을 많이 한 적이 지금까지 있었던가.

서로 적대시해서 정면승부를 벌이게 되자 비로소 통하는 부분이 생기다니, 슬픈 운명이군.

같은 중학교 출신이라는 공통점만 없었더라면 쿠시다는 분명 순순히 호리키타를 도왔겠지. 그랬다면 히라타와 카루이자와의 영향력이 미치지 않는 아이들에게도 손을 뻗어 좀 더 빠른 단계에서 D반이 하나로 똘똘 뭉칠 수 있었을지도 모른다.

"그 내기, 나도 걸까? 물론 호리키타가 이기는 쪽에."

"잠깐만. 무슨 소리를 하는 거야, 아야노코지. 이건 나와 쿠시다의 승부야. 넌 아무 상관 없잖아."

"처음에는 물론 그랬지. 하지만 결과적으로는 나도 상관 있어. 이야기를 훔쳐 들은 사실도 있으니까, 전혀 무관하지는 않아."

호리키타는 자신의 책임이 커지는 것을 피하고 싶겠지만, 내 마음대로 좋은 기회라고 해석해 둔다. 만약 호리키타가 시험에서 이겨 쿠시다의 공격 대상에서 일시적으로 제외된다고 해도, 그다음은 공격 대상을 나로 바꾸지 않는다고 단언할 수 없다.

그러니 지금 여기서 모든 것을 분명히 해둬야 나중에 편하다.

"그렇게 해주면 기쁘겠어."

"하지만 내기하게 된다면 나도 한 가지 조건이 있어."

"응?"

"네가 호리키타 그리고 나를 쫓아내고 싶어 하게 된 이유인 『중학교 시절의 사건』에 대해 네 입으로 직접 자세히 말해."

호리키타가 절대 파고들 수 없는 영역에 내가 한 발 넣었다.

"그건——."

쿠시다를 배려하지는 않을 거다. 동요해도 상관없다.

"우리한테도 그 정도 권리는 있어. 우린 자세한 내용도 모르는데 너한테 적으로 몰려서 퇴학당할지도 모르는 입장이 되었잖아. 납득이 안 가는 것도 이해되지 않아? 쿠시다는 호리키타가 사건의 자세한 내용을 안다는 전제로 움직이고 있지? 그럼 지금 여기서 말한다고 해서 뭐 달라지는 것도 없지 않나? 시험에서 이기면 호리키타도 나도 학교를 나갈 거니까 남의 귀에 들어갈 걱정도 없고."

"난 저 애의 과거에 흥미 없는데."

"넌 아니어도 난 있어. 자기 마음대로 내 학교생활을 위협하는 건 사양하고 싶으니까."

세세하게 파고들지 않으려는 호리키타의 말을 막았다.

"하긴 아야노코지는 완전히 휘말린 꼴이니까 그것도 부정은 못 하겠네. 호리키타가 자세히 말해주지 않았다면 불합리하게 느끼는 것도 수긍이 간달까. 하지만 다 알아버리면 그때는 정말 돌이킬 수 없을 텐데?"

"이미 돌이킬 수 없는 곳까지 와버렸어. 아니면 내가 모른다고 하면 봐줄 건가? 절대 적으로 간주하지 않겠다고 단언할 수 있나?"

이미 쿠시다의 마음속에서 나는 적이라는 카테고리에 분류되어 있다. 처리해야 할 대상이다.

대답을 기다리지 않아도 이미 그 대답을 알고 있었다.

"무리, 지."

"그럼 퇴학을 걸 만한 이유를 들려줘야지."

왜 그렇게까지 하느냐고 호리키타는 생각하겠지. 굳이 내기에 껴서 퇴학당할 위험을 짊어질 필요는 없다고. 쿠시다의 앞이어서 말은 하지 않았지만 눈빛이 그렇게 호소하고 있었다. 미안하지만 그 소원은 들어줄 수 없어. 모처럼 온 기회란 말이지. 쿠시다 키쿄의 과거를 탈탈 털어주마.

"아야노코지는 누구에게도 지지 않는 특기 같은 거 있어?"

"다 남들 하는 만큼만 하지 특출 난 건 없어. 굳이 말하자면 달리기가 조금 빠른 정도?"

"그럼 너도 알겠네? 다른 사람에게는 없는 나만의 가치를 느끼는 순간이 최고라고 생각하지 않니? 시험이나 달리기에서 1등 했을 때, 모두가 주목해주잖아. 굉장해, 멋있어, 귀여워, 그런 시선을 받는 순간이 있잖아?"

물론 나도 안다. 인간은 칭찬받고 싶어 하는 생물이다. 부모에게 칭찬받거나 친구에게 동경의 대상이 되는 것을 싫어할 사람은 그리 많지 않다. 칭찬은 열심히 노력하는 데에 훌륭한 동기부여가 된다. 소위 말하는 '승인(承認) 욕구'라고 할까. 사회 형성의 기본, 필수불가결한 것.

"난 아마도 그게 남들보다 좀 더 강한 것 같아. 날 어필하고 싶어서 참을 수가 없는걸. 눈에 띄고 싶고, 칭찬받고 싶어서 견딜 수 없어. 그게 이루어진 순간에 비로소 내 높은 가치를 실감해. 살아 있는 게 최고라는 걸 느껴. 하지만 난 내 한계를 알아. 아무리 열심히 해도 공부나 운동으로는 1등이 될 수 없어. 그렇다고 2등이나 3등으로는 욕구가 채워지지 않아. 그래서 생각했지, 아무도 흉내 낼 수 없는 걸 하자고. 누구보다도 다정하고, 누구보다도 친절하면 그 분야에서 1등이 될 수 있다는 걸 깨달았어."

그것이 쿠시다가 다정했던 근본적 이유인가. 하지만 겉과 속이 다르지 않다고 자부하는 착한 사람보다 훨씬 호감이 간다. 계속 착한 척 거짓말하는 것보다는 정직하니까.

쿠시다의 말처럼 실행하는 것은 당연히 쉽지 않다. 다정하게 대하려고 해도 도저히 모두에게 다정하게 대하기란 힘들다.

"그 덕분에 나는 인기인이 되었어. 남자애도 여자애도 다 나를 좋아하게 되었지. 날 의지하고, 신뢰할 때 느끼는 그 쾌감을 익혔어. 초등학교, 중학교 때는 참 즐거웠는데……."

"하기 싫은 걸 계속해야 하다니, 그건 너한테 고통 아니니? 나라면 일찌감치 마음이 견디지 못하고 무너져 내렸겠지."

그렇게 묻고 싶은 것도 무리는 아니다. 보통은 못 하는 일을 쿠시다는 계속해서 하고 있다.

"고통이지. 당연히 고통이야. 매일 대머리가 될 것 같은 스트레스를 받고 있어. 짜증이 나서 머리카락을 스스로 쥐어뜯기도 하고 토한 적도 있어. 하지만 『친절한 나』를 계속 유지하기 위해서는 그런 모습을 어느 누구에게도 보여서는 안 돼. 그래서 참고 또 참았어. 하지만 마음은 한계에 부딪쳤어. 계속 쌓아두기만 하는 건 불가능하더라."

매일 거대한 스트레스를 받는 쿠시다의 마음고생이 눈에 보인다.

그걸 지금껏 어떻게 계속 유지해온 걸까.

"그런 내 마음을 지탱해준 건 블로그였어. 누구에게도 말할 수 없는, 속에 감춰둔 스트레스를 전부 토해낼 수 있는 배출구는 그곳뿐이었지. 물론 전부 익명으로 했거든? 하지만 있는 그대로의 사실을 글로 썼지. 매일 받는 스트레스를 전부 그곳에 토했어. 그랬더니 속에 쌓인 체증이 쑥 내려가는 거야. 블로그 덕분에 나는 나를 유지할 수 있었어. 나를 모르는 제삼자가 격려의 말을 건네주는 게 기뻤어. 그러던 어느 날, 내 블로그를 반 애가 우연히 발견하고 말았어. 아무리 등장인물의 이름을 숨겨도, 쓴 내용이 사실이니까 들키는 것도 무리가 아니지. 반 친구 전원에 대한 무수한 험담을 들켰으니, 미움을 사는 게 당연했지만 말이야."

"그게 사건의 발단이었구나."

"다음 날 반에 블로그 내용이 완전히 퍼져나갔고, 모두 나를 비난했어. 지금까지 그렇게 내 도움을 받아왔으면서, 완전히 손바닥 뒤집듯이. 진짜 자기들 마음대로지? 나를 좋아한다고 했던 남자애가 내 어깨를 들이받았어. 고백 받아서 기분 나쁘다고, 죽어버렸으면 좋겠다고 블로그에 썼으니까 무리도 아니지만. 또, 남자 친구한테 차여서 내가 위로해줬던 애가 내 책상을 발로 찼어. 그 애가 차인 이유에 대해 상세히 써놓고 비웃었거든. 아무튼 난 신변의 위험을 느꼈어. 반 애가 서른 명이 넘는데 전부 적이 되고 말았으니까."

원래라면 절대 이길 수 없는 싸움이다. 쿠시다가 반에서 따돌림을 당하는 모습밖에 보이지 않는다.

"어떻게 해서 그 상황을 극복했어? 폭력? 아니면 거짓말?"

예전에 호리키타와 이야기를 나눴지만 결론이 나지 않았던 수수께끼다.

"난『거짓말』도『폭력』도 쓰지 않았어. 그저『진실』을 내세웠을 뿐이야. 반 애들 모두의 비밀을 전부 털어놓았지. 누구누구는 누구누구를 싫어한다든가. 계속 기분 나빠 하더라, 라든가. 블로그에도 쓰지 않은 진실을 말이야."

모를 것이다. 신뢰를 쌓아오지 않으면 얻을 수 없는 '진실'이라는 무기. 그것은 나나 호리키타에게는 존재하지 않는 것. 살상력은 낮은 것처럼 느껴지지만, 신뢰를 잃는 대신 얻을 수 있는 강력한 양날의 검이다.

"그랬더니 나를 향했던 모든 칼날이, 증오하는 상대에게로 돌아가더라. 남자애들은 서로 치고받았고, 여자애들도 서로 머리채를 휘어잡고 마구 때려눕히면서 교실에 한바탕 난리가 났지. 그때는 정말 굉장했어."

"그게 네가 일으킨 사건의 진상……."

"반의 인간관계에 관한 비밀을 전부 폭로했으니, 그 반은 더 이상 기능할 수 없지. 나도 당연히 학교 측에 혼나긴 했지만, 사실상 내가 한 짓이라곤 익명으로 블로그에 애들 험담을 쓴 게 전부잖아? 게다가 반 애들에게 진실을 말해준 것일 뿐이어서 학교도 처분을 내리기는 곤란했던 모양이야."

무덤덤하게 말했지만 말 하나하나에 말로 표현할 수 없는

무게가 있었다.

"중학교 때랑은 달리, 아직 D반 애들에 대해서는 자세히 몰라. 하지만 몇 명쯤 무너뜨릴 수 있는 『진실』은 쥐고 있어. 지금 내 유일한 무기지."

이것은 협박이었다. 소문을 퍼트리면 어떻게 될지 각오하라는 뜻이었다.

필요에 의해 그 진실을 이용한다면, 이제 막 결속하기 시작한 D반에 균열을 만드는 것도 가능하다. 그렇게 되면 겨우 끌어올린 분위기도 망가지겠지.

"스트레스 배출구를 인터넷으로 삼은 건 내 실수였어. 불특정 다수가 보고, 정보는 영원히 데이터로 남아버리니까. 그래서 블로그는 그만뒀어. 지금은 스트레스를 말로 토해내서 어떻게든 참고 있는 상태야."

내가 예전에 봤던, 쿠시다의 또 하나의 얼굴. 폭언을 토했던 그때를 말하는 것이리라.

"그렇게까지 해서 넌 지금의 너로 있고 싶니?"

"그게 내 삶의 보람인걸. 모두가 우러러보고, 주목하는 게 무엇보다도 좋아. 나에게만 비밀을 털어놓을 때, 상상을 초월하는 뭔가가 내게 밀려와."

남이 혼자 속으로만 껴안고 있는 불안과 괴로움, 부끄러움과 희망. 그것을 알아내는 것.

쿠시다에게는 금단의 열매.

"시시한 과거지? 하지만 나한텐 그게 전부야."

쿠시다에게서 미소가 사라졌다. 과거를 전부 밝힘으로써, 이제 눈앞에 있는 우리는 확실한 적이 되었다. 앞으로 쿠시다는 일말의 동정조차 없이 우리를 이기려 들겠지.

"잊지 마. 수학 점수에서 내가 이기면 호리키타와 아야노코지는 제 발로 이 학교를 나가는 거야."

"그래. 약속은 지킬게."

대강 이야기를 마친 쿠시다는 만족한 표정으로 돌아갔다.

"정말 괜찮겠어? 호리키타. 쿠시다와 그런 내기를 하다니. 녀석은 류엔과 이어져 있어. 즉 교섭하기에 따라서는 문제와 답을 빼내는 것도 가능해."

"너야말로 그걸 알면서 왜 내기에 꼈는데? 내가 지지 않을 거라고 믿어서가 아니야?"

"뭐, 그건."

믿거나 하지는 않는다. 난 내 나름대로 생각이 있어서 내기에 동참했을 뿐이다.

"류엔이 문제를 입수할지도 모른다고 했는데, 그건 어째서야? 난 그럴 걱정은 없다고 생각해."

"무슨 뜻이야?"

"물론 문제만 구한다면 쿠시다의 승리는 틀림없겠지. 하지만 그건 내 퇴학이 확정되는 일이기도 해. 류엔이 과연 나를 퇴학시키고 싶어 할까?"

"……그건 의심스러운 부분이군."

녀석은 호리키타를 함정에 빠트리려고 하지만, 퇴학을 노

225

리는 것처럼은 보이지 않는다. 말하자면 호리키타가 패배를 인정하게 만들고 싶은 감정이 강한 것 같다. 이런 형태로 끝나는 건 이상적이라고 생각하지 않으리라. 게다가 뒤에 서 있는 내 정체를 모르는데 열쇠를 쥔 인물이기도 한 호리키타를 과연 잘라낼까.

"하지만 쿠시다가 거짓말을 한다면? 개인의 성적 향상을 위해 필요하다면서 우리가 한 내기 내용을 감출지도 모르잖아."

"류엔이 그걸 간파 못 할 리 없어. 쿠시다가 수학 문제와 답을 원하면 그 이유를 따질 게 분명해. 안 그래?"

"뭐, 하긴 그래."

그래도 절대적인 보장은 없다. 쿠시다가 말로 살살 구슬릴지도 모르니까.

그 부분까지 대책을 생각해뒀으면 좋겠지만, 그 수준까지 호리키타에게 원하는 건 가혹한 일이다.

"절대적인 보장이 없는 위험한 내기야."

"그거야 늘 그렇지. 어떤 시험이든지 말이야. 하지만 나만 희생하는 선에서 끝나면 편해."

거기서 내가 끼어들 줄은 호리키타도 예상하지 못했겠지.

하지만 아무래도 이것이 호리키타가 결론 내린, 쿠시다와의 싸움 방식인 것 같다.

전 학생회장인 증인을 세움으로써, 자신의 퇴학을 약속하고 쿠시다의 과거를 발설하지 않겠다는 약속까지 달아 신빙성을 얻어냈다.

"뒤로 물러서면 안 돼. 이왕 하는 거, 반드시 이겨라."

"당연하지."

자신의 퇴학을 건 호리키타의 싸움이 시작되려 하고 있었다.

이름	미야케 아키토
반	1학년 D반
학적번호	S01T004700
동아리	궁도부
생일	7월 13일

평가

학력	D
지성	D
판단력	C
신체능력	B
협조성	D−

면접관 코멘트

중학교 때부터 궁도부로 현(縣) 대회에 출전한 경험도 있다. 학력에는 편향이 보이지만 기본적으로 얌전하고 매사에 임하는 자세도 나쁘지 않다. 다만 과거에 몇 번 정도 싸움 소동을 일으켜 경찰에 붙잡힌 적이 있다. 교양을 제대로 익히는 것이 급선무이다.

담임 메모

궁도부에서 평판이 높아 동아리 활동에 대한 열의가 느껴진다. 반에도 관심을 가져주기를 기대한다.

○결성•아야노코지 그룹

유키무라의 스터디도 벌써 다섯 번째를 맞이했다.

두 번째부터 네 번째까지는 학교 병설 카페 팔레트에서 공부했지만, 오늘은 케야키 몰에 있는 카페에서 공부하기로 했다. 오늘부터는 기말고사에 대비해 모든 동아리 활동이 쉬기도 해서, 팔레트가 대혼잡을 빚을 것이라고 예상했기 때문이었다.

"역시. 상상 이상으로 시끄럽다."

카페에 도착하자마자 많은 학생 수에 압도된 유키무라. 우리는 겨우 자리를 확보했지만 카페가 거의 만석이어서 전 학년이 한데 뒤섞여 스터디가 시작되었다. 조용히 공부하는 학생도 많았지만, 역시 많은 사람이 모이니 도서실처럼 조용할 수는 없는 모양이었다.

"도서실이나 내 방에서 할 걸 그랬다."

"그렇지 않다니까. 여기가 훨씬 편해. 그렇지? 미얏치."

"응. 너무 조용하고 긴장된 공기는 궁도 할 때만으로도 충분해."

유키무라의 상상과는 반대로 두 사람은 이쪽이 더 마음이 편한 것 같았다.

방에 틀어박혀 책상과 씨름하는 시대는 끝났다.

친구들과 대화를 나눠가며 하는 것이 현대의 공부법이겠

지. 퇴화 같은 진화다.

"공부하는 건 너희니까, 여기서도 집중할 수 있다면 그렇게 믿을게. 오늘 할 과제를 준비해왔어."

담담하게 준비를 시작한 두 사람에게 유키무라가 건넨 노트에는 약점을 정확히 겨냥한 문과 계열 문제가 빽빽이 차 있었다. 마치 불꽃놀이를 하는 날이면 어김없이 등장하는 노점상 같다. 유키무라의 열성이 잔뜩 들어간 모양이다. 이건 풀어볼 가치가 있겠군.

"우와, 오늘도 문과 계열 문제로 가득하잖아…… 유키무~ 얄짤없네~."

선호하지 않는 문제, 그것도 취약한 과목이니 하세베가 괴로워하는 것도 이해가 간다. 미야케는 속이 울렁거리는지, 노트를 보면서 명치 부근을 손으로 눌렀다.

"시작하기도 전에 그렇게 겁먹어서 어쩔래."

"그건, 뭐 그렇지만……. 아무리 봐도 저번보다 더 많고 어려워 보이니까 그렇지."

"풀기도 전에 미리 단정 짓는 건 어려운 문제를 맞히지 못하는 학생들이 범하기 쉬운 사고 패턴이야. 일단 할 수 있다고 생각하고 도전하는 게 기본 중의 기본이라고."

가르치는 것에 열의를 담은 유키무라가 말했다.

"음, 그럼 이 문제는 지난번보다 쉬워?"

"물론 어렵지."

"……거봐, 역시 어렵잖아."

그야 그렇겠지. 언제까지고 간단한 범위에 머무를 수는 없다.

하지만 유키무라의 출제와 해설은 훌륭했다. 표현은 나쁠지도 모르겠지만, 교사 흉내를 낼 수 있을 만큼의 실력이 있지 않을까.

흉내면서도 포기하지 않고, 상대가 이해하지 못해도 말을 심하게 하지 않는다. 호리키타가 성장한 덕분에 유키무라도 성장한 걸까. 이런 식으로 변할 줄이야.

1학기 때 호리키타와 더불어 자신은 우수하다, D반에 들어온 건 뭔가 착오가 있다며 소리쳤던 게 먼 옛날 일 같다.

"한 번 해보자, 하세베."

언제까지고 불만을 늘어놓아봤자 의미가 없다는 것을 깨달았는지 미야케가 각오를 다졌다.

"의욕적이잖아, 미얏치. 뭐야, 열혈파야?"

"모처럼 동아리도 쉬는데 몇 시간이나 공부에 시간을 빼앗기고 싶지는 않아. 이것만 다 풀면 돌아갈 수 있지?"

"물론이야."

유키무라와 호리키타는 가르치는 방식에도 차이가 있었다. 정해진 시간을 꽉 채워 공부하는 호리키타와 달리, 유키무라는 시간을 정해놓지 않았다. 준비한 과제를 끝낼 때까지 한다. 그래서 예정보다 빨리 끝날 때도 있었고 더 오래 걸릴 때도 있었다.

어느 쪽이 좋은지는 사람에 따라 다르겠지만, 하세베와

미야케는 웬만큼 수준이 되기 때문에 이런 방식을 선택했으리라.

이케 무리처럼 기초가 잡혀 있지 않은 학생에게 이 방식을 쓰는 것은 곤란하다.

빨리 마칠 생각으로 별로 고민하지도 않고 답을 아무렇게나 휘갈겨 쓸 가능성이 있으니까.

뭐, 만약 그렇게 한다고 해도 문제를 이해할 때까지 계속 가르쳐주면 그만이지만.

"시간이 없으면 동아리도 그만두면 되지 않아?"

"동아리는 계속하고 싶어. 하지만 자유시간도 원해."

"완전 너 하고 싶은 대로네~."

어쨌든 두 사람의 동기부여가 회복되었다면 더 말할 필요는 없다. 만약 둘 중 하나가, 혹은 두 사람 모두 이탈해버린다면 훗날 호리키타가 어떤 트집을 잡을까.

이 몇 번의 스터디를 통해 유키무라가 차근차근 쌓아온 신뢰가 두 사람에게 좋은 영향을 주고 있는 것 같았다. 지금 두 사람에게서 유키무라의 방식을 의심하는 느낌은 받을 수 없었다.

"그리고 아야노코지. 오늘부터 너도 같이 해."

"……응?"

"넌 어느 정도 점수가 나오는 편이긴 하지만, 사토가 파트너잖아. 제대로 예습과 복습을 해둬야지. 두 사람이 퇴학이라도 당하면 만회할 수 없으니."

"아니 나는——."

"하지 마, 아야노코지. 그래서 같이 죽자?"

하세베가 유령처럼 고개 숙여 앞머리를 늘어뜨리고는, 우물에서 기어 나오는 듯한 손으로 나를 붙잡았다.

"어서 와~~~~~~."

등골이 서늘해지는 목소리에 질질 끌려가듯, 나도 문과 계열 문제의 어둠 속으로 빠져들었다.

1

"그러고 보니까 말이야. C반에 요시모토라는 애가 있지 않아? 미얏치는 알지?"

"요시모토 코세츠를 말하는 건가? 궁도부의."

"맞아 맞아. 그 요시모토. 2학년 선배랑 사귀기로 했다던데. 넌 알았어?"

공부하다가 지친 하세베가 잡담을 시작했다.

"아니, 전혀. 그냥 요즘 들어서 이상하게 귀가가 빠르다고 생각했지. 그런 거였군."

한 살이라도 연상과 사귀는 건 고등학생 때는 상당히 허들이 높다. 서른 살 정도 되는 성인이면 한두 살 차이 따위야 상관없어지는 모양이다. 아직 십대인 우리로서는 상상도 할 수 없는 이야기지만, 분명 그렇겠지.

"요시모토, 장차 결혼할 거라고 큰소리 떵떵 치고 다니는 모양이더라. 남자는 참 단순한 바보라니까."

하세베와 미야케 사이에 이야기가 딴 길로 샜다.

"누가 누구랑 사귀든 관심 없고 미래에 대해 떠드는 것도 자유지만, 최소한 손은 움직여가면서 말해라."

"안다니까 그러네. 그냥 잠시 쉬는 거잖아."

이제는 익숙해져서 유키무라의 지적에도 하세베는 눈 하나 깜짝 안 했다.

"글쎄, 과연 그럴까?"

"와, 왠지 애매한 느낌. 리필 해올까."

"또 설탕 듬뿍 넣어서? 너무 달게 먹는 거 아니야?"

"난 오히려 블랙커피를 마시는 쪽이 이해하기 어려운데. 으악."

하세베가 빈 플라스틱 컵을 들고 일어서려고 했을 때, 발밑에 놓여 있던 가방이 살짝 발에 걸리면서 컵이 바닥에 떨어졌다.

데굴데굴 굴러가는 컵을 아무 생각 없이 눈으로 쫓았다.

컵은 걸어오는 어떤 학생의 발밑까지 굴러갔다.

"아, 미안——."

사과하려고 하는 하세베. 하지만 그 직후 컵이 완전히 짓밟혀서, 사과 다음에 오려던 말이 다시 목구멍 속으로 들어가버리고 말았다.

"아주 즐거워 보이는군. 우리도 끼워주라."

"뭐야, 너희……."

잔뜩 경계하면서 무섭게 노려보는 하세베.

그것도 무리는 아니리라. 컵을 짓밟은 사람이 다름 아닌 C반 류엔이었기 때문이다. 그의 바로 뒤에는 이시자키에 코미야에 콘도까지, 자주 보는 C반 트리오도 있었다.

뭐가 즐거운지 히죽히죽 웃고 있다.

그리고 평소에 보이지 않던 여학생 하나가 이시자키 무리의 옆에 서 있었다.

이 자리와는 어울리지 않게 긴장감 없는 표정이었다.

"야. 내 컵을 왜 밟아? 이거 고의지?"

"내 발 쪽으로 굴러오니까 버린 줄 알았지. 수고를 덜려고 밟아준 거야."

류엔은 그렇게 웃으면서 컵을 뻥 차서 하세베 쪽으로 날렸다.

조금 남아 있던 내용물이 바닥에 흘렀고, 컵에는 구멍이 뚫렸다. 그 모습을 아무 말 없이 지켜보던 미야케가 천천히 자리에서 일어섰다.

"어이, 류엔. 전부터 해주고 싶었던 말인데, 이제 좀 적당히 하고 그런 태도는 버려라."

"뭐? 너 지금 누구보고 그런 말을 하는 거냐?"

류엔이 나올 것도 없다며, 이시자키가 앞으로 나와서 미야케의 멱살을 잡았다.

"내가 너한테 말했냐? 떨거지는 찌그러져 있어, 이시자키."

미야케는 동요하지 않고 이시자키의 손을 뿌리쳤다.

"이 자식이!"

이시자키가 소리치자, 시끄럽게 떠들던 주위 사람들이 쳐다보았다.

그것을 민감하게 받아들인 것은 다른 사람이 아닌 류엔이었다.

"그만해라. 이런 데서 폭력 사태라도 일으킬 생각이냐, 이시자키."

"죄, 죄송합니다. 미야케가 건방지게 굴어서 저도 모르게……."

"감정만 앞서는 바보를 싫어하지는 않지만, 지금은 얌전하게 굴어."

"네……."

류엔의 말이 맞다. 여기에는 1학년만 있는 것이 아니다. 상급생에서부터 가게 점원, 그리고 몇 대나 되는 감시 카메라. 사각지대라고는 없는 공공장소이다.

여기서 사건을 일으키면 책임을 추궁 받는 쪽은 C반이라는 것이 명백하다. 증언과 기록에 따라 어떤 페널티를 받을 수도 있다.

"난 너한테 볼일 없어. 그쪽 두 사람한테 흥미가 있지."

그렇게 말한 류엔은 나와 유키무라에게 시선을 보냈다.

"선물은 잘 받았나?"

"그게 무슨 소리야……?"

유키무라는 당연히 무슨 말인지 이해하지 못했다. 영문을 모르겠다는 듯 같이 지목당한 나를 쳐다보았다. 선물이란 틀림없이 저번에 보낸 '누구냐, 넌?' 이라는 내용의 문자를 말하는 거겠지.

"글쎄……."

그에 맞추듯 나도 시치미를 뗐다. 류엔도 강제적인 방법을 쓰는군. 그렇게 캐묻는다고 해서 누가 자기 무덤을 파겠는가. 아무리 의심을 짙게 드리워도 결론은 나오지 않는다. 어디까지나 모호하기만 할 뿐이다.

"어때. 뭔가 걸리는 부분 없어? 히요리."

류엔은 우리에게서 시선을 떼고, 유일하게 동행한 여자애에게 의견을 물었다.

"글쎄. 지금 단계에서는 뭐라고 말할 수 없어."

류엔을 따르면서도 무서워하는 학생들이 많은 가운데, 히요리라고 불린 여학생은 냉정했다. 어딘지 초점이 맞지 않는 눈이 나와 유키무라를 번갈아 관찰했다.

류엔은 무슨 속셈으로 이 여학생을 데려온 것일까.

"둘 다 인상이 희미한 얼굴이어서 금세 잊어버릴 것 같아."

"크크큭, 그렇게 말하지 마라. 앞으로 오래 봐야 할지 모르니까."

"유키무라…… 아야노코지…… 코엔지, 또 누구였지?"

"히라타입니다, 히라타."

"맞아. 히라타. 어째서 이렇게 얼굴과 이름을 매치하기 힘든 걸까."

그곳만 흐릿하고 이상한 공간에 휩싸인 것 같았는데, 이

시자키가 말을 높이는 것이 왠지 마음에 걸린다. 얼굴은 본 적이 있는 C반 학생이다.

"과연 코엔지는 외운 모양이군."

"그 사람은 상당히 독특해서 기억하기 쉬웠어."

아무래도 히라타와 코엔지 역시 류엔에게 마크당하고 있는 모양이다. 하긴, 코엔지만큼은 행동을 예측하기 어려운 데다가 능력치도 높으니 신경 쓰이는 것도 무리는 아니다.

그렇다고는 해도 코엔지가 연출이 아니라 정말 선천적으로 괴짜라는 사실을 알면, 머지않아 류엔의 타깃에서 제외될 것 같다는 생각이 든다.

"도대체 지금 뭐 하는 거야, 류엔. 우리는 바쁘거든. 용건이 있으면 짧게 끝내라."

우리의 마음을 대변해서 미야케가 강한 어조로 말했다.

"아무것도 아니야. 오늘은 그냥 인사만 하는 거니까. 너희한테 이 말을 전해주지. 빠른 시일 내에 다시 만날 거라고."

"그게 무슨 뜻이야."

다시 덤비는 미야케를 무시하고, 류엔은 추종자 무리를 거느리고 카페를 빠져나갔다.

순간 정적에 휩싸였던 가게 안은 금세 활기를 되찾아 공부 모드로 돌아왔다.

그런데——.

히요리라고 불린 학생만은 계속 남아 우리를 쳐다보고 있었다.

그런 상황에서 공부에 집중될 리 없어서, 하세베가 살짝 짜증 난다는 투로 말했다.

"뭐야? 거기 계속 앉아 있으면 방해되는데."

"조금만 기다려줘."

"뭐? 뭐라는 거야. 방해되니까 가달라고 말하는 건데, 이해가 안 되니?"

컵을 짓밟혔던 하세베는 아까부터 기분이 언짢은 상태였다.

거칠게 따져 묻는 하세베에게 히요리는 왠지 나사 하나가 빠진 듯한 미소로 대신 답하고는 자신의 짐을 발밑에 둔 채 계산대 쪽으로 걸어갔다.

"뭐야, 쟤."

"그러게. 난 뭐가 뭔지 하나도 모르겠어. 알고 싶지도 않고."

유키무라는 히요리의 행동이 도저히 이해가 안 된다며 잠시 생각에 잠겼지만, 결론이 나오지 않아 결국 무시하기로 마음먹은 듯했다.

"내가 알기로 C반의 시이나 히요리, 라는 애 같아. 본 적 있어."

미야케만 유일하게 아는 얼굴인지 이름을 언급했다.

이름이 시이나라는 여학생은 점원에게 음료를 주문해서 컵 두 개를 들고 돌아왔다.

"이거 괜찮으면 마셔."

"뭐하자는 건데? 왜 나한테 이걸 주는데?"

"너무 경계하지 않아도 괜찮아. 아까 류엔이 한 행위는 나도 봤고, 누가 봐도 류엔이 잘못했어. 이건 C반의 한 사람으로서 사과하고 싶어서 주는 거야. 설탕은 내 마음대로여서 미안하지만 넣어달라고 했어."

"설탕을 넣었다니…… 음. 엥, 맛있어. 아까 내가 마신 거랑 똑같잖아."

"아까 류엔이 밟았던 컵 안에 설탕이 많이 가라앉아 있는 걸 봤거든. 그래서 네가 단 걸 좋아하는 사람 같아서. 잘못 본 게 아니라니 다행이야."

"하지만, 들어가는 설탕의 양이 완전히 일치하는 느낌이 드는데…… 우연인가?"

"녹지 않고 남은 설탕의 양을 통해 역산했어."

"뭐어어?! 그런 게 가능해?!"

"의외로 가능해. 이렇게 보여도, 통찰력이 뛰어난 편이거든, 나."

그렇게 말한 그녀는 나와 유키무라, 그리고 미야케에게도 시선을 보냈다.

"이건—— 너희끼리 스터디를 하고 있는 거지?"

"뭐랄까 이 아이, 기 빠진다……."

아까까지 화내던 하세베였는데, 히요리의 뭐라고 형언할 수 없는 페이스에 당혹스러워했다.

공부를 가르치는 유키무라의 입장에서는 쓸데없는 정보를 주고 싶지 않을 것이다. 그는 허둥지둥 모두에게 노트를 덮게 했다.

"혹시 나를 스파이라고 생각하는 거야?"

"혹시가 아니라 정말 그렇게 생각해."

"그런 짓은 안 해. 난 평소에 류엔과는 거리를 두고 있거든."

"그런 것 치고는 류엔이 굉장히 친근하게 네 이름을 부르지 않았어?"

"억지 부려서 동행한 거야. D반에 흥미가 있어서."

히요리가 한 발언의 의도를 이해하지 못한 세 사람이 고개를 갸우뚱거렸다.

물론 나도 따라서 이해 못 한 척했다.

"몰라? 지금 C반에서 엄청나게 화제가 되고 있어. D반에 정체를 숨긴 책사가 있다고. 그 책사는 무인도 시험과 선상에서의 시험, 그리고 체육대회 때도 D반의 약진에 크게 공헌했다던데. 정말 몰라?"

지금까지 D반 학생 대부분이 몰랐던 사실을 히요리가 이야기했다. 당연히 하세베를 비롯한 아이들의 머릿속에 기묘한 물음표가 떠올랐다.

"잘 모르겠는데. 호리키타를 말하는 건가?"

"그렇겠지? 나도 호리키타 정도밖에 떠오르지 않는데."

"호리키타 스즈네는 아니라고 해."

생각한 끝에 나온 결론을 히요리가 단칼에 부정했다.

"아야노코지는 호리키타와 자주 같이 다니는 모양이던데?"

"자리가 바로 옆이어서."

"하지만 그 녀석 이상으로 머리가 좋은 애는 거의 없어."

"맞아. 기본적으로 D반의 작전은 호리키타가 생각해내는 이미지야."

아주 적절한 타이밍에 하세베와 미야케가 동의해줘서 말의 신빙성이 커졌다.

함께 있는 것을 부자연스럽게 긍정하거나 부정할 필요는 없다.

어디까지나 D반 학생이 아는 모습 그대로를 알리는 것이 중요하다.

"그렇구나. 너희와 같은 반 친구는 그런 평가를 받고 있구나."

"괜히 이상한 소리를 해서 우리를 방해하지 마라."

히요리가 지닌 독특한 분위기에 우리가 점점 휘말리자, 유키무라가 강하게 말했다.

더 이상 공부 시간을 깎아 먹는 게 참을 수 없는 모양이었다.

"……미안해. 내가 공부를 방해했나, 보구나."

"미안하지만 맞아."

"그렇게까지 말할 필요는 없잖아? 유키무."

"낙제점을 받아 퇴학을 당해도 불만 없다면 마음대로 수다 떨든지. 난 돌아갈 테니까."

"윽, 그것만은 봐주라. 공부 가르쳐 줘."

고개를 굽실 숙이는 하세베.

"봤지? 이상한 소리를 하고 싶거든 시험이 끝난 다음에 해."

유키무라가 반강제적으로 히요리의 이야기를 끊자, 히요리도 미안하다는 듯 자리에서 일어났다.

"정말 미안해. 그렇게까지 필사적으로 공부하지 않으면 위험한 거지, 시험."

낙제점을 받을 가능성이 있는 아이들의 기분을 상하게 하려고 하는 말인가.

어딘지 어리바리한 냄새도 나지만, 믿어도 될지는 아직 분명하지 않다.

"알았어. 기말고사가 끝나면 그때 다시 얘기하자. 그때부터라도 늦지 않으니까."

순순히 돌아가기로 결심했는지 히요리가 손에 컵을 들었다.

"커피 고마워. 덕분에 잘 마셨어."

"아니야, 너무 신경 쓰지 마. 그럼 안녕."

류엔과 함께 등장했던 히요리도, 이렇게 우리와 접촉한 뒤 카페를 떠났다.

나를 찾아내기 위한 작전인지 아닌지 확신할 수는 없지만 경계해서 나쁠 것은 없지.

일단 녀석에 대해 조사해둬야겠다.

2

우리는 같은 기숙사이기 때문에 필연적으로 함께 귀가하게 되었다.

유키무라는 휴대폰에 오늘 스터디 진행 상황을 기록했다.

"이렇게까지 공부에 집중한 건 오랜만이야. 학교 수업 6시간에다가 방과 후에 또 2시간이잖아? 다른 애들도 보통 이 정도까지는 안 하지 않아?"

"도중에 C반 애들이 끼어들어서 시간을 잡아먹긴 했지만."

"그런 방해에도 굴하지 않고 우린 오늘도 열심히 공부했고."

두 사람이 만족스럽다는 듯 대화를 나누며 걸었다. 그 이야기를 들은 유키무라가 고개를 들었다.

"지금 농담하는 거지? 대학 입시 준비를 시작하면 못해도 방과 후에 3시간 이상, 가능하면 4시간은 공부하고 싶은데. 물론 매일. 그리고 시험이 코앞으로 다가오면 하루에 10시간 이상 자주적으로 공부해야 해."

"뭐라고? 그건 무리야, 무리. 그렇게 공부하는 건 도저히 불가능해. 그보다도 유키무라, 꽤 자세히 알고 있네."

"우리 누나가 교사인데 수험 전에 그 정도는 늘 당연하게 해왔어."

"엘리트 집안인가 보네. 유키무도 선생님이 꿈이야?"

"교사 정도는 딱히 엘리트도 뭣도 아니지. 그리고 나는 교사가 되는 게 꿈이 아니야. 교사가 꿈이었으면 이렇게 상식에서 벗어난 제도인 학교에 왔겠어?"

평범하게 생각했을 때 교사가 되는 길은 그리 간단하지 않다. 다만 변호사나 공인회계사 등에 비하면 난이도가 몇 단계 내려가고, 굳이 이 학교를 선택해서 얻을 이점이 별로 없으리라.

하물며 유키무라의 경우는 공부를 별로 어려워하지도 않

고 학력이 남들 수준 이상이다. 그러니 더욱 그러하겠지.

"그럼 왜?"

"……딱히 상관없잖아. 남이 여기에 진학하기로 결정한 이유를 일일이 듣고 싶냐? 꼬치꼬치 캐물으면 그 당사자가 어떤 기분인지 너도 잘 알 텐데?"

그렇게 한 소리 들은 하세베였지만, 안타깝게도 역효과를 가져온 모양이었다. 하세베는 별로 기분 나빠하는 모습 없이, 오히려 먼저 나서서 대답했다.

"난 솔직히 말해서 이 학교의 표어에 끌려서 왔는데? 졸업만 하면 진학이든 취직이든 마음먹은 대로 된다고 하니까, 입학하지 않을 수 없었다고 할까. 대부분 애들이 그런 동기로 온 거 아니야?"

"하나 더 추가해줘. 돈이 안 드는 학교라는 것도 진학 이유에 들어가지. 그리고 기숙사 생활을 하면 보통 돈이 들어가잖아. 하지만 이 학교는 그것조차 요구하지 않아. 가령 포인트가 없어도 학교생활을 보낼 수 있게 되어 있어. 진학 같은 보장보다 그쪽이 더 고마울 정도야."

"그건 과장이 심해. 어디든 진학이나 취직 가능하다는 거야말로 정말 대단한데."

"꿈을 말하는 건 너희 자유지만, 그전에 기말시험부터 통과해라. 하세베가 바라는 그 제도도 A반으로 졸업 못 하면 아무 의미 없으니까."

"뭐랄까 넘 같은 건 없나? 사실은 A반만 된다는 건 학교의 새빨간 거짓말이고, 졸업만 하면 어디든 갈 수 있다든가."

"그건 아닐 거야. 만약 그렇다면 재학생 사이에 분명 정보가 돌았겠지. 하지만 동아리에서도 그런 이야기는 단 한 번도 들어본 적 없어. 그러기는커녕 3학년 D반은 상당히 비참한 모양이더라."

동아리에 소속되지 않은 나는 그런 사정을 전혀 모르지만, 예전에 접촉한 적 있는 3학년 D반 선배들의 모습에 패기가 보이지 않았던 것은 사실이었다.

"국가에서 직접 관리하는 학교라고는 해도 A반 이외에 특별한 권한을 주지 않는다는 걸 보면, 진학이나 취직 때는 플러스로 작용하기는커녕 오히려 마이너스로 작용할 거라는 생각이 들어. A반에 올라가지 못한 학생이라고 말이야. 그러니 나는 반드시 A반으로 졸업해야만 해."

"엥, 그건 최악이잖아."

명문, 이름이 알려진 학교면 보통 '졸업'과 '개인 성적'이라는 두 가지 요소만 있으면 기본적으로 높은 평가를 받는다. 하지만 고도 육성 고등학교의 경우는 졸업해도 유키무라가 말한 것처럼 A반에 올라가지 못한 학생이라는 낙인이 찍혀버릴 가능성이 있다. 이를 뒷받침하는 것이 이케를 비롯하여 학력이 형편없는 학생들의 존재다. 요컨대 입학 조건에 '편차치'는 별로 중요하지 않은 셈이다.

이런 면을 대학과 기업이 의심스러워하지 않을 리가 없다.

"미얏치도 잘 버티네, 스터디. 금방 그만둘 줄 알았는데."

"너야말로 웬일이야. 원래 남자애랑은 말도 잘 안 섞잖아."

"뭐, 그렇지. 하지만 너희 세 사람은 괜찮은 것 같아서."

하세베 나름대로 생각한 부분이 있는 모양이다.

적당한 때가 온 것 같다고 판단한 나는 어떤 질문을 던져 보기로 했다.

"하세베, 할 말이 좀 있는데 괜찮아?"

"응?"

"너, 사토랑 친해?"

"사토? 딱히 친한 건 아닌데. 원래 난 무리에 속하는 걸 좋아하지 않으니까. 사토에 대해서라면 카루이자와한테 물어보는 게 낫지 않아?"

그게 가능하면 고생할 사람이 누가 있는가.

어느 정도 관계가 얽혀 있는 사람에게는 묻기 힘든 문제다.

"그런데 그건 왜?"

"아니——."

뭐라고 말해야 좋을지 모르겠지만, 적어도 있는 그대로 전할 수는 없다. 내가 곤란해하자 유키무라가 뭔가를 깨달은 듯 입을 열었다.

"파트너니까 신경 쓰이는 마음은 잘 알겠어. 잘하는 과목과 못하는 과목이 뭔지 모르면 불안하니까."

"아아, 그런가. 아까 말했었지? 같은 팀이라고."

"직접 물어보려니 접점이 너무 없어서, 아무 방법도 못 찾았어."

가여워라, 하고 하세베가 두 손을 모았다.

하지만 떠오르는 게 있었는지 곧바로 새로운 제안을 해왔다.

"카루이자와한테 물어보기 그러면 쿄쨩은 어때? 사토랑도 친하고 아야노코지도 쿄쨩이라면 말할 수 있잖아?"

"응? 쿄쨩이라니?"

들어본 적 없는 별명이어서 누구냐고 되물었다.

"키쿄 말이야. 아야노코지도 자주 이야기 나누잖아?"

키쿄라서 쿄쨩인가. 몰랐는데 듣고 보니 납득이 간다. 하긴 쿠시다가 적임자겠지. 반의 속사정을 잘 알고 있고, 호리키타의 일만 없었으면 망설임 없이 부탁했을 가능성이 있다. 하지만 지금 상황에서도 부탁할 상대가 맞을까?

쿠시다에게 물어보면 된다는 충고를 쉽사리 받아들이지 못하고 있는데 미야케가 도움의 손길을 뻗었다.

"카루이자와는 몰라도 쿠시다에게 물어보는 건 괜찮지 않아? 남자도 여자도, 쿠시다랑은 친하게 지내니까. 하세베도 그렇지?"

"맞아. 싫은 여자애가 많지만 쿄쨩은 좋아해. 반을 위해 아무렇지 않게 궂은일을 도맡고. 그러면서도 늘 밝고. 평소에 난 누군가에게 상담 같은 걸 하지 않지만, 쿄쨩만은 좀 특별해. 가족처럼 들어주고, 누군가에게 절대 소문내지 않으니까."

"너한테도 상담할 고민이 있나 보구나."

"우와, 그거 실례야, 미얏치. 우리 또래의 소녀에게는 여러 가지 사정이 있다니까."

"뭐야, 그 여러 가지라는 게?"

"그건 말이지―― 알려줄 리 없잖아? 넌 분명 이야기를 퍼트리고 다닐 게 뻔한데?"

"안 해. ……라고 단언은 못 하겠네. 내용에 따라서."

그렇게 말하는 인간에게 고민 상담을 할 리 없는 건 당연한가.

"하긴 걱정 되는 부분이 있으면 쿠시다에게 상담하는 게 제일 낫겠지. 나도 찬성이야."

"그렇지? 사토를 좋아하는지는 모르겠지만, 절대 들키거나 하지 않을 거야."

"뭐야, 사토를 좋아하냐? 아야노코지."

"그런 말은 한 마디도 안 했는데. 난 네가 사토랑 친하냐고 물어봤을 뿐이야."

"그게 수상하지 않아? 지금까지 사토랑 가까이 지낸 적도 없으면서?"

"사토가 신경 쓰이는 건 한 팀이어서라고 아야노코지가 말했잖아. 벌써 까먹었냐?"

그런 미야케의 말에도 하세베는 물러서지 않았다.

"그건 그렇지만. 왠지 그게 전부가 아니라는 느낌이 든단 말이야. 묻는 뉘앙스가."

여자에게는 이따금 이해할 수 없는 레이더가 달려 있다. 이것만은 도저히 못 이기겠다.

"아아, 그렇지. 잠깐 편의점 좀 들렀다 가도 돼?"

미야케의 돌발적인 제안에 이 이야기는 자연스레 마침표를 찍었다. 살았다.

그나저나 쿠시다는 이제 D반에 없어서는 안 되는 존재로 발전했군.

하긴 언제 어떤 상황을 떠올려도 쿠시다는 반드시 반의 모든 일에 관여하고 있었다. 그러면서도 강한 주장은 절대 펼치지 않고, 누군가를 도우며 헌신적으로 활동해왔다. 그 풀뿌리 민주주의 운동이 착실하게 성과를 얻고 있는 게 지금이겠지.

이 자리에 있는 약간 개성 강한 멤버들 중에 어느 한 사람도 그녀의 험담을 하지 않았다.

본인이 없는 곳에서는 평소에 말하지 않는 단점이 대체로 먼저 나오는 법인데, 미담밖에 나오지 않는 점이 대단하군.

"아, 나도. 두 사람도 같이 가자."

"애도 아니고."

그렇게 말했지만 유키무라도 싫지 않은 얼굴이었다.

3

우리 네 사람은 편의점 밖에 서서 아이스크림을 먹었다.

"서늘할 때 먹는 아이스크림도 맛있네."

하세베가 컵에 든 바닐라 아이스크림을 얇은 나무스푼으

로 떠서 입으로 가져가며 말했다.

한편 유키무라는 평소에 아이스크림을 즐겨 먹지 않는지, 원재료를 확인하고 있었다.

"보존료와 착색료의 대향연이군."

"우왓, 그런 걸 일일이 따지면 먹을 수 있는 게 아무것도 없을걸?"

"난 음식만큼은 신경 쓰고 싶어. 무인도 생활이 끝나고 몸이 안 좋아져서 그렇게 생각하게 됐지. 지금은 케야키 몰에 있는 슈퍼에서 파는 유기농 식품을 중심으로 먹고 있다고."

"고집 있는 녀석이네."

아무래도 유키무라는 건강을 중시하는 인간이 된 모양이다.

"말이 나와서 말인데 편의점은 단가가 높아. 케야키 몰에 가면 똑같은 상품이라도 몇십 엔은 더 싸게 살 수 있어. 좀 효율적으로 물건을 사는 게 어때?"

아이스크림 이외에 일용품도 산 하세베의 쇼핑 봉지를 보며 그렇게 지적했다.

"혹시 유키무 너, 원가 따지는 스타일이니?"

"그리고 줄곧 신경 쓰였는데, 유키무……라니?"

"이름이 유키무라니까 유키무. 난 친해지면 별명을 부르거든. 미얏치, 유키무, 그리고 아야농. 뭔가 아야농은 입에 잘 안 붙지만."

어느새 나에게도 별명이 생겼다. 그리고 미묘한 평가인 아야농.

"유키무라고 부르지 마. 창피하니까."

"싫어?"

"······싫다고는 안 했어. 창피하다고 했을 뿐이지."

"뭐 어때, 그 정도야."

"하지만 많은 사람 앞에서 유, 유키무는 좀······."

그렇게 말하며 말리는 유키무라였지만, 하세베는 의외로
진지한 표정으로 유키무라에게 물었다.

"나쁘지 않을지도 모르겠다는 생각이 들었어, 이런 관계도."

"별명으로 부르는 관계, 말이야?"

"아니, 나도 미얏치도 좀 혼자 해결하는 타입이잖아?"

"뭐····· 그건 그렇지. 부정은 안 할게."

"그런데 막상 멤버를 꾸려보니까 마음이 편하다고 할까,
유키무도 아야농도 기본적으로는 친구가 별로 없고. 2학기
도 벌써 절반이 지나 가 버렸지만, 이 스터디를 통해 새로운
그룹을 만들고 싶다고 생각했어. 그래서 흘러간 시간을 만회
하자는 의미는 아니어도 어쨌든 빨리 마음을 터놓기 위해 별
명이나 편하게 이름을 불렀으면 좋겠어. 두 사람은 어때?"

그렇게 제안해왔다. 유키무라와 내가 대답하지 않고 있자
미야케가 그 말을 이어받았다.

"그러네. 나쁘지 않다고 할까, 나도 놀라울 정도로 이 그
룹에 적응한 느낌이야. 스도 무리랑은 성격이 좀 안 맞고.
히라타는 좀 다른 범위에 있는 것 같고. 기본적으로 걔는 여
자애들한테 둘러싸여 있으니까."

"그렇지? 내 말 맞지? 두 사람은 어때?"

하세베도 미야케도, 우리 네 사람이 그룹을 형성하는 것을 긍정적으로 생각하고 있었다. 유키무라는 거절하려나?

"원래 난 너희의 공부를 봐주기 위해 함께 있는 거야. 그게 끝나면 이 그룹은 끝이지. 하지만…… 시험은 이번으로 끝나는 게 아니라 3학기는 물론이고, 졸업할 때까지 이어지니까. 그럼── 효율화를 위해서라도 받아들여도 좋을 것 같아."

"뭐야 그게. 참 어렵게도 말하네. 하지만── 고마워."

"흐, 흐음. 퇴학생이 나와서 더 이상 반 평가가 내려가지 않기 위해서야."

"남은 건 아야농뿐이네. 아, 하지만 호리키타랑 같은 그룹이어서 어려우려나? 게다가 이케랑 야마우치랑도 잘 어울려 노니까."

"반 친구에 우열은 없는데, 적어도 나랑은 좀 타입이 달라서 안 맞는 면이 많았어. 여기 있는 너희는 무리하지 않아도 된다고 할까, 솔직히 편해. 호리키타랑은 옆자리라는 점이 커서 그렇지, 딱히 같은 그룹도 아니야."

이 말은 진심이었다.

"그래? 그럼 이렇게 결정하는 거다? 앞으로 우리는 아야노코지 그룹이야. 잘 부탁해."

"잠깐만. 어째서 내가 중심이야?"

"어쨌든 우리를 이어주는 사람이 아야노코지니까 그렇게

정해도 괜찮지 않나?"

미야케도 하세베의 의견에 동의했다. 유키무라는 어떨까?

"나도 이의 없어. 멋대로 유키무라 그룹이라고 해도 곤란하니까 말이야."

시원시원하게 인정해버렸다.

"그럼 그룹 발족을 맞이해 한 가지 정하자. 앞으로 서로를 딱딱하게 성으로 부르는 건 금지."

"금지하는 건 괜찮지만 미, 미얏치라거나…… 아, 아야농이라고는 도저히 못 부르겠다. 창피하단 말이야. 그리고 그 이전에 바보 같잖아."

유키무라와 내가 '미얏치'라고 부르는 것은 확실히 위화감이 있다.

그러한 부정을 대신 말해줘서 상당히 고마웠다.

"그럼 적어도 성 말고 이름 부르기. 참고로 나는 하루카야. 부르고 싶을 때 언제든지 그렇게 불러도 돼. 미얏치는 이름이 뭐였더라?"

"아키토야."

그렇게는 부를 수 있겠지? 하고 하세베가 의기양양한 표정을 지었다.

"아키토? 뭐, 그런 이름이라면. 아야노코지는 키요타카였지?"

같은 방에서 잠잔 적도 있었기 때문에, 유키무라는 내 이름을 기억하고 있었다.

"유키무라는 이름이 테루히코였나?"

나도 선상 시험 때가 생각났다. 그런데 무슨 영문인지 갑자기 유키무라의 낯빛이 흐려졌다.

"……그걸 기억하고 있었어?"

유키무라는 감동했다기보다 곤란하다는 표정이었다.

"아, 유키무는 이름이 테루히코구나? 뭔가 다른 별명을 만들어 볼까?"

"하지 마."

강한 어조로 말리자, 하세베가 살짝 주눅 들었다.

"뭐 불편한 거라도 있어?"

갑자기 태도가 확 달라진 유키무라에게 그렇게 물으니 생각지도 못한 대답이 돌아왔다.

"이름으로 부르는 건 나도 찬성해. 하지만 나를 테루히코라고 부르지는 마라."

그렇게 선언한 것이다.

"이름을 부르는 건 괜찮지만 네 이름은 안 된다고?"

"딱히 너희가 마음에 안 들어서 그런 게 아니야. 그냥 내 이름이 싫어. 지금까지 아무도 내 이름을 부른 적이 없어서 신경 쓰지 않으려고 했는데, 사정이 달라졌으니까."

"요즘 유행하는 것처럼 이색적인 이름도 아니고 그냥 평범한데?"

미야케가 이상하게 생각하는 것도 무리가 아니다.

과연 테루히코라는 이름은 지극히 평범한 카테고리에 속

한다.

굳이 싫어할 이름은 아닌 것 같은데.

"뭐 특별한 이유라도 있어?"

"……어어. 테루히코라는 이름은 어머니가 지은 거야. 어릴 때 나랑 아버지를 버리고 집을 나간, 비열한 인간이지. 그래서 도저히 받아들일 수 없어."

생각한 것보다 훨씬 무거운 이유에 하세베와 미야케의 표정이 굳었다.

그 모습을 본 유키무라는 재빨리 이 이야기를 매듭짓고 넘어가려고 결심한 것 같았다.

"미안하다. 내가 괜한 소리를 했어."

"아니야, 나야말로 미안해. 내 멋대로 별명이나 편하게 이름을 부르자고 말한 바람에."

"네가 사과할 일이 아니야. 사정을 몰랐으니까 당연하지. 일반적으로 생각하면 자기 이름을 좋아하지 않는 사람은 그리 많지 않으니까. 나도 가능하면 여기 분위기를 망치고 싶지 않아. 그러니까 만약 괜찮다면 앞으로 나를 케세이라고 불러줬으면 좋겠어. 이것도 내가 어릴 때부터 쓰던 이름이거든."

"케세이? 유키무라한테 이름이 두 개 있다는 거야? 뭐랄까, 굉장히 복잡해 보이는데."

"케세이라는 이름은 내가 아무렇게나 지은 게 아니야. 아버지가 붙여주려고 했던 이름이지. 어머니가 집을 나간 그 날부

257

터 나는 내 이름이 케세이라고 여기고 있어. 만약 그게 납득이 안 간다면 지금까지 불렀던 대로 유키무라라고 해줘."

유키무라가 그렇게 정했다면 더 이상 추궁할 수 없다.

게다가 이름이 두 개인 사람은 의외로 많이 있다.

연예인뿐만 아니라 일반인 중에도 꽤 있는 것이다.

"싫어하는 호칭을 부르는 건 나도 원하지 않으니까, 뭐 괜찮지 않아?"

"그래. 그럼 다시 한번 앞으로 잘 부탁한다, 케세이."

하세베의 말처럼, 신경 쓰지 않고 유키무라가 희망하는 이름으로 부르기로 정했다.

"미안하다, 무리한 부탁을 해서. ……키요타카, 아키토. 그리고 하루카."

유키무라가 모두의 이름을 불렀다.

"괜찮다니까 그러네. 많든 적든 누구에게나 사정이 있는 거잖아."

그 말이 맞다. 나에게도 밝히고 싶지 않은, 남들이 몰랐으면 하는 과거가 있듯이 유키무라…… 아니, 케세이에게도 떠안고 있는 과거가 있을 뿐이다.

나도 케세이를 따라 소리 내어 이름을 불러보았다.

"아키토에 케세이에…… 하루카. 나도 다 외웠어."

여자애의 이름을 부르는 건 남자보다 훨씬 긴장되는구나.

"그나저나 넌 키요타카라고?"

하루카는 이번에는 내 이름에 걸리는 부분이 있는 모양이었다.

"그럼 아야농이 아니라 키요뿡이라고 해야겠네. 응, 그쪽이 입에 더 잘 붙기도 하고, 그걸로 확정. 유키무도 그렇게 부를래?"

우왓, 아야농보다 더 창피한 별명이 붙고 말았다.

앞으로 많은 사람 앞에서 그렇게 불릴 것을 상상하니, 뭔가 배가 간질간질한 느낌이다.

"안 불러. 당연히 키요타카라고 불러야지. 창피하게시리."

창피한 건 제쳐두고, 어쨌든 최종적으로 서로 편하게 부를 수 있는 이름으로 정해졌다.

원래라면 내가 먼저 부르는 타이밍을 잘 못 잡는데, 이런 흐름이라면 문제없이 성공할 것 같았다.

나는 뒤돌아보았다. 분위기가 잘 조성된 지금이어서 등 뒤로 신호를 보냈던 것이다.

이대로 계속 말없이 듣고만 있어도 되겠냐? 사쿠라.

사쿠라는 우리가 스터디를 할 때마다 뒤따라 붙었다.

오늘 갔던 카페에서도, 그리고 지금도 살짝 떨어진 자리에서 상황을 살피고 있었다.

우리가 하는 말이 전부 들리지는 않겠지만, 어렴풋이 전해지고 있을 것이다.

그룹이 결성될 것 같은 이 순간이 마지막 기회이리라.

만약 여기서 끼어들지 못한다면——.

"자, 그럼 모두 이름도 파악했으니까 다시 한번, 우리 넷

이서 그룹을 만드는 걸로——."

"저, 저저, 저기!"

옆에 있던 쓰레기통에서 쿵 소리가 났다. 그와 동시에 일어서는 한 학생.

물론 새삼 설명할 것도 없이, 사쿠라였다. 긴장해서 잔뜩 굳어 로봇처럼 삐걱거리며 우리에게 다가왔다.

"사쿠라?"

세 사람이 거의 동시에 이름을 불렀다.

"나, 나, 나도 아야노코지의 그룹에 끼워줘!"

오랜 시간 겉으로 드러내지 않고 혼자 괴로워하던 사쿠라가 꾹꾹 눌러온 용기를 쥐어 짜내 목소리를 냈다.

긴장해서 얼굴이 노골적으로 새빨갛게 달아올라 있었다. 동공 지진이 일어나서 그런지 안경이 이상하게 비뚤어졌는데도, 당황한 나머지 전혀 알아차리지 못했다.

"그룹에 들어오고 싶다는 건 너도 낙제점을 받을까 봐 불안하다는 거야? 하긴 사쿠라의 점수와 파트너를 생각해보면 불안해하는 기분도 알 것 같지만."

케세이는 애써 냉정하게 사쿠라의 합류를 분석했다. 그리고 결론에 도달했다.

"난 사쿠라는 호리키타의 그룹에 들어가야 한다고 생각해. 다수를 가르칠 정도로 내 실력이 뛰어나지는 않아. 게다가 이 두 사람과 달라서 가르칠 부분도 다를 테니까."

용기를 낸 사쿠라의 말은 안타깝게도 케세이의 냉정한 대꾸에 도로 튕겨 나갔다.

"아, 아니야…… 나도, 순수하게 아야노코지의 그룹에, 들어가고 싶어서!"

창피함을 무릅쓰고 움직이기 시작한 기차는 멈추지 않는 법. 사쿠라의 각오는 그 정도로 수그러들지 않았다. 그녀는 다시 자신의 마음을 전했다.

"괜찮지 않아? 사쿠라가 들어와도. 왠지 우리랑 잘 맞을 것 같은데."

아키토가 그렇게 말하며 뜻밖의 손님을 환영했다.

"괜찮아? 그렇게 간단히?"

"한 명 늘어난다고 해서 크게 달라지는 것도 없잖아. 그리고 이 그룹에 들어오는 데 자격 따위는 필요 없다고 생각해. 아웃사이더들끼리 딱 좋다고 생각하는데, 아니야?"

"아웃사이더끼리라. 그럴지도."

D반에서 사쿠라 역시 혼자 있을 때가 많은 것은 누구나 아는 사실이었다.

"케세이도 찬성이야?"

"반대할 이유는 없지. 하지만 더 이상 인원을 늘리지는 말아줘. 사쿠라니까 받아들이기 쉬웠지만, 시끄러운 녀석이 들어온다면 난 빠질 테니까."

"고, 고마워, 미야케…… 유키무라……."

다소 조건이 붙기는 했지만 케세이도 승낙했다. 남은 것은 하루카다.

가장 쉽게 받아들일 것 같은 인상이었는데 그녀의 얼굴은 웃음기 하나 없었다.

"미안하지만 사쿠라. 이대로라면 난 받아들일 수 없어."

"아흑…… 나, 나 따위는, 안, 되는 걸까……?"

모처럼 조성된 환영 분위기에 찬물을 끼얹기라도 하듯 하루카가 험악한 표정으로 사쿠라를 압박했다.

"난 말이야. 이 그룹에 꽤 기대가 크달까, 오랜만에 친해질 수 있을 것 같은 예감이 들어. 그러니까——."

검지를 높이 들었다가 그대로 사쿠라의 눈앞에 들이밀었다.

"이 그룹에 들어오기를 희망하는 이상 성 말고 이름 혹은 별명으로 부르는 게 의무야. 다시 말해서 사쿠라는 새롭게, 음…… 이름이 뭐였더라?"

"아이리야."

재빨리 알려 주었다.

"모두가 널 아이리라고 부르고, 너 역시 다른 멤버들을 편하게 불러야 해. 그래도 괜찮겠어?"

사쿠라가 사람을 대하는 걸 어려워한다는 사실은 모두 대충 알고 있었다. 그래서 하는 충고였다.

그런 상황을 견딜 수 있겠어? 하는 확인이었다.

"그, 그게……."

사쿠라가 당황하자 내가 최대한 도와주기로 결심했다. 여기서 자칫 잘못해서 하루카로부터 별명으로 부를 것을 요구받는다면 그건 허들이 너무 높으니까.

"케세이, 아키토, 하루카야."

유키무라, 미야케, 하세베를 순서대로 설명해 보였다.

"……케, 케세이 군, 아키토 군, 하루카…… 하읍."

긁는 듯한 목소리를 필사적으로 짜내어 이름을 불렀다.

"군도 떼고 부르라고 할 필요까지는 없겠지?"

"그래. 이름만 부르면 합격이라고 하자. 자, 이제 키요뽕
만 남았네."

나를 휙 쳐다본 사쿠라는 노골적일 정도로 얼굴이 새빨개
졌다. 인생 처음으로 갑자기 세 사람이나 이름을 격의 없이
부르게 되었으니 그 기분은 나도 이해가 간다. 이제 똑같은
요령으로 내 이름을 부르기만 하면 된다.

"하, 하휴우!"

정체를 알 수 없는 의성어가 사쿠라의 입에서 새어 나왔다.

"키요뽕이랑은 전부터 꽤 친하게 지내는 것 같으니까 식
은 죽 먹기 아니야?"

하루카가 연타를 날렸다. 꼭 시험 감독관 같다.

"키요타카라고 부르면 돼."

아무리 그래도 키요뽕은 난이도가 너무 높다. 속으로 말
하기도 부끄럽다.

"키, 키요, 키요…… 삐욧……!"

모두가 사쿠라의 말과 행동에 주목하고 있어서, 싫어도
부담이 점점 높아져만 갔다.

시간이 흐르면 흐를수록 악순환에 빠져버리는 패턴이다.

"이 그룹이 어떤 영향을 줄지는 모르겠지만, 적어도 지금의 사쿠라에게는 꼭 필요하다고 난 생각해. 용기를 내서 크게 한 걸음 내디뎠으니까, 한 발자국 더 앞으로 내딛는 것도 무섭지 않을 거야."

뒤에서 등을 밀어주듯 부드럽게 말해주었다.

"……응……. 키, 키요타카 군. 잘 부탁해."

살짝 결의의 침묵이 지나간 후 사쿠라가 내 눈을 똑바로 쳐다보며 그렇게 말했다.

"응, 합격. 나도 아이리가 들어오는 거 찬성이야."

이렇게 해서 만장일치로 사쿠라의 합류가 인정되었다.

"키요뽕도 아이리라고 제대로 불러봐."

"으, 으응."

몸이 딱딱해질 만큼 긴장하면서도, 서로 이름으로 부르는 데 성공했다.

"자, 그럼 다시. 우리 다섯 명이 키요뽕 그룹을 결성하게 되었으니, 앞으로 잘 부탁해."

누가 들어오든지, 내 이름이 주체인 그룹명은 바뀌지 않을 듯하다.

4

그런 형태로 발족한 아야노코지 그룹은 (내 입으로 말하니 상당한 수치심이 들지만) 정식으로 아이리까지 합류해서 활동을 시작하게 되었다. 원래는 하루카, 아키토를 돕기 위해 발족했는데, 그 틀을 조금씩 넘어섰다. 하루카가 간접적으로 그룹을 이끌어 그룹채팅방을 만들어서, 같이 있지 않을 때는 주로 거기서 대화를 나눌 때가 상당히 많았다. 다들 친구가 별로 없어 채팅이 탄력을 받았고, 주로 혼자 방에 틀어박혀 있기 때문에 채팅은 늘 길게 이어졌다.

'내일 수업 끝나면 말이야, 다 같이 기분전환 삼아 영화라도 보러 가지 않을래?'

채팅 중에 그런 화제가 떠올랐다.

'혹시 그 신작 영화?'

'맞아 맞아. 내일 개봉한대. 지금은 시험 기간 중이어서 의외로 예매가 잘 된다던데.'

'재충전하는 취지라면 나쁘지 않은 제안이네. 다 같이,라는 말은 나도 가야 한다는 거야?'

'물론 유키무도 참가해야 의미가 있지. 그룹도 발족한 지 얼마 안 됐고. 하지만 내가 갑자기 제안한 거니까, 스케줄이 안 맞으면 시험 후로 변경해서 가자.'

인원이 빠질 바에야 아예 스케줄을 뒤로 미룰 생각인 모양이다.

아직 아키토는 읽지 않음으로 표시되어 있었지만, 이 채팅 내용을 보면 흐름에 따라 승낙하지 않았을까? 케세이도 아이리도 즉답을 보류하고 있는 지금 내가 먼저 선수 쳐야겠다.

조금 긴장됐지만 문장을 작성했다.

'난 좋아.'

그렇게 보내자 몇 초 후에 아이리의 메시지가 떴다.

'그럼 나도 갈게.'

'……알았어. 아키토가 간다고 하면 나도.'

이걸로 메시지를 확인하지 않은 아키토를 제외한 전원이 참가를 표명했다. 그 아키토도 몇 분 후 채팅 메시지를 읽었는지 답장을 보냈다.

'좋아. 안 그래도 그 영화 보고 싶었어. 예매는 대신 부탁해도 되겠지?'

'응. 나중에 포인트는 확실히 돌려받을 거니까 잘 부탁해.'

그리고 잠시 그룹채팅이 멈추었다. 인터넷으로 예매하기 위해, 그쪽으로 화면을 전환한 것이리라.

'기대되네, 영화.'

휴대폰에서 개별적으로 아이리가 보낸 메시지.

'그러게.'

'내일도 잘 부탁해, 키요타카 군. 그럼 잘 자.'

일부러 정성스레 개별 메시지를 보낸 아이리와의 대화가 끝났다.

"내일은 그룹끼리 모여서 영화인가."

뭔가, 좀 진지하게 리얼충이 되어가고 있는 게 아닌가.

고작 이 정도로? 하고 일반 사람들은 생각하겠지만, 나에게는 지금까지 경험하지 못한 설렘이 있었다.

"······지각하지 않게 빨리 자야지."

그때 전화벨이 울렸다.

화면에 표시된 호리키타 스즈네라는 이름을 보고 전화를 받았다.

"깨어 있었던 모양이구나."

"아직 10시밖에 안 됐으니까. 무슨 일이야?"

"슬슬 도서실 스터디도 마무리에 들어가려고. 그리고 내일 스터디 후에 기말고사에 대비한 최종 회의를 하고 싶어. 너도 참석해줄래? 유키무라한테도 대신 물어봐 주면 고맙겠어."

"내일이라고······?"

"무슨 문제라도 있니?"

문제가 없다고 하면 거짓말이다.

스터디 후에 영화를 보러 가기로 약속했으니까.

"안 될 것 같으면 모레도 좋아. 하지만 목요일까지가 한계야. 문제는 거의 다 완성되었지만, 상황에 따라서는 바꿔야할 수도 있으니까."

그 판단을 최대한 빨리 내리고 싶은 모양이다.

나로서도 그 기대를 저버리고 싶지는 않다. 지금까지 히라타와 공들여 논의해왔겠지만, 최후의 최후까지 확실하게 확인해두고 싶겠지.

"알았어. 케세이한테 말해볼게. 늦어도 괜찮아? 그리고 히라타랑 카루이자와한테도 연락하는 편이 좋으면 해두고."

"케세이? 유키무라와 상당히 친해진 모양이네. 히라타 쪽은 걱정 안 해도 돼. 이미 말해두었으니까. 날짜랑 시간만 말해주면 돼."

아무래도 나만 그런 게 아니라 호리키타도 나름대로 스터디를 통해 두 사람과의 거리를 좁히는 데 성공한 듯하다. 최소한 혼자서도 히라타 일행과 대화가 성립하게 되었다면 상당히 기쁜 일이다.

통화를 끝내자마자 또 휴대폰으로 메시지가 들어왔다. 오늘은 연달아 오는군.

이번에는 아이리가 아니라 카루이자와가 보낸 것이다.

'네가 하라는 대로 확인하고 왔어. 오늘 누군가, 하세베가 커피에 설탕을 얼마나 넣는지 봤냐고 물어본 애가 있었대. 그 애는 하세베가 설탕을 엄청나게 넣는 걸 우연히 보고 주목했던 모양이야.'

역시 그런 건가.

통찰력이 뛰어나다기보다 임기응변에 능한 것이다. 히요리는 우리가 동요하게 만들기 위해, 자신의 안력(眼力)을 과시하듯 보여주었다.

마침 좋은 기회다. 그 이야기를 해둘까.

'내일 호리키타가 연락하겠지만, 밤 8시 정도에 회의가 있을 예정이야.'

'밤 8시? 꽤 늦은 시간이네?'

'일정이 좀 있어서. 스터디 끝나고 영화 보러 가기로 했거든.'

'영화라니, 설마 그 신작?'

'잘 아네. 그것보다도 그 회의에서 너한테 부탁하고 싶은 게 있어.'

나는 카루이자와에게 상세한 지시를 내렸다.

내일 회의를 이용하지 않을 수 없으니까.

모든 것을 들은 카루이자와에게서 우울한 듯한 메시지가 왔다.

'또 상당히 성가신 역할을 주네. 노리는 게 뭔데?'

'끝나고 나면 설명할게. 그게 너한테 좋아.'

'아, 그래. 그럼 내일 봐.'

금방 포기하는 카루이자와. 하지만 곧바로 다시 한번 메시지가 도착했다.

그것은 문자가 아니라 작은 이모티콘.

귀여운 딸기 케이크에 양초가 몇 개 꽂혀 있었다.

'늦게 알았어.'

그런 내용이었다. 그 이후로 카루이자와에게서 연락이 오는 일은 없었다.

"녀석, 내 생일을 알았나? 하지만 어떻게?"

아무에게도 생일 이야기를 한 기억이 없는데. 그렇게 생각하다가 진상을 파악했다. 채팅 어플을 이용할 때 이름과 메일 주소 이외에 생년월일을 입력하는 란도 있었지. 비공개를 선택하지 않으니, 알아보려고 마음만 먹으면 얼마든지 알아낼 수 있었다.

올해는 절대 없으리라고 생각했던 것. 내 생일을 가장 먼저 알아주는 사람이 카루이자와일 줄이야.

카루이자와와 대화를 마치면 항상 이력을 전부 지운다.

하지만 생일 이모티콘을 지우려니 아주 살짝 저항감이 느껴졌다.

그 김에 카루이자와의 프로필을 눌러 보았다. 그러자 3월 8일이 생일이라는 사실을 알 수 있었다.

"일단 기억은 해둘까."

5

오늘따라 수업이 길게 느껴졌다.

방과 후 친구들끼리 하는 스터디가 점점 즐거워진 탓인지도 모른다.

나는 유키무라를 비롯한 멤버들과 함께 영화관으로 향했다.

"뭔가, 이렇게 집단행동을 하니까, 막 가슴이 뛰어…… 키, 키요타카 군."

옆에서 아이리가 조심스러워하면서도 흥분한 듯 말했다.

어린애처럼 천진난만하다고 생각하면서도 사실은 나 역시 같은 느낌이었다.

뭐랄까, 나도 애구나.

"그러네. 기분이 나쁘지 않아."

"에헤헤…… 키요타카 군."

"왜?"

"응? 뭐가?"

"불렀잖아? 내 이름."

"……내, 내가 불렀어?! 미, 미안해, 절대 그런 게 아니라!"

잘못 들은 것 같지 않은데, 아이리는 나를 부른 것을 부정했다.

케야키 몰에 도착한 우리는 곧바로 영화관으로 향했다.

티켓 발권을 마친 하루카가 모두에게 티켓을 나눠주었다.

"기대된다!"

"아야노코지!"

멀리서 우리 쪽을 향해 외치는 목소리가 들려왔다. 사토 마야다. 왜 여기에…….

"설마 너도 영화 보러 온 거야? 아, 이건 요새 화제인 영화잖아!"

손에 쥔 티켓을 보고 흥분하며 말했다.

"사실은 나도 영화 보러 왔어. 카루이자와랑 다른 애들도 같이."

"……그런 것 같네."

사토 뒤에 여자애들 몇 명이 줄지어 다가왔다.

"카루이자와가 오자고 한 거야?"

"아니. 스터디 중에 내가 영화 보고 싶다고 말했더니, 카루이자와도 가고 싶다고 해서. 그래서 같이 보러 가기로 했지. 이렇게 된 거, 다 같이 보자."

그렇게 말한 사토가 두 손으로 내 팔을 꽉 움켜잡았다.

"흐이익?!"

뒤에서 아이리가 비명에 가까운 소리를 질렀다.

"야, 야아, 이러지 마."

"에~이, 뭐 어때. 이 정도쯤은 괜찮잖아?"

태연하게 말하는 사토였지만, 얼굴이 살짝 빨개졌다. 무리해서 애쓰는 것처럼 보이기도 한다.

"이런 우연이 다 있네, 유키무라에 아야노코지. 게다가 하세베랑 사쿠라까지."

카루이자와가 약간 거만한 느낌으로 말을 걸었다.

이건 절대 우연이 아니다. 바로 어제 영화 보러 간다고 말했으니까. 하지만 카루이자와가 올 줄은 몰랐다.

"……이상한 우연이군. 그럼 들어가자."

케세이가 못마땅한 표정을 지으며, 혼자 먼저 티켓을 보여주고 안으로 들어갔다.

"그럼 나도 들어갈 테니까……."

살짝 억지로 사토에게서 떨어진 나는 케세이의 뒤를 쫓았다.

영화관 안은 자리가 꽉 찰 정도로 학생들이 많았다. 고소한 팝콘과 따끈따끈한 핫도그 냄새가 콧구멍을 간지럽혔다.

우리는 제일 뒤, 가장 높은 좌석의 오른쪽 끝부터 다섯 자리를 예약해둔 상태였다.

사토와 카루이자와는 매점에서 뭘 살지 고민하는지 아직 안으로 들어오지 않았다.

"저기, 키, 키요타카 군."

자리에 앉자마자 내 옆에 앉은 아이리가 작게 귓속말을 했다. 다른 학생들도 수다를 떠느라 정신이 없으니 굳이 속삭일 필요까지는 없는 것 같은데.

"왜?"

"키요타카 군은…… 그러니까, 사토랑, 요즘 들어서 많이, 가까워졌어……?"

조금 전 광경을 봤으니 그렇게 생각하는 것도 어쩔 수 없다.

하지만 사실이 아닌 부분은 확실히 부정하지 않으면 괜히 이상한 소문이 퍼져서 힘들 것이다.

"오해야. 사토랑은 한 팀이어서 몇 번인가 같이 공부했을 뿐이야."

"하, 하지만 그러면 보통은 파, 팔짱 같은 거 끼, 끼거나 하지 않잖아?"

"그건 내가 한 게 아니라 당한 거지."

"싫으면 뿌리치거나, 해도, 조, 좋다고 생각하는데……."

소극적이면서도 분명하게 꼬집는 아이리. 하긴 그녀의 말이 맞을지도 모른다.

나도 모르게 흘러가는 대로 수동적으로 행동하고 말았는데, 이러다가 주위에서 오해하는 건 썩 좋지 않지.

"알았어. 다음에 또 이런 일이 있을 것 같지는 않지만, 아무튼 주의할게."

"그, 그리고 말인데."

아직 또 뭐가 남았나…….

"팀을 정하기 전에도 사토랑 단둘이 어디 가지 않았어?"

그러고 보니 사토에게 불려 나갔을 때 교실에서 아이리가 날 보고 있었나.

"……두, 두 사람 사이에, 뭐, 뭔가, 있다거나……."

"없어."

없다고 하면 거짓말일지도 모르지만, 단순히 연락처만 알려준 게 전부다.

아이리와도 전화번호를 교환했다고 해서, 내가 양심의 가책을 느낄 일은 아니지 않은가.

"납득이 안 가?"

"아, 아니야. 미, 미안해. 이상한 것만 잔뜩 물어봐서……
기분 나빴지……?"

"그렇지 않아. 또 신경 쓰이는 게 생기면 언제든지 말해."

"마, 맡겨줘. 나, 키요타카, 꼼꼼하게 관찰할 테니까."

아니, 그렇게 의욕적으로 나를 관찰해도 곤란한데…….

조그맣게 승리의 브이 포즈를 만드는 아이리를 보니 차마 부정할 수도 없어서 말을 도로 삼켰다.

그 후에는 딱히 특별한 사건 없이 모두 조용히 영화를 감상했다.

다만 영화 내용이 약간 미묘했다는 것만은 밝혀두고 싶다.

6

케야키 몰에는 다양한 상업 시설이 줄지어 들어서 있다. 대부분 슈퍼마켓처럼 일상적으로 이용할 수 있는 곳이었는데, 그중에는 가끔씩만 이용하는 점포도 많았다. 이를테면 전기, 가스, 수도 문제를 해결해주는 전문점, 편의점 식자재를 기숙사 방까지 운반해주는 택배 서비스 등이 대표적이라고 할까. 그리고 세탁소도 그중 하나였다. 회사원 등 사회인이라면 이용할 일이 많겠지만, 이 학교 학생과는 별로 인연이 없었다. 하지만 블레이저 등이 심하게 오염되었을 때 등 혼자서는 도저히 깨끗하게 빨 수 없으면 찾게 되는, 중요한 역할을 맡고 있었다.

평소에 잘 이용하지 않다가도 그것이 필요하게 되는 순간은 불시에 찾아오는 법이다.

시험이 바로 다음 주로 다가온 목요일 밤 8시가 넘은 시간. 이미 가게들이 전부 영업을 마치는 시간이 되자 D반 멤버들은 노래방에 모였다. 이 공간이라면 바깥으로 이야기가 새어나갈 걱정 없이 회의할 수 있다.

호리키타와 히라타는 곧바로 행동에 나섰다. 기말고사 발족 때 모인 멤버에 케세이까지 합류하여 최종 회의에 들어갔다.

원래라면 누군가의 방에서 모이는 게 가장 좋겠지만, 유독 노래방을 희망하는 인물이 있었던 것이다.

"저기, 노래 불러도 돼?"

"잠깐만, 카루이자와. 오늘은 놀러 온 게 아니야."

"그래도 기왕 여기까지 왔는데?"

"네가 기숙사는 도저히 싫다고 해서 온 거잖아?"

카페나 식당은 어디에 눈과 귀가 있을지 모르니까 말이지.

"그건 그렇지만. 뭐랄까 노래방에 와서 노래를 안 부르는 건 너무 바보 같지 않아?"

"음료랑 음식만으로 참아줘."

벌써 주문까지 후다닥 마친 카루이자와. 테이블에는 감자 튀김을 비롯하여 각종 정크푸드와 음료들이 놓여 있었다.

"그럼 작전 회의가 끝나고 나면 듀엣하자, 요스케 군."

"그래. 이야기가 잘 정리되면 그 정도의 휴식은 괜찮지 않을까?"

"나도 찬성. 시험에 관한 회의를 차질 없이 해두고 싶지만, 노래방에서 노래 부르는 것도 꽤 오랜만이니까."

절충안을 찾듯, 히라타와 쿠시다가 호리키타와 카루이자와에게 각각 동의를 표시했다.

"……시작하자."

그런 두 사람을 가볍게 무시하고, 호리키타가 이야기를 시작했다.

"우선 스터디의 성과 말인데, 솔직히 말해서 최상의 결과라고 생각해. 초반에는 남자애들이 장난치는 게 눈에 자꾸 띄어서 어떻게 될지 걱정했는데, 다들 착실하게 공부해준 덕분에 기말고사 범위에는 어느 정도 대처할 수 있게 되었을 거야."

"입에서 영어단어장이 튀어나올 정도로 했다고."

스도 나름대로 열심히 공부했다고 어필했지만, 상당히 이해하기 어려운 표현이다.

"스도도 처음에 비해 아주 많이 성장했어. 특히 집중력 향상이 놀라울 정도야. 하지만 지금은 아직 벼락치기를 하고 있는 단계지. 기본 학력은 중학교 1학년에도 미치지 못한다는 걸 잊지 마."

"이렇게 열심히 공부했는데도 중학교 1학년 수준이냐⋯⋯."

"지금까지는 초등학교 저학년 수준이었으니, 장족의 발전이야."

"호, 호리키타. 그건 아무래도 말이 너무 심한 것 같은데⋯⋯."

"얼마 전까지 원주율이 뭔지도 몰랐거든?"

그건 엄청난 폭탄 발언이다. 설마 원주율이 뭔지도 모르고 지금까지 살아왔을 줄이야.

"뭐어? 그건 너무 바보 같은데?!"

공부를 별로 잘하는 편이 아닌 카루이자와도 오버 리액션을 취했을 정도다.

"시끄러워, 카루이자와. 자기도 몰랐던 거 아니야?"

"아니, 절대 아니거든, 진짜. 나도 3.14 정도는 알거든."

그런 저차원적인 이야기가 노래방에서 전개되었다. 듣고 있는 쪽은 머리가 아파오지 않았을까.

"이제 그만해. 너희의 학력이 어느 정도인지는 대충 알았으니까. 정말 괜찮겠어? 호리키타."

"걱정할 필요 없어. 방금 말했듯이 기본 학력은 낮아. 하지만 고등학교 1학년 2학기 범위에 한해 말하면 스도는 대부분 잘 이해하고 있어. 낙제점을 받을 일은 절대 없을 거야. 유키무라 쪽이야말로, 하세베랑 미야케의 문제를 잘 해결했니?"

"당연하지. 그건 아야노코지가 가장 가까이에서 지켜봤어. 그렇지?"

"더 잘할 방법이 없다고 생각해. 낙제 걱정은 안 해도 돼."

"다행이야. 나 D반에서 누군가가 빠지는 건 절대 싫으니까, 다 함께 극복하자."

"……왠지 말이야, 난 정말 괜찮나 싶은데?"

쿠시다의 생각을 들은 후 카루이자와가 그런 불안을 입에 담았다.

"그도 그럴 게, 반 친구가 줄어드는 건 싫지만 매년 누군가가 퇴학하는 시험이라잖아? 나나 스도가 낙제점을 받지 않는다는 보장은 없지 않아?"

"보장은, 그러니까, 할 수 없지만……."

"그럼 그렇게 너무 가볍게 말하지 마."

왠지 느슨했던 공기가 정신이 번쩍 드는 긴장된 분위기로 바뀌었다.

"쿠시다. 너 말이야, 아까부터 계속 듣기 좋은 말만 하는 거 아니야?"

"그런, 가…… 난 그냥 모두 무사히 시험에 합격했으면 좋겠어서……."

"좋겠네, 머리 좋은 사람은. 나 따위는 어떻게 될지 앞이 캄캄한데."

"괜찮아, 카루이자와는. 스터디도 빠지지 않고 잘 나왔으니까."

히라타가 감싸주었지만 카루이자와는 여전히 납득이 가지 않는 모양이었다.

"전부터 말하고 싶었는데, 쿠시다 너 그냥 착한 척 연기하는 거 아니야?"

"엥…… 그, 그런, 가……?"

"냉정하게 행동해줄래? 카루이자와. 지금은 시험에 대해 회의하는 중이야. 상관없는 이야기로 시간을 빼앗지 마."

"호리키타는 잠자코 있어. 응? 쿠시다. 혹시 나 머리 나쁘다고, 속으로 바보 취급 하고 있는 거 아니야?"

"그런 짓 안 해, 난."

"그럼 너무 가볍게 보장하지 말라고. 난 시험 때마다 괴로우니까. 그렇게 했다가 낙제점을 받기라도 하면 네가 책임질 거야?"

너무도 부조리한 말. 이해하기 힘든 짜증에 쿠시다뿐 아니라 모두가 곤혹스러워했다.

쿠시다의 올바른 말과 친절한 태도에 대해, 카루이자와는 일방적으로 화내고 있었다.

그리고 그 직후, 거의 새것이나 다름없는 포도 주스 잔을 쥐더니 쿠시다에게 있는 힘껏 들이부었다. 착색료가 들어간 주스가 블레이저의 가슴 부근을 중심으로 넓게 번졌다.

"카루이자와──!"

두 눈으로 보고도 믿기 힘든 행동에 히라타가 드물게도 버럭 소리를 지르며 컵을 쥔 손을 잡았다.

"지금은 네가 잘못했어. 해도 될 일이 있고 안 될 일이 있다고 생각해."

"하, 하지만……. 내가 나쁜 거야?"

"미안하지만, 오늘 일은 네가 잘못했어, 카루이자와. 쿠시다는 아무 잘못도 하지 않았어."

쿠시다와 냉전 상태에 있는 호리키타마저 편들어주지 않았다.

"난 괜찮아. 전혀 신경 안 쓰니까. 응? 카루이자와한테 너무 뭐라고 그러지 마."

"그렇게는 안 되지. 아무리 생각해도 카루이자와가 잘못했는데."

케세이도 거침없이 객관적으로 판단을 내렸다. 이 자리에 있는 모두가 적이 되는 것도 무리는 아니다. 누가 아무리 봐도 카루이자와의 독선적인 발언이 잘못이라고 생각할 것이다. 하지만 그녀의 행동은 별로 부자연스럽지 않았다. 원래 카루이자와 케이는 그런 소녀였으니까.

"아, 그래. 나만 나쁜 사람이라는 거네. 그렇구나, 쿠시다는 우리 반에서 인기인이니까."

이 자리에 있는 나 이외에는 이미 판정을 내렸다.

남은 나에게 매달리듯, 카루이자와가 고개를 돌렸다.

"아야노코지, 넌 누구 편이야?"

"누구 편도 아니지만, 애들 말이 틀리지는 않았어. 카루이자와가 잘못했어."

"아아, 그래. 그럴 줄 알았어. 모두가 내 적이라는 거네."

자리에서 일어난 카루이자와가 사과 한 마디 없이 가방으로 손을 뻗었다.

"카루이자와. 이대로 이상하게 하루를 마친다면 넌 분명히 후회할 거야. 난 그걸 바라지 않아."

히라타가 노래방에서 나가려는 카루이자와를 강하게 붙잡았다.

"뭐야, 그게. 그럼 나보고 어쩌라고?"

"우선 쿠시다한테 사과해. 그게 제일 중요해."

남자 친구의 설득에 카루이자와는 분해하면서도 주저했다.

"내 잘못이라고 생각하지 않는데도 사과하란 말이야?"

"일단은 말로 하는 거야."

카루이자와는 얼마간 아무 말 없이 가만히 서 있었다.

"……미안."

그리고 침묵 끝에 히라타에게 설득당한 듯 한풀 꺾여 사과했다.

"아니야, 난 괜찮아. 나도 조금 더 카루이자와의 마음을 이해하고 말했어야 했는데."

화내도 이상하지 않은 상황인데, 쿠시다는 전혀 화내지 않고 카루이자와를 용서했다.

그 말을 듣자 그제야 카루이자와도 죄책감이 느껴졌는지, 히라타의 옆자리로 돌아가 앉았다.

"뭐랄까, 좀 냉정하지 못했던 것 같아. 미안해."

카루이자와가 다시 한번 쿠시다에게 사과했다. 신경 쓰지 말라며 쿠시다가 미소를 보냈다.

"고마워……."

그 두 사람의 모습을 보고 그제야 가슴을 쓸어내리는 히라타.

하지만 그걸로 사태가 완전히 해결된 것은 아니었다.

"쿠시다. 그런데 내일 학교에 입고 갈 예비 블레이저 있어? 괜찮아?"

"아, 아니. 저번에 한 벌 망가져서, 이것밖에 없는데……."

원래 블레이저 교복은 학교에서 두 벌 지급해준다. 하지만 이번처럼 예기치 못한 사태도 일어날 수 있고, 성장하면서 사이즈도 달라지기 마련이다. 그때 필요하면 케야키 몰의 교복 전문점에 가서 살 수 있지만, 학생 개인별로 맞춤 제작을 하기 때문에 시간이 어느 정도 걸리는 데다가 포인트도 꽤 많이 들어간다.

"세탁소가 있잖아? 나도 동아리 하다가 옷이 더러워지면 거기 맡기거든. 오늘 맡기면 내일 아침 일찍 받을 수 있을 거야."

"평소에 이용할 기회가 없어서 몰랐어. 그럼 어떻게든 될 것 같네."

스도의 시의적절한 조언을 받아 겨우 해결의 실마리를 붙 잡았다.

이야기를 듣고 있던 카루이자와가 자신도 할 수 있는 일 이 있다고 생각했는지 한 가지 제안을 했다.

"꼭 사과하는 뜻으로 그러는 건 아니지만. 세탁비는 내가 낼게."

"괜찮아, 무슨. 너무 신경 쓰지 마."

"그래야 내가 안심된달까…… 안 돼?"

"정말로 괜찮겠어?"

"응. 전부 내 잘못이니까 그 정도는 하게 해줘."

이렇게 해서 이 사건은 카루이자와가 세탁비를 물어주는 선에서 매듭짓게 되었다.

7

파란의 회의를 마치고 기숙사로 돌아가고 있는데, 덩치가 산만 한 남자가 분수대 옆에 서 있었다.

누군가와 약속이 있어 기다리는 것처럼 보이지는 않아서, 그 남자 카츠라기에게 말을 걸어 보았다.

"여기서 뭐해?"

"아야노코지? 아, 생각할 게 좀 있어서. 다음 주 기말고사

말이야."

"기말고사? 이런 데서?"

"그냥 혼자 조용히 시간을 보내면서 생각해보고 싶어서."

도저히 고등학생 1학년 같지 않은 발상이다.

그나저나 기말고사? 학력 수준이 높은 A반에게는 별로 어려운 시험이 아닐 텐데.

"이번 기말고사는 잘 될 것 같아?"

그런 식으로 물어보기에, 나는 솔직히 털어놓기로 했다.

"글쎄 어떨까? 다들 열심히 공부하고 있는 것 같긴 한데."

"그렇군. 퇴학생이 안 나왔으면 좋겠다."

남을 걱정하는 그의 모습에 패기라고는 전혀 보이지 않았다.

"무슨 일 있어?"

그렇게 묻자 카츠라기는 살짝 어렵다는 듯 무거운 입을 뗐다.

"……너 혹시 중학교 때 학급위원이라든가 학생회 임원 같은 거 맡아본 경험 있어?"

"아니, 전혀. 흥미도 없었고."

"난 초등학교 때부터 학급위원과 학생회에 늘 소속되어 있었어. 초등학교 때도 중학교 때도 학생회장을 도맡아 왔지. 하지만 이 학교에 들어온 후로는 궤도를 크게 수정하게 됐어."

"그러고 보니 학생회에 안 들어갔지?"

"들어가고 싶었는데, 호리키타 학생회장이 인정을 안 해주더라고."

그 이야기와 기말고사 이야기가 무슨 상관인가?

"학생회 임원이랑 학급위원은 언뜻 봐서 아무런 권력도 없는 것 같지. 학생들 대부분은 그런 것에 가치 따위 없고 힘들기만 할 뿐이라고 여기니까, 하고 싶어 하는 사람은 극소수에 불과해."

내가 느끼는 감정과 같다. 기본적으로 관리직 따위는 맡는 게 아니다.

"하지만 사실 그런 역할에는 『권리』가 주어져. 관리직과 그렇지 않은 사람 사이에는 메꿀 수 없는 차이가 있다는 얘기야. 그리고 나에게는 그 권리가 사라졌지."

"넌 A반에서 일정 이상의 평가를 받고 있잖아?"

"정말 그렇다면 B반을 타깃으로 하는 선택지는 절대 고르지 않았을걸."

그렇겠지. 카츠라기 같은 인간은 D반 아니면 C반을 노릴 것이다.

확실하게 방어해서 확실하게 승리하는 길을 택하겠지.

"이래도 돼? 반 내부 사정을 그렇게 말해도?"

"이 정도는 조금만 분석해도 알 수 있는 일인데 뭐."

"네가 너무 많이 짊어질 필요도 없지 않나? 내 눈에는 네가 A반을 이끌어가는 것처럼 보이던데, 그것만이 전부는 아니니까. 어차피 지금 이대로라면 A반은 굳건할 거야. 중요한 건 지금 위치를 잘 유지하는 거지."

"……그렇군. 훗, 뒤에서 우리를 추격하는 D반한테 이런 말을 들을 줄이야."

둘이서 기숙사까지 걸어오니 로비에 아이들 한 무리가 형성되어 있었다.

"꽤 소란스러운데. 무슨 일이라도 있나?"

"글쎄. 한 번 물어볼까."

가까운 곳에 낯익은 얼굴, 박사가 있어서 말을 걸어보기로 했다.

"무슨 일이야?"

"아니, 아야노코지 님이 아니옵니까? 아무래도 1학년 전원의 우편함에 똑같은 편지가 온 모양이옵니다."

"똑같은 편지라고?"

나는 인파를 헤치고 들어가 내 우편함의 다이얼을 돌렸다. 평소에는 별로 쓸 일이 없는 우편함인데, 배송물품이나 학교에서 보낸 통신문 또는 학생들끼리 연락을 주고받을 때 이따금 쓰기도 했다.

다른 학생들 역시 흥미롭다는 듯 뒤에서 내 우편함을 들여다보았다.

나는 비밀번호를 맞추어 잠긴 문을 열었다.

그리고 그곳에 들어 있는 '두 번 접힌 프린트'를 꺼낸 다음, 소토무라가 있는 곳으로 돌아왔다.

"이거야?"

"그러하옵니다."

조금 뒤늦게 카츠라기도 같은 프린트를 들고 왔다.

카츠라기와 나는 거의 동시에 프린트를 펼쳤다.

거기에는 인쇄된 글씨로 이렇게 적혀 있었다.

'1학년 B반 이치노세 호나미가 부정하게 포인트를 모으고 있을 가능성이 있음. 류엔 카케루.'

소토무라도 같은 내용이라며 자신이 받은 프린트를 보여 주었다.

인쇄된 문장을 다 읽은 카츠라기가 중얼거렸다.

"이름까지 또박또박 써 넣고, 도대체 무슨 속셈이야, 그 애는. 이게 사실무근이면 역으로 고발당할 가능성도 있잖아?"

"적어도 조금이나마 사실이 포함되어 있으니까 실행했다는 건가?"

"그게 아니라면 어리석은 방법이야. 하지만 녀석다운 방식이긴 하군. 진실이 무엇인지는 차치하고, 부정을 떠올리게 하는 재료가 있으면 공격에 나서고 보잖아. 원래라면 명예훼손으로 위법이라고 해도 되는 상황이지만, 녀석은 그런 것도 전혀 신경 쓰지 않지."

거짓일 경우에는 류엔의 이미지가 크게 손상될 위험이 있지만, 원래부터 악평을 받아온 류엔의 입장에서는 전혀 아무렇지도 않을 것이다.

"야, 저기 류엔이 온다."

학생 중 한 사람이 학교에서 돌아오는 류엔의 모습을 발견했다.

소동이 일어난 것을 아는지 모르는지, 류엔이 로비로 들어왔다.

"어이, 류엔. 이게 뭐하는 짓이야!"

들어오자마자 B반 남학생이 당장이라도 덤벼들 기세로 그에게 따졌다.

"어? 뜬금없이 그게 무슨 소리?"

"이 편지 말이야! 장난질 친 걸 뿌리다니!"

그렇게 말하며 류엔의 눈앞에 프린트를 들이밀었다. 그것을 쳐다본 류엔이 어깨를 들썩이며 웃었다.

"아아, 그거? 재밌지 않아?"

"뭐가 재밌냐?! 해도 될 일이 있고 안 될 일이 있다고!"

"그럼 사실을 증명해봐. 이치노세가 부정행위로 포인트를 모은 게 아니라는 사실을."

"그건──."

"어때? 이치노세."

시끄러운 소리를 듣고 온 이치노세에게 류엔이 편지를 보여주며 물었다.

"지금 내가 여기서 무슨 말을 해도, 아마 넌 믿지 않겠지?"

"그래. 부정이 있었는지 없었는지는 학교가 판단할 일이니까 말이야."

"맞아. 다들 미안해. 이상한 의심을 받아버리고 말았네.

하지만 걱정하지 마. 내일 선생님께 말씀드려서 류엔이 오해했다는 걸 증명해 보일 테니까."

그렇게 당당한 자세로 주장하는 이치노세.

"어떻게 증명하겠다는 거야? 이치노세."

"학교에 상세하게 말할 거야. 내가 지금 포인트를 얼마나 가지고 있는지, 그리고 그 포인트를 어떻게 얻게 되었는지. 그러면 만족하겠지?"

"학교에 보고한다고? 그전에 여기서 설명할 수는 없냐?"

"지금 내가 여기서 설명하면 그대로 믿어 줄 거야? 류엔."

"안 믿지. 입에서 나오는 대로 말을 지껄이는 것 따위, 숨 쉬기만큼이나 식은 죽 먹기일 테니."

"그러니까. 학교가 중간에서 알려주면 부정의 여지는 없어."

"크큭. 그렇군. 그것도 일리 있네."

납득했냐! 하고 주위에 있던 B반 아이들이 야단법석을 피웠다.

"하지만 말이야, 인간은 거짓말을 밥 먹듯 하는 아주 더러운 생물이야. 지금부터 어떤 계략을 짜서 은폐 공작을 할 가능성도 있잖아?"

류엔은 계속해서 이치노세를 강하게 밀어붙였다.

"도대체 무슨 꿍꿍이지? 이치노세가 많은 포인트를 가지고 있다고 해도, 부정하게 모을 애가 절대 아닌데. 여기서 집요하게 비난해봐야 승산 따위 없어."

이해하기 어려운지, 표정이 한층 험악해졌다.

"그럼 어떻게 하면 믿어줄 거야?"

"우선 여기서 네가 가진 포인트를 공개하고, 그 포인트가 모인 이유를 설명하면 돼. 그리고 내일 학교에 똑같이 보고해라. 이렇게 하면 이 자리에서 너한테 불신감을 가진 애들도 받아들일 테니까."

과연 그렇게 하면 나중에 변명거리를 생각하거나 거짓말할 틈이 극단적으로 줄어든다.

하지만 이치노세가 그리 쉽사리 받아들일 거라는 생각은 들지 않는다.

"그건 받아주기 힘든 요구야, 류엔."

"그럼 부정행위를 인정하겠다는 건가?"

"그게 아니야. 오히려 부정하게 포인트를 모으지 않았으니까 공개할 수 없어. 프라이빗 포인트를 얼마나 가지고 있는지가 앞으로의 전략에도 큰 영향을 주니까 말이야."

일시적으로 의심을 사더라도 자신의 카드는 계속 감추겠다는 뜻이다.

"내일 내가 학교에 설명하면 조사가 이루어지겠지. 그래서 부정을 저지른 게 드러나면 내가 감추려고 했든 안 했든 상관없이 전부 공표되지 않을까?"

"네가 내일 학교에 보고할 거라는 증거가 없잖아."

"그럼 류엔 네가 가서 말해도 돼. 이 편지에 썼듯이."

"그런가. 크큭, 꽤나 자신만만한가 보군."

만약 부정하게 포인트를 모았다면 이치노세는 속으로 조

마조마해 하고 있겠지.

하지만 흔들리는 모습이 조금도 보이지 않았다. 늘 그렇듯 당당했다.

"그럼 내일을 기대하지."

엘리베이터에 올라타 기분 나쁘게 웃으며 사라지는 류엔을 이치노세가 조용히 지켜보았다.

"한 번 의심받기 시작하면 그걸 완전히 불식시키지 않는 한 계속 의심받게 돼. 이치노세 같은 우등생도 예외는 아니야. 의심의 색이 짙어지면 짙어질수록 그 신뢰가 단숨에 반전되지."

이 상황을 분석한 카츠라기의 의견은 옳았다. 나라를 대표하는 정치가의 사례만 봐도 그렇다. 높은 수준으로 지지율을 유지하고 있다가도 그것을 방해하는 '거짓말' 하나에 지지율이 큰 폭으로 떨어지기도 한다.

물론 사실무근이라는 것이 밝혀지면 오히려 이전보다 지지율이 더욱 올라갈 수도 있지만, 대체로는 의심을 불식시키지 못한 채 끝나고 만다.

다음 날. 이치노세의 말은 현실이 되었다. 학교 측의 발표는 '부정행위를 하지 않았음'. 학교를 보증인으로 세워 무사히 의혹을 씻어냈다.

예전에 내가 우연히 봤던 이치노세의 프라이빗 포인트는 100만을 가볍게 넘었었다. 지금은 그때보다 더 늘어났겠지.

이름	시이나 히요리
반	1학년 C반
학적번호	S01T004735
동아리	다도부
생일	1월 21일

평가

학력	A-
지성	A-
판단력	E
신체능력	E
협조성	D

면접관 코멘트

조용한 학생으로, 제출된 정보에 따르면 어린 시절부터 혼자 있기를 좋아하는 경향이 강하다고 한다. 친구라고 부를 만한 존재가 거의 없고, 또 친구를 바라는 모습도 보이지 않는다. 학력, 공부에 임하는 자세와 지성에는 별다른 문제가 보이지 않으므로, 협조성과 친구관계를 구축하는 능력을 익혀 사회에 잘 적응할 수 있는 능력을 높이길 바란다.

담임 메모

협조성이 없는 부분은 개선을 요하나, 학력이 높고 수업 태도도 성실하다.

○결단의 차이

거듭되는 공부의 나날 속에 많은 학생이 우울을 느끼는 사이에도 날짜는 하루하루 지나갔다.

그리고 겨울이 찾아왔다. 12월이 되어 드디어 기말고사도 3일밖에 남지 않았다. 내일부터 주말이어서 학교는 쉬고, 월요일에 본 시험이 시작된다.

솔직히 시험에 도전하는 것 자체는 크게 걱정할 부분이 없었다. D반은 충분하다 못해 지나칠 정도로 잘 통합되어 있었고 스터디의 질도 높았다. 스도를 비롯한 단골 낙제조도 처음으로 열심히 노력했다고 자신 있게 말할 수 있다.

문제는 그 밖의 요소. 즉 류엔과 쿠시다, 이 두 사람에게 있다고 해도 과언이 아니다. 틀림없이 수면 아래에서 움직이고 있으리라. 그리고 어떤 수단을 취할 건지도 대충 감이 온다.

류엔의 목적은 'D반보다 높은 총점을 받는 것', '호리키타의 배후를 밝히는 것'이라는 두 가지다. 전자…… 즉 D반을 이기기 위한 전략은 필연적으로 제한되어 있다. 정당한 방법으로 말하면 C반 전체가 죽도록 공부하거나 혹은 초고난이도의 문제를 만들거나. 이 둘 중 하나겠지. 하지만 이것은 평범한 능력 범위에서 D반도 마찬가지로 하고 있는 작전이다.

지금까지 C반이 똘똘 뭉쳐서 대대적으로 공부하는 모습은 거의 보지 못했다. 카페와 도서실, 교실 등 공부에 집중하기 좋은 환경에서 그들을 발견한 적이 없다.

그저 우연히 못 본 것일 뿐일까, 아니면 C반 학생들이 보이지 않는 곳에서 노력한 걸까. 가령 열심히 공부했다고 해도 D반이 방심하지 않는 이상 실력이 비슷비슷한 싸움을 강요받으리라. 어쨌든 이기기 위한 방식을 취하고 있다고는 도저히 생각되지 않는다.

그렇다면 다른 시점에서 이기기 위한 전략을 펼치고 있다는 사실을 쉽게 상상할 수 있다.

"무슨 생각해?"

"앗. 미안."

가만히 서 있는 나를, 계단 아래에서 호리키타가 올려다보았다. 나는 허둥지둥 내려가 호리키타를 뒤따라갔다.

호리키타의 손에는 큼직한 갈색 서류봉투가 들려 있었다. 그 안에는 이번 한 달간 히라타 일행과 협력해서 만든 문제지가 들어 있었다. D반의 명운 그 자체라고 할 수 있다.

그렇기 때문에 나조차 접근하지 못하고 극비리에 문제가 작성되었다. 최종적으로는 호리키타가 마무리했기 때문에 모든 문제를 아는 사람은 호리키타뿐이다.

"전망은 어때?"

"글쎄. 너무 기대하지는 말아줘. 학교 측의 조정도 많이 들어가니까. 그래도 지금까지 친 시험 중에서는 제일 어려울 게 틀림없어."

어느 정도의 자신감이 호리키타에게서 보였다 안 보였다 하고 있었다. 확실하게 완성했다고 봐야 할까.

문제는 지금부터다. 이 문제지를 어떻게 끝까지 지켜낼 것인가.

우리는 교무실로 향하는 복도에서 한 학생과 맞닥뜨렸다.

"어이, 스즈네."

기분 나쁜 미소를 짓는 류엔이었다. 호리키타와 똑같은 서류봉투를 쥐고 있었다.

"우연이니? 아니면 작정하고 기다렸니?"

"필연이야. 네가 오기를 기다렸지."

"후자 쪽이구나."

어이없다는 듯 한숨을 푹 내쉰 호리키타가 류엔의 옆을 그대로 통과하려고 했다.

"잠깐 기다려. 너도 아슬아슬하게 문제를 제출하려는 거지? 나도 같이 가자고."

그렇게 말한 류엔은 쥐고 있던 봉투로 호리키타의 앞을 가렸다.

"누가 훔쳐볼지도 모르니까. 경계하려는 마음은 나도 이해한다."

"남의 반 걱정만 해도 되겠니? 넌 괜찮고?"

"크큭. 나를 배신할 바보 따위는 없어."

"그런 것 치고는 나랑 똑같이 아슬아슬하게 제출하네?"

도발에는 도발로 응수하는, 호리키타의 강경한 방식이다. 류엔은 그것이 즐거워서 참을 수 없겠지.

우리를 따라 그도 걷기 시작했다.

"너희 불량품들이 쥐어 짜낸 지혜가 우리에게 통하면 좋을 텐데 말이지."

류엔의 존재를 무시하고 계속 걸어가는 호리키타.

"아야노코지, 공부는 잘 하고 있어? 파트너의 상황도 신경 쓰이는데."

"나름대로는. 낙제는 면할 수 있을 거라 생각한다만."

"생각만 해서는 안 돼. 퇴학생이 단 한 사람도 나오면 안 되니까. 아무리 C반이 만든 문제에 우리가 자신감을 가지고 있다고 해도, 방심하지 마."

아무래도 류엔 역시 입을 다물고 있을 생각이 없는지 다시 공격에 나섰다.

"호오? 그거 흥미로운 발언이군. 마치 우리의 방식을 다 파악했다는 것처럼 들려."

"글쎄, 어떨까? 그냥 값싼 도발일지도 모르지? 너랑 마찬가지로."

"그럴지도."

교무실 앞에 다다르자, 호리키타가 차바시라 선생님을 불렀다.

류엔도 C반 담임 사카가미 선생님을 불렀다. 먼저 나온 사카가미 선생님이 아무 말 없이 류엔에게서 봉투를 건네받았다.

"이걸 수리하면 되는 거지?"

"네. 나머지는 잘 부탁합니다."

짧은 대화가 끝나자, 교대하듯 차바시라 선생님이 밖으로 나왔다.

"가져왔나 보군."

용건을 이미 알고 있는지, 시선을 봉투 쪽으로 떨어트렸다. 옆에 류엔이 있는 것은 특별히 신경 쓰지 않는 눈치였다.

"차바시라 선생님. 지금 제출하는 게 최종본이에요."

"맡도록 하지."

그 대화를 류엔이 기분 나쁘게 웃으며 지켜보았다.

갈색 서류봉투를 받아드는 선생님의 손을 본 호리키타가 잠깐 움직임을 멈추었다.

"한 가지 여쭤보고 싶은 게 있는데 시간 괜찮으신가요?"

"그래."

"이 문제와 답은 D반의 승패와 직결되어 있어요. 만에 하나라도 정보가 유출되는 일은 절대 없어야 해요. 저희가 간 뒤에 누가 이 프린트를 보여 달라고 부탁해도 반드시 거절해주실 수 있나요? 저까지 포함해서 그 누구라고 해도 절대 보여주지 않으셨으면 해요."

예전 체육대회 때 실패를 경험한 호리키타가 그렇게 교섭했다.

차바시라 선생님에게 그 뜻이 잘 전해졌는지는 나도 잘

모르겠다.

"정보 개시를 거부한다는 거니?"

"어려울까요?"

"그렇지 않아. 정보 유출이 두려워 만전을 기하고 싶은 마음은 얼마든지 이해해. 그걸 거부할 권리는 학교 측에 없으니까 말이야. 하지만 거기에는 당연히 조건이 따른다."

"조건——이라고요?"

"반 아이들 전원의 의견인지 판단할 필요가 있어. 모두와 상의된 건가?"

"말하지는 않았지만, 모두의 뜻—— 그렇게 받아들여도 지장 없을 거라고 생각해요. 자기 반이 지는 것을 바라는 학생은 한 사람도 없으니까요."

"꼭 그렇게 단언할 수는 없지. 전에도 비슷한 이야기를 했지만, 개개인의 생각은 의외로 다른 법이다. 지기를 바라는 학생이 있어도 이상하지 않아."

"그건……."

차바시라 선생님은 팔짱을 끼고 다시 말을 덧붙였다.

"더 말하자면, 네가 가지고 있는 문제가 반 전체가 원하는 문제지라는 보장은? 전원이 그 문제지를 보고 납득한 것도 아니겠지."

"설명하라는 건가요? 모두에게 문제를 돌린 다음 문제없다고 확인이라도 받으라는?"

"그런 말은 아니야. 모든 일은 네 생각만큼 단순하지 않다는 뜻이야. 여기 서 있는 호리키타 스즈네라는 학생이 반을 위해 행동하고 있는지 어떤지는 판단이 서지 않으니까 말이야. 하지만 네 요구는 받아들이도록 하지. 그 누가 접근해도 완성된 문제와 답을 절대 보여주지 않으마."

"감사합니다. 이제 안심하고 시험을 치를 수 있을 것 같아요."

"하지만. 굳이 하나만 일러줄까? 원래 이런 형태로 정보를 봉쇄하는 건 썩 좋은 일이 아니야. 반이 하나로 뭉치지 못했다는 증거이기도 하니까."

하긴, 그것도 부정할 수 없는 현실이다. 의심할 만한 동료가 없다면 애초에 정보 개시를 요구하지도, 유출하지도 않겠지. 멋대로 하는 상상이기는 하나, B반에서는 일어날 리 없는 문제라고도 할 수 있다.

"찔리는 이야기네요. 그렇지 않아도 지금 반에서의 관계 구축에 힘쓰고 있는 중이에요."

거기까지 들은 차바시라 선생님이 살짝 웃었다.

"너도 좀 변했구나. 호리키타."

"……변하지 않으면 안 되는 일도 있으니까요."

"네 요구는 틀림없이 수리되었다. 다만 필요에 따라 개시를 인정할 경우도 있겠지. 예측하지 못한 사태란 늘 일어날 수 있는 법이야. 그래서 지금 이야기에 하나만 더 덧붙이도록 하지. 만약 호리키타의 허락 하에 문제와 답지를 보여 달라고 요구할 경우에는 정보 개시에 응하마. 그럼 되겠지? 아무에게도 절대 보여주지 않겠다고 못 박으면 너도 불리하잖아?"

요컨대 100% 공개하지 않는다, 라는 것은 형식상 불가능하다는 이야기이다.

어떤 수단을 써도 상관없으니 개시하기 위한 방법을 남겨두려는 의도 같다.

"그래도 상관없어요. 하지만 제 입회를 전제로 해주세요."

"그야 그래야겠지. 허가를 구했다고 거짓말하는 것도 가능하니까. 받아들이마. 그리고 누군가가 문제와 답을 요구했을 경우에는 네가 말한 것을 전부 그대로 전하도록 하지. 정보 유출이 두려워 공개하지 않는다고. 나는 교사로서『거짓말』은 할 수 없으니까 말이야."

"네. 좋아요."

일단 잘 마무리되자 그제야 가슴을 쓸어내리는 호리키타.

과연 이렇게 해서 체육대회와 똑같은 전개를 맞이할 일은 사라지게 되었다. 쿠시다든 그 누구든 간에, 문제지가 보고 싶어도 호리키타가 동석하지 않으면 보는 것은 불가능하다. 다른 술책도 쓰지 못하리라.

약속을 파기해주면 포인트를 지불하겠다고 말해도, 번복할 핑계거리가 안 된다는 것도 분명한가.

하지만 뭔가 좀 이상하다.

나는 차바시라 선생님과 호리키타의 대화를 묵묵히 들으면서 그렇게 느꼈다.

당장은 그 의문의 답이 떠오르지 않지만 뭔가 이상하다는 것은 틀림없다. 여기까지는 순조로워 보인다. 마침내 완성한 문제는 호리키타와 히라타 등의 노력이 헛되지 않게, 난이도가 높고 절묘하겠지. 거기까지는 좋다. 그리고 그 문제를 차바시라 선생님에게 제출함과 동시에 정보 유출을 미리 방지하는 대책도 취해두었다.

만약 쿠시다가 류엔의 지시를 받아 문제와 답을 구하려고 해도, 호리키타가 입회를 허락하지 않으면 안 되는 구조도 보장받았다.

만전, 견고함. 틈은 어디에도 없다.

그렇다. 그런 건가.

이 대화의 어디에도 허점은 없지만, 차바시라 선생님에게서 분명한 위화감이 느껴졌다.

차바시라 선생님의 눈빛과 행동, 태도는 그렇게 말하지 않았다.

하지만 왠지 너무 순순히 문제지를 받아 진행시키고 있었다.

게다가 류엔의 의연한 태도. 초조함 따위는 느껴지지 않는 저 태도가 마음에 걸린다.

"이제 그만 돌아가자, 아야노코지. 용건 다 끝났어."

그 말이 귀에 들어오지 않은 나는 차바시라 선생님의 눈을 뚫어지게 쳐다보았다. 선생님 역시 나를 보았다.

알아차려라, 호리키타, 더 늦기 전에──.

류엔의 앞이어서 나는 쉽게 발언할 수 없었다. 괜한 눈빛도 보낼 수 없었다.

일단 이 자리를 피하더라도 다시 여기로 돌아오기에는 시간이 부족할지도 모른다.

교무실과 반대 방향으로 걷기 시작하던 호리키타가 곧 걸음을 멈췄다.

"……차바시라 선생님. 조금 전에 거짓말은 할 수 없다고 말씀하셨죠?"

"그래. 교사로서 당연하잖아."

"그럼 여쭤보겠는데, 방금 제가 제출한 문제지와 답은 수리된 건가요?"

알아차렸다.

일말의 바람이었는데, 호리키타는 자신의 힘으로 의문에 도달했다.

"수리될지 안 될지는 문제에 이상이 있는지 확인할 때까지 불분명해."

"왜 그래? 호리키타."

그런 식으로 물어본 내게 호리키타는 눈길도 주지 않았다.

"그럼 표현을 바꿀게요. 저희가 문제지를 제출하기 전에 ──『이미 다른 문제지의 수리가 끝났다』거나 혹은『수리 예정인 문제지가 있다』거나 하는 일은 없었겠죠?"

그 질문에 선생님의 시선과 말이 정지했다.

"무슨 뜻이지? 그게……."

"그 답은 차바시라 선생님이 직접 말씀하실 수밖에 없어요."

"……지금 나한테 물어본 것에 대한 답은 하나뿐이야. 이미 수리는 지체 없이 끝났다."

차바시라 선생님이 그렇게 밝혔다. 그 현실이 의미하는 것. 가리키는 것은.

"그러니까—— 다른 누군가가 문제와 답을 이미 제출했다, 그 말인가요?"

따라가지 않는 사고와 감정.

"그래. 이대로라면 네가 만든 문제가 채용될 일은 없겠지."

"지금 당장 그 수리를 취소해 주세요. 제가 드린 게 진짜 문제지예요."

호리키타가 선생님이 들고 있는 서류봉투를 가리키며 말했다.

하지만 그 말이 간단히 통하지 않는다는 것은 조금 전 대화로 알고 있을 터였다.

"안타깝지만 호리키타, 그건 네 주관적인 생각에 불과해. 난 다른 학생에게 문제와 답을 받아 이미 심사와 수리까지 마쳤다. 그 아이도 비슷한 걸 걱정했지. 문제와 답이 유출되지 않게 비밀을 지켜달라고. 그리고 멋대로 문제지를 바꾸려는 인물이 등장하면 최대한 받아줄 만큼 받아주고, 보류해달라고. 그리고 훗날 누가 찾아왔는지 말해달라고 부탁하더라."

"그게 무슨……."

그 자리에 힘없이 주저앉는 호리키타.

너무나도 무자비한 현실이었다.

"그 학생이 도대체 누구죠? 그건 가르쳐주실 수 있죠?"

"쿠시다 키쿄야."

이미 알고 있는 대답이었다.

호리키타가 하려고 했던 '쿠시다의 배신 봉쇄'. 그것을 쿠시다가 흡사한 방법으로 선수 쳤다는 이야기이다. 자신의 진짜 모습을 들켜버린 쿠시다는 이제 대담하게 움직였다.

"수리된 문제도 상황에 따라서는 변경 가능하지 않나요?"

"그렇지. 예측하지 못한 사태에는 대응할 수 있어. 하지만 그 기한이 오늘로 끝이야. 만약 문제를 이걸로 바꾸고 싶다면 쿠시다를 데려오너라."

"그건……."

무리다. 쿠시다가 순순히 응할 리 없으니까.

이 문제를 바꾸려면 쿠시다를 데리고 차바시라 선생님을 찾아와야 한다.

하지만 지금부터 쿠시다는 절대 붙잡히지 않으려고 하겠지. 휴대폰 전원을 끄고 자기 방에 틀어박혀 있기만 해도 거의 100% 달아날 수 있다. 아니, 자기 방에도 없을 가능성이 높은가. 쿠시다가 어디 있는지 짐작도 하지 못한 채 오늘이라는 하루가 확실히 끝날 것이다.

"호리키타나 쿠시다, 둘 중 하나가 거짓말하고 있다는 추측이 가능하지만, 나로서는 진실을 몰라. 이름도 모르는 제삼자가 실로 조종하고 있을 수도 있고. 반 내부의 분쟁은 반 내에서 해결하지 않으면 곤란하다."

"……오늘 몇 시까지죠? 문제를 바꿀 수 있는 게?"

"저녁 6시까지다."

나는 휴대폰을 확인했다. 현재 시각은 오후 4시 전, 그러니까 2시간 정도밖에 남지 않았다.

"크크큭…… 크하하하! 정말, 뭐하는 거야, 스즈네!"

대화를 처음부터 끝까지 지켜본 류엔이 폭소했다.

이 사태를 처음부터 알고 있었을 이 남자는 필사적으로 참았을 웃음을 터트렸다.

"빨리도 막혀 버렸네? 열심히 만든 문제도 완전히 무의미했잖아!"

"네가 조종했지? 네가 쿠시다에게 문제지를 먼저 제출하라고 지시했지?"

"글쎄? 난 모르겠는데? D반 일이니까, 내가 알 리 없잖아?"

류엔의 뻔히 보이는 거짓말에 호리키타의 말투가 거칠어졌다.

"그 외부인의 귀에 더 이상 우리의 이야기가 흘러들어가는 건 도저히 못 참아……!"

"오옷, 무서워라. 난 그럼 얌전히 돌아갈게. 시험 결과를 기대하면서."

"쿠시다를 찾으러 안 갈 거야? 호리키타."

"……헛수고는 싫어서."

만일 쿠시다를 만난다고 해도 응해줄 리 없다. 이미 승부는 결정 났다.

"쿠시다가 문제를 보여주지 말라고 했나요?"

"아니, 그런 부탁은 하지 않았어."

놀랍지는 않다. 오히려 '그렇겠지' 하는 인식이 새삼 먼저 들었다.

"그럼 보여 주세요."

차바시라 선생님의 허락을 받아, 쿠시다가 제출한 문제지를 살펴보았다.

전체적으로 훑어보니 느껴지는 감상이 하나 있었다.

"난이도가 절묘하네."

"응...... 정말."

쿠시다가 은밀히 제출한 문제는 호리키타 일행이 준비한 문제와 난이도 면에서는 그리 다르지 않았다. 잘 만들어진 훌륭한 문제라고 할 수 있다. 어느 게 어느 것인지, 만든 사람이 아니면 분간하지 못할 정도로 완성도가 높았다. 류엔과 연관되어 있다고 생각하면 카네다가 문제를 만들었을 가능성이 높은가. 그러니 제삼자는 진실이 무엇인지 알 수 없다. 이것이 스도 무리도 풀 수 있는 문제였다면 그런 간단한 문제로 바꿔치기한 쿠시다가 의심을 받겠지만, 비슷한 수준으로 만들어두면 그럴 일은 없다. 진실은 그 즉시 불분명해진다.

쿠시다의 과거를 밝히지 않겠노라고 약속한 호리키타도, 반의 내분을 두려워하는 히라타도 이 일을 공개하지 않겠지. 요컨대 일을 저지른 쪽이 이긴 상황이다.

문제의 난이도가 아무리 높아도, 답만 알면 아무 문제 없다.

C반 전원이 답을 공유하기만 해도 최고득점을 낼 수 있다.

그렇게 판단했기에 쿠시다가 이 정도로 철저하게 정보를 위장해서 작전을 수행한 것이다.

스터디에 참여하고 호리키타의 승부에 응하면서도 뒤에서 착실하게 손을 쓰고 있었다.

D반이 지면 지금까지 주도해서 반을 이끌어온 호리키타에게 책임의 일부를 묻는 것을 피할 수 없다. 구심력을 내리면서 류엔을 이용해 호리키타를 궁지로 내몬다.

문제 작성만이면 그나마 살 방도도 있다. 여기까지라면 최악의 경우 져도 어쩔 수 없다.

하지만 가장 중요한 문제는 호리키타가 제안한 내기다.

쿠시다가 류엔과 결탁했다는 것은 확정적이고, 협력해주는 대가로 C반의 문제와 답을 얻었다는 사실은 충분히 짐작하고도 남는다.

그렇다면 쿠시다는 십중팔구 100점을 받겠지. 호리키타가 한 문제라도 틀리면 스스로 학교를 그만두는 선택지를 골라야만 한다.

호리키타는 약속을 어기지 않을 것이다.

지면 감정에 반하더라도 퇴학하는 길을 선택하리라.

"전부 끝장났나."

이걸로 D반의 승리는 물 건너갔다.

쿠시다가 친 선수는 호리키타에게 엄청난 충격과 대미지

를 입혔으리라.

언뜻 봐서는 손 쓸 방법이 없는 것 같았는데 그게 아니었다.

하지만 그것도 전부 호리키타의 안일한 마무리가 원인이다.

만약 나라면──.

"이제 슬슬 괜찮겠지, 호리키타. 류엔이 갔다."

고개를 푹 숙이고 있던 호리키타에게 차바시라 선생님이 그렇게 말했다.

이게 무슨 말이지?

차바시라 선생님에게도 동요는 전혀 보이지 않고 냉정하려고 애쓰는 모습이었다.

"죄송해요. 돌다리도 두드려보고 건너야 해서 좀 길게 연기했네요."

그리고 나는 깨달았다.

"제대로 대책을 세웠던 거야?"

"응. 체육대회 때 당했는데 똑같이 또 당할 수는 없잖아. 기말고사의 자세한 내용이 발표되자마자 차바시라 선생님을 찾아가 부탁드렸어.『문제 제출의 결정권은 나에게 있다』고 정하고,『다른 누군가가 오면 수리하는 척 해달라』고 말이야."

그러니까 쿠시다는 자신의 문제가 수리되었다고 믿고 있다는 얘기다.

"그들은 틀림없이 문제지가 바뀌었다고 생각하겠지. 시험공부를 안 하면 C반에서 퇴학생이 나올지도 몰라."

이 정도로 훌륭하게 역공격을 날릴 줄은 옆에 있던 나조차 생각하지 못했다.

아마도 류엔은 틀림없이 호리키타의 뒤통수를 치는 공격이 또 선수 공격을 당했다는 사실을 꿈에도 생각하지 못하고 있으리라.

"그나저나 참 고생하는구나. 지금까지 맡아온 D반 중에서도 지금껏 들어본 적 없는 요구야. 학교 시스템상 같은 반끼리 이 정도로 경계하고 서로 속이는 건 예상 범위에 없어. 계속 이런 방식으로 해서 잘 되리라는 보장은 없다, 호리키타. 반을 배신한 자를 계속 껴안은 채로 간다면 이길 수 있는 시험도 이기지 못해."

웬일로 차바시라 선생님이 걱정해주었다.

과연 그 말은 틀리지 않았다. 문제 제출을 막고 수리했다고 거짓말하는 것. 이런 것은 다른 반에서는 일단 일어나지 않는 불필요한 행위였다. 카츠라기 파와 사카야나기 파로 갈라지는 A반조차 이렇게까지는 하지 않으리라.

그만큼 쿠시다의 대응에 신경 쓸 필요가 있다는 얘기지만.

"저도 알고 있어요. 그것도 이번 기말고사로 끝낼 생각이니까요."

같은 편끼리 서로의 발목을 잡는 것은 이것으로 끝내겠다, 라는 의지가 느껴졌다.

"그러냐. 그럼 기대하고 있으마."

서류봉투를 들고 교무실 안으로 들어가는 차바시라 선생님을 눈으로 배웅한 호리키타가 한숨을 푹 내쉬었다.

"너한테까지 말 안 해서 미안."

우리 둘만 남자 호리키타가 고개 숙여 사과했다.

"아니야, 괜찮아. 솔직히 전혀 눈치 못 챘어."

호리키타와 행동을 같이할 기회가 아무리 줄어들었다고는 하나, 좀 얕봤던 것 같다.

"그 애한테 몇 번이나 당했는지 셀 수도 없잖아. 이제 학습할 때도 됐지."

이렇게 해서 C반의 확실한 승리를 분쇄했을 뿐 아니라, D반이 한 걸음 더 앞서게 되었다.

하지만 호리키타의 힘겨운 승부는 아직 남아 있다.

"이제 남은 건 본 시험에서 쿠시다를 점수로 이기는 것, 그래서 이 시험을 무사히 끝내는 거야."

그렇다. 쿠시다를 점수로 이기지 않으면 호리키타에게 미래는 없다.

절대 지지 않으려면 만점을 받는 것이 전제가 된다.

1

오늘부터 기말고사 전반전이 시작된다. 팀 2명이 받아야 할 총 점수는 692점. 예상보다는 낮지만 그래도 방심은 금물이다. 승부는 시험의 전반전인 첫날에 이미 결정된다고 단언해도 되리라.

서로의 문제 수준에 각 학생이 어디까지 다가갈 수 있는지의 승부이며, 기말고사 첫날 치르는 것은 국어, 영어, 사회, 수학으로 총 네 과목이었다. 호리키타와 쿠시다의 행방을 점치는 과목도 포함되어 있었다.

현관에서 교실로 이어진 복도를 걷다가, 누군가를 기다리고 있는 사토와 만났다.

다행인지 불행인지 모르겠지만, 그 기다리는 사람이 나였는지 날 보자마자 가까이 다가왔다.

"안녕, 아야노코지. 이제 곧 시험이네."

"응. 어젯밤에는 푹 잤어?"

"그래도 새벽 1시 정도까지 공부하고 잤는데, 좀 긴장돼."

그렇게 말하며 가슴 부근을 누르고 심호흡했다.

"마음 편히 치라고까지는 말 못 하겠지만, 서로 최선을 다하자. 그동안 공부한 대로만 한다면 좋은 결과가 있을 거야."

"응."

어떤 형태든 우리는 한 팀이다. 일련탁생(一蓮托生)하게 된 이상 운명공동체라는 사실은 부정할 수 없다. 사토가 망하면 내가, 내가 망하면 사토가. 서로를 나락으로 떨어뜨리게 된다.

"좋은 아침이야, 사토."

"앗, 안녕. 카루이자와."

학교에 도착한 카루이자와가 사토를 발견하고 말을 걸었다.

"혹시 아야노코지랑 약속한 거야? 상당히 보기 드문 조합이네."

"아, 아니. 전혀. 우연히 만나서……."

"그렇구나. 그럼 나랑 같이 팔레트에 가서 마실 거라도 사서 교실에 가지 않을래?"

"응. 그럼 또 봐, 아야노코지."

살짝 쑥스러운 듯 사토가 내게서 등을 돌렸다.

순간 카루이자와가 나를 쳐다보았다가 금세 사토 쪽으로 돌아섰다.

"쟤들이 친했나?"

"카루이자와가 의외로 질투가 많지."

"엥?"

나에게 말을 건넨 사람은 히라타였다.

"안녕."

"안녕. 방금 그 말이 무슨 의미야?"

"이래 봬도 난 카루이자와의 남자 친구 역할로 오래 가까이 있었으니까. 카루이자와가 요즘 들어서 너를 많이 신경 쓰고 있다는 걸 조금씩 느껴."

"아니, 그건 아니라고 생각하는데."

카루이자와의 숙주를 강제로 히라타에서 나로 바꾸게 만든 만큼, 그렇게 보이는 건 어쩔 수 없지만.

"그런가. 다만 나로서는 그래주는 편이 기쁘지만 말이야.

거짓 관계가 아닌 쪽이 건전하다고 생각하고. 뭐, 너무 내 멋대로 말했지?"

우리는 둘이 함께 교실로 향했다.

"호리키타가 만든 문제는 틀림없이 C반을 날카롭게 찌를 거야. 이제 우리가 시험을 잘 보기만 하면 승리는 어렵지 않을 거라고 생각해."

히라타도 자신감이 흘러넘쳤다.

이번 시험은 어느 정도 승리로 가는 길이 보이는 것 같았다.

예상에서 빗겨나간 팀도 있었지만, 대부분은 계획대로 되었고.

"사실은 아야노코지에게 알려줘야 할 말이 있어. 시이나 히요리가 누군지 알아?"

"C반 애를 말하는 거지? 저번에 만났어. 케세이랑 스터디 하다가."

"우리 쪽에도 왔었어. 호리키타의 배후 인물을 찾는 모양이더라."

"그런가 봐."

"호리키타의 배후 인물이라는 거, 너지? 아야노코지."

그것은 알고 싶은 욕구에서 비롯한 질문이 아니라 확인하는 말이었다.

"아, 물론 아무에게도 말하지 않을 거야. 너에게 무슨 목적이 있는 모양이니. 또 결과적으로 D반에 도움이 되는 것도 사실이니까."

"그래. 고마운 충고로 받아들일게."

"부정은 안 하는구나."

"지금 부정해봐야 안 믿어 줄 거잖아."

"그건, 응. 그럴지도 모르겠다."

"내가 무슨 히어로도 아니고. 정체를 감추고 자시고 할 것도 없어. 그냥 눈에 띄지 않고 조용히 지내고 싶다는 게 내 진심이야."

"그런 네가 체육대회에서 처음으로 움직인 건 무슨 이유가 있어서였겠지. 그런데 괜찮아? C반이 점점 활발하게 움직이고 있는데. 필요하면 내가 발 벗고 나서서 도울게."

고마운 말이지만 지금은 그럴 필요 없다.

"일단은 혼자 어떻게든 해볼게. 만약의 상황이 오면 그때는 부탁 좀 하자."

"알았어."

대화를 나누는 사이, 교실에 도착했다. 멀리서 스도 무리의 표정을 살펴보니, 지금까지 시험 직전에 보였던 모습과는 확연히 달랐다. 허둥지둥 문제를 암기하거나 하지 않고 냉정하게 시간을 써서 마지막 확인을 하고 있는 듯했다. 그런 모습은 한두 사람에게서만 보이는 게 아니었다. 절반에 가까운 학생이 집중해서 확인하고 있었다.

"몰라보겠는데."

"정말."

이게 그 D반이라니, 몇 개월 전에 우리의 모습을 봤던 누군가에게 이 광경을 보여주면 절대 믿지 않으리라.

만약 이곳이 결과에 별로 지장 없는 학교였다면 이렇게는 되지 않았을지도 모르겠다.

"마음의 준비는 됐어?"

옆자리의 주인 호리키타는 시험공부도 하지 않고, 책을 읽고 있었다.

"시험 직전에 뭘 읽는 거야?"

"그리고 아무도 없었다."

"애거서 크리스티? 정말로 누군가 없어지고 막."

책을 덮은 호리키타는 내가 던진 블랙 유머를 진지하게 부정했다.

"아무도 없어지지 않아. 물론 나도, 너도."

"상대가 누구든 이긴다는 얼굴이군."

"당연하지. 이번에는 학년 1등을 차지할 생각으로 준비했으니까."

"다른 반 학생이 풀 문제가 쉬우면 그것도 어려울 텐데."

"그걸 감안하더라도 이길 거야. 이게 바로 패기야."

그렇다면 기대해볼까. 흔들림 없는 자신감이 어느 정도인지, 시험에서 확인하기로 하자.

2

예비종이 울리자 모두 책상 위를 치웠다. 시험에 불필요한 도구는 전부 교실 뒤 사물함에 넣는 것이 의무였다. 책상에 둬도 되는 것은 필기도구만으로 제한되었다. 만약 연필이 부러져서 쓸 수 없다거나 샤프심이 부러졌거나 지우개를 다 썼을 경우에는 차바시라 선생님에게 말해서 도움을 받을 수 있었다.

"그럼 지금부터 기말고사를 시작한다. 1교시 시험은 현대국어야. 시작하라고 할 때까지 시험지를 뒤집는 건 금지다. 주의하도록."

이번에는 제일 앞자리 학생에게 시험지를 넘기게 시키지 않고 차바시라 선생님이 직접 책상마다 돌면서 시험지를 배분했다.

"시험 시간은 50분. 컨디션이 안 좋다거나 화장실에 가고 싶다고 말하는 건 최대한 피하도록. 도저히 참을 수 없는 경우에만 손을 들고 보고해라. 그 이외에 도중 퇴실은 일절 인정되지 않아."

금지사항을 알리면서 모두에게 시험지를 다 전달했다.

이미 잡담하는 학생은 단 한 사람도 없었고, 저마다 시험지로 시선을 떨어뜨린 상태였다.

"그럼 시작."

신호가 떨어지자마자, 우리는 시험지를 일제히 뒤집었다.

케세이의 짐작대로라면 문제의 경향과 대책이 적중했을 것이다.

위에서 아래로 문제지를 비스듬히 훑어보면서 아이들이

충분히 풀 수 있는지 확인했다.

1교시부터 어려운 문제들이 연달아 출제되어 있었지만, 그래도 전혀 못 풀 문제는 아니었다. 족집게처럼 예상한 문제도 상당히 많았고, 차분하게 보면 풀 수 있는 문제가 적지 않았다.

즉 케세이의 노림수가 적중했다는 뜻이다.

게다가 학교 측이 지시한 수정 내용도 컸으리라.

문제를 꼬아 내려고 한 흔적은 있지만, 강제로 고친 부분도 느껴졌다.

그렇다고는 해도 지난 중간고사보다 평균점이 내려가는 것은 확실히 피하지 못할 듯하다. 공부부족인 학생이라면 10점이나 20점을 받을지도 모른다. 그러한 경우를 감안해서, 점수를 보완해주는 파트너가 확실하게 50점 이상, 가능하면 60점 이상을 받았으면 한다.

반의 실력자들이라면 60점이라는 문턱을 충분히 넘겠지만, 그래도 방심할 수는 없다.

무엇보다도 과제가 될 듯한 하루카와 아키토 등 중간층이 여기서 잘 버텨줘야 한다. 취약한 문과 계열의 낙제점 커트라인을 반드시 사수해야만 한다.

옆자리의 호리키타는 즉시 펜을 움직여 1교시 시험에 임하고 있었다.

호리키타는 호리키타 나름대로 절대 질 수 없는 싸움에 몸을 내던졌다.

펜을 한 바퀴 돌린 나는 어떻게 할지 고민했다.

사토도 스터디에 비교적 열심히 참여했었다. 이케와 야마우치 이상의 점수를 받아줄 거라고 생각하지만, 나도 어느 정도 상응하는 점수로 답할 필요가 있다.

이번 시험은 개인 성적이 부주의하게 낙제점 커트라인을 높여버릴 일은 없지만, 그래도 나중을 생각해서 60점 페이스로 칠 것을 결심했다.

그보다도 중요한 건──.

나는 고개를 들었다.

교단에서 학생들을 감독하던 차바시라 선생님과 시선이 교차했다.

하지만 내가 주목하는 것은 차바시라 선생님이 아니다.

내 앞에서 시험을 치고 있는 쿠시다 키쿄의 반응이다.

시험이 시작되었는데도 아직 팔을 움직이지 않았다. 몇 번이나 문제지를 훑으며 뭔가를 확인하는 눈치였다.

2, 3분은 굳어 있었을까. 이윽고 팔을 움직여 문제를 풀기 시작했다.

그렇게, 1교시부터 쉴 여유도 말할 여유도 없이 긴장감 넘치는 시험이 이어졌다.

사소한 해프닝이 일어난 것은 4교시.

호리키타와 쿠시다가 직접 대결을 펼치기로 한 수학 시험 시간에 일어났다.

시험 시작 신호와 함께 시험지를 뒤집어 풀기 시작한 직후.

"어째서……."

눌러 죽이려고 해도 무심코 새어 나와 버린 쿠시다의 목소리.

"왜 그러지? 쿠시다."

"아, 아니에요, 죄송합니다. 아무것도 아니에요."

반 아이들이 목소리를 낸 쿠시다에게 순간 관심을 보냈다가, 이내 다시 문제에 집중했다.

자세히 관찰해보면 알 수 있다.

평소 침착한 쿠시다로서는 상상도 할 수 없는 모습. 동요.

아무래도 그 남자가 한 선택은 '그쪽'인 건가.

호리키타는 쿠시다의 동요를 눈치채지 못하고 수학 문제에만 몰두했다.

한 달간 노력해온 성과를 발휘하는 것이 전부인 정당하고도 올곧은 싸움.

단순하기 때문에 그만큼 강하다.

자, 그럼 나도 고민의 씨앗이 사라졌으니 이제 그만 시험에 집중해볼까.

3

"……후우."

한숨을 쉰 호리키타가 교실 천장을 스윽 올려다보았다.

"해냈다는 표정이군."

"난 지금껏 공부가 힘들다고 생각한 적이 없었어. 그런데 이번에 살면서 제일 열심히 공부한 것 같아."

"수학 과목의 자가 채점 결과는?"

"100점이야, 라고 자신 있게 말하고 싶지만, 한 문제가 좀 애매해서 조심스럽게 말하면 98점이라고 할까. 꽤 난이도 높은 문제가 조금씩 섞여 있더라."

망설임 없이 자가 채점 결과를 밝혔다.

"잘못 썼다거나 기입을 빠트렸을 경우도 있잖아. 좀 더 낮을 가능성은?"

"없어. 적어도 난 절대적인 자신감을 가지고 시험을 치렀어. 나머지 네 과목도 만점에 가까운 결과를 남길 수 있을 거라고 생각해."

"그거 대단한데……."

"난 쿠시다가 100점을 받는다는 전제로 승부를 걸었어. 세세한 실수도 범하지 않도록 철저하게 했어. 결과적으로 2점을 잃었을지도 모르니 한심한 이야기지만."

사람은 원래 실수하는 법이다. 자가 채점한 98점보다 더 내려갈 수도 있으리라.

카네다가 만든 문제는 결코 난이도가 낮지 않았기 때문이다.

케세이도 90점을 넘길 수 있을지 모르는 상황이다.

하지만 이 정도로 자신감 있게 대답하는 것도 그리 쉽지는 않겠지.

사실 98점 이상을 받으면 깨끗하게 반에서 1등을 차지할 수 있는 점수다.

많은 아이의 공부를 봐주면서도 호리키타는 자신의 기력과 근성으로 시험을 완전히 극복해냈다.

"스즈네, 보고하고 싶은 게 있는데, 같이 하교하지 않을래?"

시험을 마친 스도가 왠지 기운 없이 가방을 들고 다가왔다.

"보고? 미안하지만 여기서 말할래?"

"오늘 시험, 네 과목 모두 40점을 넘었는지 어떤지 좀 아슬아슬하다. 그래서 미리 사과하고 싶어서. 미안하다."

아무래도 호리키타와 같이 돌아가는 길에 사과하고 싶었던 모양이다. 몹시 미안하다는 표정이었다.

"괜찮아. 시험의 난이도는 그때마다 바뀌는 법이니까. 오늘 시험의 수준을 봤을 때 그 정도면 괜찮을 거야."

평소 시험보다 난이도가 높아서 점수가 내려가는 것은 피할 수 없다는 의미다.

"난 볼일이 좀 있으니까 넌 네 친구랑 돌아가든지 해."

"너도 남냐? 아야노코지. 혹시 둘이서 돌아간다거나?"

나와 호리키타가 둘이서 뭔가 하려는 것 아니냐는 의심의 눈초리였다.

"얘는 상관없어. 쿠시다랑 약속이 있어서. 무슨 문제라도 있니?"

"쿠시다랑? 그럼 알겠다."

호리키타의 약속 상대가 여자라는 사실을 알자 스도가 곧바로 물러났다.

"돌아가면 공부할게."

"알았어. 하지만 내일 시험도 생각해야 하니 일찍 자도록 해."

"알았다니까 그러네. 칸지, 하루키. 같이 가자."

스도는 퉁명스러운 모습 하나 없이, 차분하게 두 사람을 불러 같이 돌아갔다.

공부를 어느 정도 하게 되면 낙제는 자연히 피할 수 있다. 시험에 일일이 당황하지 않고 대응할 수 있어서 마음에 여유도 생긴다.

"그런데 쿠시다랑 약속이라니 무슨?"

"별일 아니야. 쿠시다도 자가 채점을 했을 테니 미리 확인해두려고."

시험지 반환까지는 어느 정도 시간이 걸린다.

각자 확실하게 매겼다면 답지를 기다릴 것도 없이 이미 결과가 나왔으리라.

하지만 나는 이미 확신했다.

이긴 쪽은 호리키타 스즈네다.

결과를 들을 필요도 없다. 명백한 동요를 보이는 쿠시다의 상태를 보면 알 수 있다.

쿠시다는 어딘지 불안한 발걸음으로 교실을 빠져나갔다.

"쟤, 왜 저러지······."

"채점해 보니까 생각보다 점수가 낮았던 것 아니야?"

"그럼 다행이지만. 그도 변덕스러우니까."

"류엔과의 일을 걱정하는 거야?"

"만에 하나 답을 알려줬다면 쿠시다는 만점을 받을 가능성이 있어. 그럼 내가 지거나 무승부밖에 없지. 너나 나나 정식으로 퇴학 확정이야."

"그때가 되면 쿠시다에게 무릎이라도 꿇고 용서를 구해볼까."

"빈정거리는 거야?"

"뭐가."

"아무것도 아니야."

호리키타가 쿠시다의 뒤를 쫓았다. 나도 따라 가보기로 했다.

"쿠시다."

복도를 걸어가는 쿠시다를 부르자, 그녀가 서서히 발걸음을 멈췄다.

"뭐야, 호리키타."

초췌하고 피로가 담긴 표정이었다.

"지금 시간 좀 내줄래? 확인하고 싶은 게 있어. 여기는 사람들이 많이 지나다니니까 장소를 좀 바꿔도 될까?"

"내용에 따라 다르겠지만 하긴 여기서는 문제가 될지도 모르겠네."

"미리 양해를 구해두는데, 아야노코지도 같이 갈 거야. 이번 일에 휘말린 관계자니까 상관없겠지?"

말로는 대답하지 않았지만, 쿠시다는 거부하지 않았다.

휴대폰으로 시간을 확인한 후 고개를 끄덕이며 승낙했다.

이후에 '누군가'와 만날 예정이라도 있겠지.

아직 학교에는 많은 학생이 남아 있었다. 우리는 혹시 몰라 특별동까지 이동했다.

"나한테 확인하고 싶다는 건 당연히 기말고사 내기를 말하는 거지?"

"맞아. 결과는 좀 더 있어야 나오지만, 너도 자가 채점을 했을 테니까."

"그래…… 끝냈어."

호리키타는 퇴학을, 쿠시다는 높은 자존심을 건 승부.

어떤 형태든 자신이 몇 점을 받았는지 확인했을 것이다.

"난 98점 이상 받았다고 자신해. 넌 어때?"

호리키타의 마음속에도 작지만 불안과 의심이 들어 있었다.

류엔이 힘을 빌려주었다면 자신의 진퇴에 큰 영향을 미치게 된다.

호리키타의 점수를 듣고도 쿠시다는 놀라지 않았다. 아니, 이미 알고 있는 듯한 모습이었다.

"결과를 기다리지 않아도 명백하네."

그렇게 자조를 섞어 중얼거렸다.

"난 잘 나와 봐야 80점에서 그치지 않을까 싶어. 아니, 아마 80점도 안 될 거야. 그러니 내기는 네 승리야, 호리키타."

"그래……."

생각보다 쿠시다의 점수가 올라가지 않은 것에 호리키타는 약간의 의심을 품었다.

"집중해서 공부한 너라면 좀 더 높은 점수를 받을 줄 알았는데."

"이런 애야, 나는."

자신을 비하하듯 대답하고는 한숨을 푹 내쉬었다.

"정식으로는 결과가 나오지 않았지만…… 내 승리인 건가."

시험 결과는 학교 측에서 통보하기 때문에 부정의 여지는 없다.

"결과를 기다릴 필요도 없지 않을까. 내기는 네가 이겼어. 호리키타, 만족하니?"

자가 채점이 잘못되었더라도, 20점 넘게 차이 나는 실수는 없을 것이라는 사실을 쿠시다도 이해했다.

"그럼 믿어도 될까. 앞으로 나에게 협력해 줄 거라고."

"약속은 지킬게. 그게 아무리 납득할 수 없는 일이라도 말이야. 각서라도 쓸까?"

"됐어. 서로 믿는 것부터 시작하자."

그렇게 말한 호리키타가 손을 내밀었다.

악수로 계약하고 싶었겠지.

그 손을 물끄러미 바라본 쿠시다는 꿈쩍도 하지 않았다. 아무 색깔 없는 눈으로 계속 빤히 바라볼 뿐이었다.

"네가 너무 싫어, 호리키타."

"그렇겠지. 하지만 싫어하지 않게 노력은 할 수 있을 거라고 생각해."

그 감정을 정면으로 받아들이는 호리키타.

"앞으로 점점 더 싫어하게 될 것 같아."

쿠시다는 손을 잡으려고 하지 않고 그대로 호리키타를 스

쳐 지나갔다.

호리키타가 내민 손이 허무하게 허공을 움켜쥐었다.

"방해는 안 하겠지만 절대적인 협력도 안 할 거니까. 그건 잊지 마."

"……그래. 아쉽지만 어쩔 수 없지. 그런 조건이었으니."

"호리키타, 기억해둬. 내기 조건은 널 방해하지 않는다는 것뿐이었다는 걸."

기운은 빠져 있었지만, 눈동자 속의 짙은 빛이 나를 포착했다.

"그 말은———."

쿠시다가 대답 없이 자리를 떠났다. 더는 1초도 호리키타와 얼굴을 마주하고 싶지 않은 것 같았다.

생떼를 부리는 것 같지만, 과연 나에 대한 내용은 내기 조건에 포함되어 있지 않았다.

"내기 조건을 조금 더 자세히 할 걸 그랬다."

하지만 그렇게 했어도 아마 달라지는 건 하나도 없었으리라.

나는 속으로 한 가지 결론에 도달했다. 쿠시다가 끝까지 약속을 지키지는 않으리라는 것을.

녀석이 쉽게 승화시킬 수 있을 리 없다. 자기 존재를 지키기에 아무래도 우리는 걸리적거리는 대상이다. 쿠시다에게는 그저 이물질에 불과하다.

우리를 제거하지 않는 한 쿠시다에게 편안한 미래는 찾아오지 않는다.

일시적인 안식이 1초라도 더 길게 이어지기를 기대하는
정도가 고작이겠지.

4

호리키타가 돌아가는 모습을 눈으로 배웅한 후, 나는 앞
으로의 일에 대해 생각했다.

내가 생각하는 류엔 카케루는 이 정도로 끝낼 인물이 아
니다.

과연 이번에 호리키타는 훌륭하게 대처했다. 선수의 선수
로 쿠시다를 조종하는 류엔의 움직임을 묶어두었다.

원래 같은 편에 배신자가 나오기 힘든 반 대항전에서는
쓸 일이 별로 없겠지만, 배신자가 숨어 있을 경우에는 유효
한 수단이었다고 할 수 있다. 하지만 그것은 체육대회나 지
금과 같은 시험에 한정된 방법이지, 언제 어느 때나 통하는
것은 아니다.

그렇기에 오빠를 증인으로 세워 주도권을 잡고, 천재일우
의 기회를 손에 넣었다. 기말고사까지 한 달간 농밀하게 스
터디를 해온 D반이 C반에 질 리도 없다. 완전한 승리라고
말해도 좋으리라.

그때 휴대폰이 울렸다.

'무슨 꿍꿍이야?'

그런 내용의 메시지였다.

꿍꿍이가 있는 건 피차일반 아닌가? 류엔.

'날 이용한 대가는 톡톡히 치르게 될 거다.'

또 그런 단문이 도착한 후 연이어 공격하듯 또 한 통의 문자가 도착했다.

이번에는 첨부파일도 있었다.

사진 파일이었는데, 열어보니 사진 한 장이 들어 있었다.

글자 없이, 사진만이 모든 것을 말해주었다.

"역시 마나베 무리가 실토한 건가."

류엔이 히요리와 함께 접촉해왔을 때 이미 알았지만.

그가 어떤 식으로 일을 진행시켰을지는 안 봐도 상상이 간다.

공갈 협박이나 다름없이 위협해서 배신자를 적발했겠지.

이제 녀석의 머릿속에 나와 케세이의 이름이 떠올라, 한층 의심이 깊어졌으리라.

하지만 확실한 증거가 없다. 그 뒤에 흑막이 숨어 있을 가능성도 고려하면 단정 짓기란 불가능하다.

그렇다고는 해도 나를 궁지로 몰기 위해 류엔이 수를 썼음은 틀림없다.

무슨 생각으로 '이 사진'을 보냈는지는 너무 어렵게 생각할 필요가 없다.

'이 사진'이 있다는 건 그 배경까지 어느 정도 알려졌다는 뜻이다.

경우에 따라서는 류엔의 송곳니가 이 사진 속 인물에게도 향하겠지.

아니, 오히려 송곳니를 꽂겠다는 선전포고다.

"말하지 말고 그냥 하면 될 것을."

움켜쥔 정보를 아낌없이 드러낼 줄이야. 헌팅을 즐기겠다는 건가.

이제 슬슬, 나에게 집요하게 따라붙는 것도 지겨워지려던 참이다.

나는 휴대폰을 닫음과 동시에 의지를 굳혔다.

녀석의 정신력을 꺾으려면 어중간한 행위로는 의미가 없을 것 같으니 말이지.

수작을 걸 생각이라면 나 역시 맞서주마.

"후회가 남지 않도록 전력을 다해서 와라. 네가 좋아하는 싸움판에 맞춰서 같이 놀아줄 테니까."

계획했던 바는 아니지만 살짝 즐거움을 느끼고 마는 내가 있었다.

5

"늦었네, 키쿄. 반 친구를 따돌리고 오는 게 힘들었나?"

"무슨 속셈이야? 류엔."

인기척 없는 학교 옥상에 모습을 드러난 쿠시다가 본성을 감추려고도 하지 않고 류엔에게 바싹 다가섰다.

"뭐?"

"네가 준 문제지랑 답. 시험이랑 전혀 다르던데."

"그야 그렇겠지. 마감 전에 문제지를 바꿔 냈으니까. 그게 뭐?"

살짝 코웃음 치더니 손에 들고 있던 생수병을 입으로 가져갔다.

"내가 말했잖아. 무슨 방법을 써서라도 호리키타를 퇴학시킬 거라고. 그 때문에 친구를 배신하고 D반의 문제를 바꿔치기했어. C반의 수학 문제와 답이랑 교환하는 조건으로. 약속대로라면 지금쯤 호리키타는 자퇴했어야 해. 그런데 넌 나를 배신했어."

"뭐야, 고작 그런 걸로 화내는 거야?"

"고작 그런 일? D반에 이겨도 고작 그런 일이라고 끝낼 셈이야?"

"애초에 착각한 거다, 키쿄. 네가 낸 문제는 시험에 채용되지 않았어."

"뭐라고? 무슨 소리를 하는 거야. 난 네 지시대로 얼른 문제를 제출했다고. 그건 차바시라 선생님에게도 확인을 받았으니 틀림없어."

"아직도 못 알아차렸냐? 스즈네가 선수 쳐서 네 문제가 정식 채용되지 못하게 막았다고. 덕분에 우리는 승리할 기회를 놓친 것도 모자라 정말 위험할 뻔했어. 모두 이 작전만 믿고 있었으니까 말이지."

"잠깐 기다려…… 선수를 쳤다고? 그런…… 설마…….."

"의심스러우면 시험 결과를 기다려봐라. C반은 십중팔구 D반에 졌을 테니. 즉 협정은 무효라는 얘기다. 우리 쪽에 아무런 보상도 없는데 정답을 보여줄 수는 없지. 자연스러운 이야기 아니야?"

"윽……!"

"말해두는데 키쿄. 너는 나한테 고마워해야지 원망할 처지가 못 돼."

"고마워하라니? 난 스즈네한테 졌거든? 그런데 도대체 뭘 고마워하라는 거야?"

눈앞에서 패배 선언을 할 수밖에 없었던 굴욕감이 떠올랐다. 창자가 뒤틀릴 정도로 화가 났다.

"그대로 덫에 걸리는 줄도 모르고, 태평하군."

류엔이 가까이 다가가 쿠시다의 교복을 움켜쥐었다.

그리고 강제로 블레이저 교복의 단추를 풀고 그 안으로 손을 뻗었다.

"잠깐, 이게 무슨 짓이야?"

당황하며 뒤로 물러서는 키쿄의 모습에 류엔이 웃음을 터트렸다.

"진짜. 아무 짓도 안 한다고. 안주머니를 뒤져 봐라."

"……안주머니?"

쿠시다는 경계하면서도 느릿느릿 블레이저의 안주머니에 손을 넣었다.

그곳에 기억에 없는 종이의 감촉이 느껴졌다. 꺼내보니

고이 접힌 종이가 나왔다.

"이게 뭐야……."

방금 류엔이 뭔가를 넣었을 여유는 없었을 터다. 즉, 그전부터 들어 있었던 것. 종이를 펼치니 수학 시험 문제와 답이 적혀 있었다.

다만 오늘 친 시험지가 아니라 류엔이 처음에 제출하려고 한 문제였다.

"왜 내 옷에 이게 ……."

"아마 그게 전부가 아닐걸. 네 주변에 『부정행위의 재료』가 몇 개 정도 더 있을 거다. 나중에 찾아보면 나올 거야."

"무슨 말인지, 모르겠는데."

"D반의 누군가가 너에게 덫을 놓았다는 거지. 만약 수업 시간 중이나 직후에 네 부정행위를 주장했다면 어떻게 됐을까? 내가 처음에 준비한 문제지와 답이 그대로였다면? 높은 점수를 받은 사람에게서 그런 게 나온다고 생각해봐라. 어떻게 됐겠냐?"

"내가 퇴학당했을 거, 라는 말? 하지도 않은 부정행위 때문에? 말도 안 돼."

"원래 결백하면 증명할 수 있겠지만. 넌 나랑 짜고 사전에 문제와 답을 입수한 사실이 있지. 그러니 뭐 누명을 써도 어쩔 수 없는 거야."

누군가의 음모라고 당연히 주장할 수 있고 결백한 이상 범인으로 확정되지는 않겠지만, 입장이 애매해지겠지. 류엔이 C반의 문제와 답지를 제공한 것은 틀림없는 사실이니까. 문제와 답지 제공이 위법은 아니더라도 의혹이 있는 이상 그냥 내버려 둘 수는 없다. 퇴학 처분은 피할 수 있다고 해도 검은 의혹이 있는 만큼 시험은 무효 처리가 되겠지. 어떻게 될지는 추측의 영역에서 벗어나지 않았지만, 어쨌든 쿠시다는 반에서의 지위가 흔들리고 C반에도 불똥이 튈 것이다.

"언제 이런 커닝페이퍼를……."

"짐작 가는 부분은 없나? 주위에 수상한 녀석 없었어?"

"설마…… 아니, 하지만…… 지난주에 호리키타 일행이랑 마지막 회의를 노래방에서 했어. 그때 좀 이상한 일이 일어나긴 했는데. 갑자기 어떤 여자애가 생뚱맞게 시비를 걸더니 막 화를 내면서 나한테 주스를 부었거든. 그래서 세탁소에 옷을 맡기라는 이야기를 들었고. 상황만 봐서는 충분히 이해할 수 있고 이 일과 무관할 것 같지만…… 그래도 왠지 마음에 걸리네."

"그 시비 건 여자애가 누군지 내가 한 번 맞혀볼까. 카루이자와 케이 맞지?"

"앗…… 그걸 어떻게? 설마 본 거야?"

"내가 어떻게 봤겠냐. 단순한 추리지."

류엔은 관자놀이 부근을 검지로 탁탁 때리며, 자신의 추리력을 피로했다.

"처음부터 자세히 얘기해 봐."

쿠시다는 불쾌했지만 노래방에서 일어난 일을 전부 털어놓았다. 호리키타와 히라타가 소집했다는 것. 아야노코지, 스도, 카루이자와도 동석했다는 것. 도중에 카루이자와가 시비를 걸어 주스를 쏟은 사실까지 상세히 설명했다.

아무 말 없이 이야기를 들은 류엔은 다시 추리에 들어갔다.

"틀림없이 너를 함정에 빠트리려는 작전이군."

"그럴 리 없어. 물론 내가 블레이저를 세탁소에 맡기긴 했지만, 맡기기 전에 주머니 안을 분명히 확인했고 돌려줄 때 안에 뭐가 들어 있었다면 가게에서도 알려줬겠지. 그때 카루이자와가 수작을 부려봐야 아무 의미 없었을 텐데?"

"물론 그 타이밍에서는 아주 어렵지. 하지만 노림수는 그게 아니야. 네가 예비 블레이저를 가지고 있는지, 그걸 확인하고 싶었던 게 아닐까?"

"예비 블레이저? 가령 그렇다고 해도 역시 말이 안 돼."

"어떻게 그리 단언할 수 있지?"

"그 자리에 있던 전원이 나만 모르게 덫을 놓기라도 했다는 거야? 나도 바보가 아니야. 주위 사람들의 말과 행동을 보면 안다고. 거짓말이면 반드시 위화감을 느껴."

"뭐, 그야 그렇겠지. 그 자리에 있었던 사람 중에 거짓말을 한 건 기껏해야 한 명 아니면 두 명이다."

"뭐? 그런데 어떻게——."

"고민할 것도 없지. 모든 것을 파악한 인간이 있으면 너를 얼마든지 속일 수 있어. 모인 인간의 사고 패턴, 특징, 버릇,

어떠한 일이 일어나면 어떻게 행동하는지. 어떤 발언을 하는지. 전부 간파했다는 거다. 자기 계획대로 너희가 움직이도록 각본을 쓴 녀석이 있다는 거라고."

말을 들으면서 쿠시다는 그 날의 일을 떠올렸다. 그리고 가능할지도 모르겠다는 생각이 서서히 들기 시작했다. 특히 히라타의 사고는 일관적으로 평화주의다. 블레이저가 더러워지면 걱정해주고, 카루이자와의 이해 불가능한 분노에도 대처하리라. 시험도 코앞까지 다가온 상태였으니, 필연적으로 가지고 있는 블레이저가 몇 벌인지 물어보지 않을까. 그런 식으로 생각하기 시작했다.

"네가 블레이저를 한 벌밖에 안 가지고 있다는 것을 알아내면, 남은 건 체육 수업 중에라도 답지를 넣기만 하면 끝이지. 세탁소에서 찾아온 교복 안주머니 따위 하루나 이틀 정도 만지지 않아도 이상하지 않으니까. 그게 아니라도 농간을 부릴 시간은 얼마든지 있었을 거다. 하지만 중요한 건 그 방법을 생각해낸 사람이 누구냐는 거야. 적어도 스즈네나 카루이자와는 아니야. 그런 짓이 가능한 여자들이 아니니까."

"그럼 내가 덫에 걸렸다는 거야? 그 누군가가 놓은 덫에?"

"시험 치기 얼마 전에 이치노세의 부정행위를 고발하는 편지가 있었지?"

"류엔 네가 한 짓이잖아. 그건 도대체 뭐였어? 결국 부정을 저지르지 않은 모양이던데."

"그게 바로 흑막의 성격이 잘 드러난 작전이다."

"뭐?"

"그 편지를 쓴 건 내가 아니야. D반에서 너를 함정에 빠트린 녀석이 한 짓이지."

"무슨 말인지 도통 모르겠어."

"1학년 전원의 우체통에 이치노세의 부정행위 의혹을 주장하는 편지를 넣는 일인데, 내가 일부러 내 이름을 써넣었겠냐? 아니, 하고 안 하고는 둘째 치고 이름이 있으면 당연히 그 녀석이 주범이라고 생각하겠지?"

"네가 안 그랬으면 그때 왜 부정하지 않았어?"

"내 성격에 그렇게 할 것 같아?"

"……아니."

쿠시다는 곧바로 이해했다. 류엔은 항상 자극적인 것을 선호하는 경향이 있다. 자신의 이름을 사칭해서 편지를 쓴 인간이 등장하면 류엔은 분명 재미있어하겠지. 게다가 이치노세의 부정행위 의혹에 대해 들은 기억이 없다면 그 김에 진상도 파악하고 싶어 했을 것이다.

그렇다면 어째서, 보낸 사람의 이름에 일부러 류엔의 이름을 써넣은 것일까? 그야 뻔하다. 보낸 사람이 명확하지 않으면 내용에 신빙성이 떨어지니까. 의혹도 엉터리 취급을 받을지도 모르고.

"하지만 무슨 의미가 있어서? 너한테 경계 당하면서까지 이상한 정보를 누설한 건."

"글쎄⋯⋯. 나도 생각해봤는데 그건 잘 모르겠다. 단순히 이치노세가 대량으로 포인트를 가지고 있다는 사실이 알고 싶었던 건지, 아니면⋯⋯ 아니, 그건 말도 안 돼. 그런 바보 같은 이야기는."

류엔이 말을 하려다가 말았다. 현실과 너무도 동떨어진 이야기였기 때문이다.

"키교. 네 과거가 뭔지 난 잘 몰라. 그런 것에는 관심도 없고. 하지만 말이야, 더 이상 호리키타를 퇴학시키는 데 계속해서 집착하다가는 오히려 네가 사라지고 말걸?"

용의주도하면서도 인정사정없는 작전의 전개. 틀림없이 류엔이 쫓는 인물 X다.

"너도 꼴이 우스워지잖아. C반이 총점에서 지면 위험하지 않아?"

"그렇지. 이렇게 해서 너희 반은 C반 승격에 한층 가까워졌겠지."

"불량품 취급하던 D반으로 떨어질 것 같은 기분은 어때?"

쿠시다의 집요한 부추김에도 류엔은 아무 느낌이 없었다.

왜냐하면 그런 사소한 것에는 처음부터 흥미가 없었으니까.

"참 유별나단 말이지. 아직도 승부를 A다, D다 하고 기호만으로 이야기하고 있으니."

"⋯⋯그게 무슨 말이야?"

당연히 류엔은 대답해주지 않았다. 하지만 이 학교에 입학한 후로 류엔의 방침은 무엇 하나도 흔들리지 않았다. 일부 계획이 꼬인 적도 있긴 하지만, 순조롭게 A반으로 올라가기 위한 준비가 진행되고 있었다.

"열심히 노력해서 윗반을 노려야겠지."

이야기를 마친 류엔이 돌아가려고 걸음을 떼기 시작했다.

"이 커닝페이퍼…… 앗?! 잠깐만, 좀 이상하지 않아?"

"크큭…….."

쿠시다는 펼친 커닝페이퍼를 보고 이상한 점을 알아차렸다.

"어떻게 된 건지 설명해, 류엔."

"눈치챘냐?"

어떠한 모순. 있을 리 없는 의문. 부풀어 오르는 새로운 문제.

"나랑 너만 가지고 있어야 할 이 문제랑 답지를, 어떻게 D반의 그 애가 가지고 있었던 거지? 아무리 생각해도 말이 안 되는데."

"그야 그렇지. 그게 네 안주머니에 있는 이유는 내가 X에게 제공했으니까."

"나를 배신했다는 거네."

"배신이 아니야. 필요한 거래였지."

류엔이 휴대폰으로 시선을 떨어뜨렸다. 그곳에는 바꾸기 전의 문제와 답을 찍은 사진이 있었다.

류엔이 발신인을 알 수 없는 계정 쪽으로 메시지를 보냈을 때 첨부한 것이다.

"그런데—— 나에 대해 잘도 아는군."

그 문자를 보내기 전, X가 몇 회에 걸쳐 보낸 문자가 있었다.

처음 문자는 '거래'라는 제목. 내용은 이랬다.

'C반이 확정한 기말고사 문제와 답지 제공.'

'혹은 쿠시다 키쿄에게 제공했거나 혹은 제공 예정인 문제와 답지의 대폭적인 변경.'

이것이 류엔이 받은 메시지였다.

평소 같으면 류엔은 이에 응하지 않았을 것이다.

하지만 X는 C반에 유익한 정보를 아무런 조건 없이 주었다.

유익한 정보란 호리키타 스즈네가 류엔과 쿠시다의 책략을 간파하고 선수 쳤다는 사실. 문제 바꿔치기에 성공했다고 확신했던 만큼 그 사실은 류엔에게도 아닌 밤중에 홍두깨였다.

만약 이 정보가 없었더라면 공부를 제대로 하지 않은 C반 아이들 중 누군가가 퇴학당했을 가능성이 높다. 류엔이 이때 취할 수 있는 선택지는 세 가지.

첫 번째는 X의 말에 따르지 않고 쿠시다가 이기게 돕는 것. 하지만 호리키타의 퇴학을 바라지 않는 류엔으로서는 최대한 피하고 싶은 선택지였다. 두 번째는 문제지를 바꾸지 않고 그대로 내서 쿠시다의 부정행위가 적발되어 퇴학당하게 만드는 것. 하지만 X가 바라는 대로 선택해주면 재미가 없어서 고를 수 없었다.

그리고 세 번째가 류엔이 고른, 시험지를 바꿔서 호리키

타가 시험에서 이기게 하는 것.

"스즈네를 지키면서 동시에 키쿄의 발을 묶는 데에도 성공한 건가."

표면에서 싸우는 스즈네 그리고 뒤에서 싸우는 누군가의 활약.

쿠시다를 이용한 전략이 역으로 이용당한 이 결과에 류엔은 웃음을 참을 수 없었다.

"이제 슬슬 좁혀볼까. 만약 놈이 정체를 드러내지 않는다면――."

정체불명의 발신인에게 보낸 사진을 다시 한번 열어보았다.

"그때는 이 녀석을 철저히 망가뜨리면 되니까."

류엔은 거기에 찍힌 존재야말로, 그 정체불명의 인물과 이어진 중요한 퍼즐조각이라고 확신했다.

작가 후기

여기서부터는 본편이 아니에요, 6권은 모두 끝났습니다. 안녕하세요, 키누가사 쇼고입니다. 최근 저의 고민은 몸에 생긴 낭종이 골프공 크기만큼이나 커졌다는 겁니다. 무서워요.

이렇게 해서 『어서 오세요 실력지상주의 교실에』도 일곱 권째가 되었네요. 이번 6권은 폭풍전야처럼 쉬어가는 권이라고 할까요. 각 캐릭터의 내면 변화를 그렸습니다만, 다음 권에서는 아야노코지 키요타카의 과거를 포함하여 어떠한 적과의 결전 등 지금까지 이상으로 스케일이 큰 이야기가 전개되지 않을까 하고 생각합니다.

그리고── 네, 그렇습니다. 드디어 『어서 오세요 실력지상주의 교실에』의 애니메이션화가 결정되었습니다. 이게 다 여러분 덕분입니다. 정말 감사드립니다. 토모세와 함께 대단히 기뻐했고, 얼마 전에도 10년 동안 난 상처를 서로 마구 핥아주었습니다. (의미심장)

방송은 7월 말부터라고 하니, 이 책이 출간되고 두 달 정도 뒤가 되겠군요. 그때 아마 7권도 나올 수 있을 겁니다! (이렇게 선언하고 말대로 된 적이 없지만)

편집자님, 출판사 관계자 분들, 애니메이션 제작회사 관계자 분들 등 앞으로 더 많은 분들과 함께 하게 되었습니다.

그 노력이 부끄럽지 않도록 더욱 열심히 할 테니, 부디 잘
부탁드립니다.

(끝)

YOUKOSO JITSURYOKUSIJYOUSYUGI NO KYOUSITSU E 6
©Syougo Kinugasa 2017
First published in Japan in 2017 by KADOKAWA CORPORATION, Tokyo.
Korean translation rights arranged with KADOKAWA CORPORATION, Tokyo.

어서 오세요 실력지상주의 교실에 6

2017년 10월 1일 1판 1쇄 발행
2022년 9월 15일 1판 10쇄 발행

저   자 키누가사 쇼고
일 러 스 트 토모세 슌사쿠
옮 긴 이 조민정
발 행 인 유재옥
본 부 장 조병권
편 집 1 팀 김준균 김혜연 박소연
편 집 2 팀 박치우 정영길 정지원 조찬희
편 집 3 팀 곽혜민 오준영 이해빈
라이츠담당 맹미영 이윤서 이승희
디 지 털 김지연 박상섭 최서윤
미   술 김보라 박민솔
발 행 처 ㈜소미미디어
인쇄제작처 ㈜코리아피엔피
등   록 제2015-000008호
주   소 서울시 마포구 토정로222, 403호 (신수동, 한국출판콘텐츠센터)
판   매 ㈜소미미디어
마 케 팅 박종욱
영   업 최원석 최정연 한민지
물   류 백철기 허석용
전   화 (02)567-3388, Fax (02)322-7665

ISBN 979-11-6190-094-0 04830
ISBN 979-11-5710-286-0 (세트)